樂 府

·

心里满了，就从口中溢出

THE

UNRELUCTANT

YEARS

欢欣岁月

[加拿大] 李利安 · H. 史密斯/著

梅思繁/译

北京联合出版公司
Beijing United Publishing Co.,Ltd.

渴望的时光，欢欣的岁月，
仿佛站在晨光初照的山上……

——雪莱《自由颂》

/序言/

本书并不旨在成为一本为儿童选书时可供参照的面面俱到的指南。它应该是这样一本书：能够引领人们看到在大众已经熟悉或者还未出版的书籍中，素质优秀的作品应该具有的一些基本特质。

因此，在接下来要讨论的内容中，并不会包含所谓的适合儿童阅读的书单。本书的理念是将儿童书籍当作文学来对待，并探讨一些能评判它们的标准和参照。

儿童书籍绝非与文学世界毫无关联，如同存在于一个与世隔绝的真空中一般。它们是文学的一部分，应该同其他任何形式的文学一样，以相同的标准来评判。这一基本原则，适用于任何种类的文学评论，应该作为挑选优秀书籍时的基础准则。因此，在探讨儿童书籍时，深信儿童文学本身具有深远的价值和特殊的意义，应该作为根本的研究理念与途径。这样的信念与肯定，是在理性的资料分析，以文学经典为参照，并对每一本书是否符合优秀作品的标准进行具体分析之后才得出的。

一座为儿童设立的图书馆，无论它是在家中、学校还是公共阅览室，如果将属于儿童文学的丰富遗产——那些“经典作品”抛在脑后，那么它不但背叛了儿童图书馆只为儿童传播优秀书籍这一专属特权，甚至还会变成某些平庸之作的流通管道。

在今天这个世界，有很多力量试图将儿童与书本分隔开来。在这样的环境下，尽一切努力将他们紧紧联结在一起，难道不显得既有必要又令人渴望？在越来越有必要为社会付出努力的今天，我们难道不应该为了让儿童拥有优秀的书籍而发出同样的呼喊？相比我们所处的今日，有哪个世界、哪个时代，更迫切地需要学会认识、懂得欣赏究竟何谓“优秀”？

研究如何发现最优秀的儿童文学作品，并将它们广泛传播，是这本书的主题。对平庸之作的容忍与接纳，是对精心挑选书籍这一行为本身，以及文学的意义的误解。

儿童文学作品的多样性和丰富性，使我们难以对优秀作品一一进行解读。本书将要分析的作品，是从众多不朽之作中挑选出来的。但这只是笔者的个人选择，它并不意味着只有这些作品才值得深入研究与分析。对某些作品的特殊共鸣是非常个人的，尤其是当我们从文学的眼光和角度对这些作品进行探讨，而不仅仅将其当作商品或者工具时。儿童文学理论不是对渊博学识的炫耀，也不是枯燥的学术研究。它是一片令人欢欣雀跃的、硕果累累又不断回馈于人的田野。

在写作这本书的过程中，我受到了我的上司查尔斯・R. 桑德森博士持续的鼓励与赞赏。多伦多“男孩与女孩”分部的同人们也给了我灵感和帮助。而我的秘书弗朗西斯・格雷给我的帮助也是巨大的。我还要衷心感谢华盛顿公共图书馆的M. 埃塞尔・巴布，以及华盛顿国家画廊的查尔斯・C. 斯托特，感谢他们在图画书相关章节给予我帮助。

李利安・H. 史密斯

/目录/

第一章

儿童文学的课题

保罗·阿扎尔[①]认为，儿童图书并不是一个只涉及教师、家长和图书馆员的狭小领域。它涉及的领域是极宽广的，包含了人类成就与学识的各种问题。儿童文学，无论诞生于何地，无论是为儿童还是为成人而创作，它们都必须在书写中表现出持久而富有世界性的创造力。他将这样的书籍称为“尊重艺术的初衷与精髓”的作品。

——弗朗西斯·克拉克·塞耶斯[②]，《书、儿童和成人》

摘自《图书馆季刊》

① 保罗·阿扎尔（Paul Hazard，1878—1944），法国学者、文学史家，著有《书、儿童和成人》。——编者注（如无特殊说明，本书脚注均为编者注）

② 弗朗西斯·克拉克·塞耶斯（Frances Clarke Sayers，1897—1989），美国儿童图书馆员、童书作者和儿童文学评论家。

翻开出版于 18 世纪的《新英格兰初级读物》(*New England Primer*)，其中有一张粗糙的版画，画面上有一个小孩正在阅读。版画的旁边，有两行字经常被人们引用：

我的书与我的心，
它们应该永不分离。

儿童在面对图书时会有这样的特性：他们对自己选定的图书痴迷到不愿分离，而对另一些则丝毫不感兴趣。这一特性一直困扰着作家、出版商和图书销售商们，直到约翰·纽伯瑞[①]为那个年代的小先生和小小姐们带来了“可爱的口袋图书”。

究竟什么样的图书是儿童想读的？面对成人的困惑，并不存在万无一失的解决方案。人们无法充满信心地宣称“儿童喜欢这样的书籍”，或者“儿童不喜欢那样的书籍”。然而，假如我们知道去哪里寻找、如何寻找，那么照亮这一问题的亮光依然是存在的。一本宣称自己是另一本《爱丽丝漫游仙境》或《金银岛》《汤姆·索亚历险记》的新书，难道不是在标榜自己正是儿童寻找的书籍？这是否也意味着，一本能够与儿童热爱的经典作品相提并论的新书，应该具有同刘易斯·卡罗尔、罗伯特·路易斯·史蒂文森以及马克·吐温的作品一样的神奇魔力？

---

① 约翰·纽伯瑞（John Newbery，1713 — 1767），英国出版家，开设了世界上第一家儿童书店，并出版了大量儿童文学书籍。1922 年，美国图书馆协会以他的名字设立了纽伯瑞儿童文学奖。

这些作品的确有魔法。它们令儿童在阅读时爱不释手、聚精会神，如同那个穿着彩衣的吹笛人，用他美妙的笛声吸引着哈默林的孩子们①。这是一种无法定义的魔法，精髓隐藏在使一代又一代儿童痴迷的书本中，孩子们将它们珍藏于心，使它们具有长久的生命力。与那些常常被最新畅销书取代的成人书籍相比，这些书籍拥有少见的永恒性。

我们无法总是知晓儿童究竟会把哪一本书放在心上，这正如“儿童为什么要阅读”这个问题一样，答案充满了不确定性。一旦儿童寻到了属于他们的书籍，他们在阅读中获得的喜悦便和成人读者是一样的。儿童和成人一样，从书本中获得了某种独一无二的体验。在一本由约翰·利维斯顿·洛斯②撰写的《关于读书》的小书中，我们会读到来自蒙田的一句话：“我不会去做任何没有乐趣的事情。”因为，洛斯说道：“属于孩童的热切渴望，一旦产生，就很少会消失。比如柯勒律治面对《一千零一夜》时的专注，约翰·济慈读莎士比亚时的孜孜不倦。”[1] 儿童的生活经验往往受到他们所处的狭隘生活环境的限制，他们寻找的正是能让自己越过那些界线的通道。一旦儿童在书里找到了通道，对成年人来说，儿童会瞬间转变，就好像上天赐予了他们一对翅膀。他们会欢欣鼓舞、毫无困难地越过那条无形的界线。

---

① 《哈默林的花衣吹笛人》（*Rattenfänger von Hameln*），德国中世纪民间故事，后被格林兄弟收入童话故事集《德国传说》（*Deutsche Sagen*）。——译者注

② 约翰·利维斯顿·洛斯（John Livingston Lowes，1867—1945），美国学者，研究领域为英国文学，特别是关于柯勒律治和乔叟的研究。著有《关于读书》（*Of Reading Books*）等。

没有任何力量可以强迫儿童阅读那些他们不想读的书。他们用高超的技巧和不懈的坚持，维护着选择的自由。他们或许并不知道究竟是什么原因，令他们拒绝某一本书，而接受另一本书，因为他们的判断很少具有理性分析色彩。由于自身的天性、对趣味的崇尚，以及“不做任何没有乐趣的事情”等原则，即使儿童读了那些非自己选择的书籍，也一定是心不甘情不愿的。

儿童选书的范围自然取决于他们手中能拥有什么书籍，因此，这很大程度上要依赖于成年人。成年人对儿童喜欢什么书，或者说儿童应该会喜欢什么书等问题的错误理解，势必将阻碍他们实现初衷，即培养儿童对书籍与阅读的热爱。如果这些错误的理念进一步传播，那么它们还会影响到为儿童创作的童书的内容。

在科学的年代，关于儿童的一切也变得科学化了，被规范在各种公式与方法里。我们用智商、语言排列、辅助阅读等术语来思考关于儿童阅读的种种问题。我们郑重其事地解释着他们身处其中的这个世界，想要用浅显的语言讲给他们听。我们自以为为他们量身定做了一切，正如我们自以为对他们十分了解一样。

但是，那充满热切、触手可及又深远难懂的儿童的心智——假如它也拥有属于自己的宽广视野，在面对奇异的精彩时，也有某种亲切而似曾相识的感受呢？也许，对科学方法的信仰这一现代趋势，令我们忘了去相信儿童自身具有的某种能力。那样的能力并不是年龄或成长发育的图表所能体现出来的。那充满渴望的视野，我们也曾经拥有过。只是我们早已将它抛在脑后，忘得一干二净了。

在克利夫顿·费迪曼[①]的《我喜爱的书》的导言中，作者讲述了自己在审读亨德里克·房龙[②]的手稿时，曾向他指出，他使用了一些较为艰深冗长的句子，儿童也许会读不懂。然而亨德里克·房龙却回答道："我是特意用这些词句的。"克利夫顿·费迪曼评论道："我稍后才明白了他的意思。"一个出色的儿童文学作家若有想要讲述的内容，他会尽可能用最好的方法来讲述，并充分相信儿童的理解能力，正如对刘易斯·卡罗尔或肯尼斯·格雷厄姆这样的作家的语汇选择研究所显示的那样。

看看沃尔特·德·拉·梅尔[③]是如何说的：

> 我清楚地知道，只有最优秀的作品才能满足儿童。我也知道，在成年生活中，也许会有那么一些瞬间，能让人重新体验强烈的快乐、无法用言语形容的幸福，还有恐惧、忧郁、疼痛，以及一切早已被遗忘了的、属于当初那个年纪的情感。童年时的那匹马，那棵橡树，那朵雏菊，它们在我一闪而过的记忆中露出脸孔，好像一切一如从前，带着那时所有的感觉。这对我来说是何等明亮的一种启示。[2]

① 克利夫顿·费迪曼（Clifton Fadiman，1904—1999），美国书评家、文学评论家和散文家，曾担任记者、编辑、广播和电视节目主持人。著有《一生的读书计划》（*The Lifetime Reading Plan*）、《我喜爱的书》（*Reading I've Liked*）等。

② 亨德里克·威廉·房龙（Hendrik Willem Van Loon，1882—1944），荷兰裔美国历史学家、记者。——译者注

③ 沃尔特·德·拉·梅尔（Walter de la Mare，1873—1956），英国诗人、小说家，因写给儿童的诗歌作品《倾听者》（The Listeners）而闻名于世。

如果带着这种理念来理解儿童，我们就会本能地抛弃一切平庸。我们应该只把那些值得阅读的书送到他们手中，那些诚实、完整、拥有某种视野的书，那些能使他们成长的书。成长对儿童来说是最自然不过的事情，他们不会静止不变，他们的身心都应该变化与活动。那些无法激发他们想象力的书籍，那些无法令他们的思想得以开阔壮大的书籍，不仅会浪费儿童的时间，也不可能长久地吸引他们的注意力。如果无法从一本平庸的书里得到满足感，他们会立即换另一本。

正是儿童迈向成长的本能，确保了书籍中那些持久正确的价值观会永远存在于他们的生活中。因为儿童正是最擅长捕捉对自身有益的事物的一个群体。对于儿童来说，只有那些具有永恒价值的书籍才能让他们找寻到成长所需的养料。

对儿童来说，读到一本好书，是一种特殊的体验。愉快地享受了阅读的儿童在此过程中得以成长，个体的身份也注入了新的内容。这样的儿童将更容易接受新的理念与印象，这一切都将照亮接下来的全新历程。儿童获得了某种持久永恒的东西，没有谁能将它夺走。

儿童在阅读中会经历不同的阶段，正如他们生理上的成长一样。一个孩子也许会经过从起初读童话，到阅读关于维京人的书籍，再到对火星感兴趣的转变。但是，他永远也不会丧失从童话故事中获得的想象力。阅读有关维京人的书会给他历史感，让他领略人类从过去走到现在这条路途的漫长与遥远。对宇宙的疑惑，对人类世界以外是否存在其他世界的好奇与揣测，也将长久地停留在他的生命中。所有他心怀喜悦阅读过的书籍，都会成为他未来阅读的基础，促使他萌生想要读更多书的渴望与需求。

相比过去，今天的儿童更有可能把属于他们的文学遗产丢弃在一边。但是，只要那些他们喜欢的精彩书籍依然在身边，这种情况发生的可能性就非常小。“一切的精神都是互相吸引的。”汤姆斯·特拉赫恩[①]写道。每一代儿童的心灵都被作家书籍中的精神吸引着，也正是这些作品中的智慧创造了儿童文学。

不过先要确认的是，当我们谈及儿童文学，我们所说的是同样的内容。为儿童所写的书籍，不一定是文学的。成人头脑中关于童书的概念，也不一定是儿童所想的。有的人认为，儿童书籍不过是将属于成人的某些主题简单化。这种仅仅将儿童看作成人缩小版的观点，来自对童年本身的错误理解。因为儿童是一个特殊的群体，他们的生活经验与成人是不同的。在一个不同的世界——儿童的世界里，价值观念需要用儿童的语言，而非成人的经验来表达。

比如说，儿童的问题比成人的简单，但同时，他们提出的问题比成人更直截了当，直指问题核心。儿童对真实与谎言、善与恶、幸福与忧伤、公正与不公之间的抽象界限停留在感知的层面，而不像成人那样，更多地关注这些原则的特殊应用。优秀的儿童书籍在处理这些主题时是清晰的。它们的价值观念被直接明

① 汤姆斯·特拉赫恩（Thomas Traherne，1637—1674），英国诗人、牧师和神学宗教作家。

了地表达了出来。尽管这些观念在文字中清晰可见，但它们并不是以说教的方式呈现。比如读童话故事的时候，儿童领悟了“无私与忠实的爱总会有完美的结局，这是因果规律”（“人人都要小心！”）这一道理，同时他们也发现“嫉妒与贪婪是多么丑陋低下”，这些都是儿童想要知道的。

在儿童看似不加选择的阅读中，在他们读着那些童话、历险记、幽默故事和其他各种类型的文学时，他们也许并没有意识到自己正在书中找寻永恒的真理，以及能给心灵以愉快和温暖的答案。但是对于隐藏在阅读这一行为下的深刻含义，他们是隐约了解的。正是在那里，有他们可以抓住的真相。安全感绝不仅仅来自物质的保证，它还必须有某些植根于个体深处的价值观念。若缺失了这些根基，对于还没有形成稳定性格的儿童来说，只剩下现代生活中模糊的价值观，也不足为怪。优秀的儿童书籍会给予喜欢它们的儿童某种稳固的力量，好像狂风中的备用锚。那不是什么道德上的模糊概念，而是可以紧紧抓牢的。

另一个关于儿童阅读的错误概念也必须在此提及。由于我们作为成人的岁月已经如此漫长，而童年又是那么短暂，于是我们以为童年的经验相对而言不那么重要。然而，童年恰恰是一段令人记忆深刻的、性格与其他各方面日益成形的时光。这段时光如此短暂，而在此期间儿童的接受能力又如此之强，因此相比成人，他们既没有时间也没有必要接纳任何的平庸。童年的印象会持续很久，并且会储存起来逐渐成为成人的一部分。如果这些都是事实，那么儿童在某种程度上是高于成人的。面对儿童从阅读中获得的各种印象和感受，我们又怎能表现得无动于衷呢？

有的人仅仅把儿童当作未来的成人读者，于是觉得他们在童年时代读了些什么是无关紧要的事情。我们当然希望儿童在长成大人以后仍会继续阅读，然而，是否有人想过，一个读了《金银岛》的孩子，会瞬间觉得他的世界被点亮了？优秀的书籍，哪怕仅仅一本，对儿童的心灵也存在着重要影响。那是一种有效的经验，帮助儿童在对一切事物和印象最为敏感的阶段，建立起判断力和良好的品位。童年时阅读《金银岛》或其他任何优秀的书籍，也许会为今后长久的阅读拉开序幕，而那序幕在儿童的印象中越是强烈持久，成年的阅读生活也将越有活力且持续不断。

成人对儿童书籍的另一个错误理解，是他们倾向于将童书看作一个与广义上的文学没有关联的、被隔绝的存在。其实，人们只要认真仔细地阅读儿童文学作品就会明白，评判成人文学的标准，同样适用于儿童文学。儿童文学有其独特价值，并以此为基础建立起体系，所有对它感兴趣的人都应该以一种严肃尊敬的态度来审视它。所有想要或者正在为儿童书籍研究付出时间、精力与心血的成年人，都应该将儿童文学当作广义上的“文学”来看待。儿童文学拥有其自身价值，并扎根于传统文学中。关于这个问题，C. S. 刘易斯以另一种说法表达了他的观点：“任何书籍，都不应该只在你十岁阅读时显得有价值。当你五十岁重读时，它应该仍能体现出同样甚至更多的意义……人们长大后重读觉得没什么价值的书，最好小的时候就不要去读它。”[3]

这将是一把为成人打开（或重新打开）通往儿童书籍的想

象世界的钥匙。它同孩子们手上握着的那把钥匙——阅读的快乐——是一样的。然而，由于成人在阅读儿童书籍时，带着属于成人的生活经验与理念，成熟的鉴赏能力与选择方法，因此他们所感受到的阅读乐趣与儿童相比也许是不同的。比如，成人把儿童书籍作为文学作品来阅读时感受到的愉悦，儿童很少能察觉到。这种愉悦在于有序的语言之美，在于书写的艺术，如同欣赏音乐与绘画一样。在《柳林风声》中，肯尼斯·格雷厄姆让鼹鼠和河鼠在他们熟悉的河流中缓慢地划着桨顺流而下，等待月亮的出现。作者是这样描绘这幅场景的：

> 地平线清晰可见地嵌在天空中，有那么一个角落，银白色的磷光在黑暗中慢慢往上爬，膨胀得越来越大。终于，在地平线的边缘，月亮缓慢而庄严地上升，像一艘离开了海港的轮船，最终滑到了天空中。于是他们又看见了大地——宽广的草原、静谧的花园和两岸都被柔和夜色包裹着的河流。神秘与恐惧顿时都被洗刷干净了，一切如同白天时那么明媚，然而又和白天那么不同。他们经常出没的地方如同换上了别的衣裳，正在欢迎他们，就好像刚刚逃走去了什么地方，穿上了新衣裳，然后又悄悄地跑回来，有点害羞地微笑着，等着想看看他们还能否认出自己。[4]

儿童还不能体味这类描写中所蕴含的文字质感，然而却能感受到其中散发出的某种神秘氛围，并越发被章节中水獭如何得救的戏剧性情节所吸引。

儿童文学是一个如此复杂丰富的课题，想在一本书中详细地研究它的方方面面恐怕会显得太过冗长。同时，研究所有个案作品的价值也是不可能的。我们的目标是将能够代表儿童阅读兴趣的各种书籍，以文学的标准来衡量，并指出评判它们的一些标准，同时也会简明地涉及儿童文学的传统。提及这些传统，不是为了讲述离奇的历史或者昔日的遗风，而旨在通过书籍展示儿童文学在岁月中的演变。

成人文学评论有其相应的论述与评论方式。我们将会用这些原则来分析儿童书籍。在众多为儿童书写的作品中，我们会试着讨论、分析那些公认的"经典之作"的优点。这样的审视将会帮助我们形成明确的判断体系，从而评判新的作品。儿童为了想象力的快乐而阅读，同时也为了获取信息而阅读。"知识类书籍"虽然无法被称为文学，但我们会对它们进行一些讨论。在每一章后都会附上一些阅读参考资料。

为儿童写作是一种艺术，因此它也应该以艺术的方法来进行。在围绕儿童书籍展开的讨论中，我们一再强调的重点是：儿童书籍首先应该是文学的，而不应该被看作工具，或为某种其他目的服务，无论这种目的有多重要。以这样的视角看待儿童书籍，让它们为儿童的思考与精神做出长久而有价值的贡献，这并不会使我们的话题显得沉重，相反，它应该是欢快而令人鼓舞的。

无论是民间童话、幻想故事，还是一本讲述英雄奇遇的书，让我们用开放的心态与思想来看待它们，让深藏其中的真与美的力量打动我们。从奥利弗·歌德史密斯[①]、查尔斯·兰姆[②]这些伟大作家开始，他们为儿童文学的发展做了重要而影响深远的工作。对约翰·拉斯金[③]、查尔斯·金斯莱、纳撒尼尔·霍桑、刘易斯·卡罗尔、乔治·麦克唐纳、W. H. 赫德逊[④]、马克·吐温、霍华德·派尔[⑤]、约翰·梅斯菲尔德[⑥]、罗伯特·路易斯·史蒂文森，以及其他创作了杰出文学作品的作家们，我们将在本书中予以关注。成人文学领域的一些著名现代作家也创作过儿童文学作品，其创造力与高质量都是不容置疑的。这些作品，以及其他郑重地选择专为儿童写作的作家们，都可以纳入儿童文学研究这一课题中。

---

① 奥利弗·哥德史密斯（Oliver Goldsmith，1730—1774），爱尔兰小说家、戏剧家和诗人，著有小说《威克菲尔德的牧师》（*The Vicar of Wakefield*）等。

② 查尔斯·兰姆（Charles Lamb，1775—1834），英国作家、散文家，代表作有《莎士比亚戏剧故事集》《伊利亚随笔》等。

③ 约翰·拉斯金（John Ruskin，1819—1900），英国作家、艺术家和评论家，代表作有《现代画家》（*Modern Painters*）等。

④ W. H. 赫德逊（William Henry Hudson，1841—1922），英国博物学家、作家，代表作有小说《绿厦》（*Green Mansions: A Romance of the Tropical Forest*）、散文集《鸟和人》（*Birds and Man*）、自传《远方与往昔》（*Far Away and Long Ago*）等。

⑤ 霍华德·派尔（Howard Pyle，1853—1911），美国插画家、作家。他为青少年读者创作了大量作品，包括民间故事和历史小说，代表作有《银手奥托》（*Otto of the Silver Hand*）、《铁人》（*Men of Iron*）等。

⑥ 约翰·爱德华·梅斯菲尔德（John Edward Masefield，1878—1967），英国诗人、作家，代表作有幻想小说《午夜人》（*The Midnight Folk*）、《趣盒》（*The Box of Delights*），诗歌《海之恋》（Sea Fever）等。1930年获英国第22届“桂冠诗人”称号。

引用文献

[1] John Livingstone Lowes, *Of Reading Books* (London: Constable, 1930), p.133.

[2] Walter de la Mare, *Bells and Grass* (N. Y.: Viking, 1942), p.11.

[3] C. S. Lewis, "On Stories", in *Essays Presented to Charles Williams* (London: Oxford, 1947), p.100.

[4] Kenneth Grahame, *The Wind in the Willows* (N. Y.: Scribner, 1933), p.157.

阅读参考资料

Duff, Annis."Bequest of Wings": a Family's Pleasures with Books. Viking, 1944.

Eaton, Anne Thaxter. Reading with Children. Viking, 1940.

Eyre, Frank. Twentieth Century Children's Books. Longman's, Green, 1952.

Hazard, Paul. Books, Children and Men; tr. from the French by Margaret Mitchell.Horn Book, 1944.

The Horn Book Magazine. vol. 1- October, 1924- .

Moore, Anne Carroll. My Roads to Childhood: Views and Reviews of Children's Books.Doubleday, Doran, 1939.

Repplier, Agnes. What Children Read (in *Books and Men*). Houghton, Mifflin, 1888.

White, Dorothy Neal. About Books for Children. Oxford Univ. Pr., 1947.

第二章

儿童文学的起源与发展

既然想诚心地阅读过去的文学，那么就让我们智慧地去阅读。在阅读中懂得分辨哪些是真正的优秀，哪些仅仅只是奇风或古雅。伟大的文学因其本质和绝对价值而得以流传。因为一首诗歌的绝对价值而欣赏它是没有错的，因为一首诗歌的历史价值而欣赏它也是没有错的，但是将其中的某一种价值混淆为另一种价值，则是错误的。

—— 乔治·桑普森[1]，《剑桥散文与诗歌》

① 乔治·桑普森（George Sampson，1873—1950），英国学者，著有《简明剑桥英国文学史》（*The Concise Cambridge History of English Literature*）。

追溯往昔有迹可循的资料与记录，我们会发现，那些在壁炉前讲述的故事、民间童话，游吟诗人穿行广场时吟诵的传说，都是属于成人与孩子共同的口头文学。当印刷文字取代了故事讲述者与游吟诗人，当博学精深的文学从时间的薄雾中显现出它们的脸孔时，故事与叙事诗依然活在不认字的、简单纯朴的普通人心中。婉达·盖格①在其著作《过去的已经过去了》（*Gone Is Gone*）的导言中对这一发展过程如是说：

> 这是一个非常非常古老的故事。我小的时候，我的祖母把它讲给我听。她小的时候，她的祖父讲给她听。而当她的祖父还是个波西米亚小男孩的时候，他的母亲把故事讲给他听。我不知道他的母亲是从哪里听来这个故事的，不过你们可以看得出，它的确十分古老。[1]

当书籍将文学送到所有能够识字阅读的人手中时，这个由成人和儿童共同分享的文学传统也并没有被遗忘。威廉·卡克斯顿②，英国第一位印刷商，在他最初的印刷书籍中选择了《列那狐的故事》（1481）和《伊索寓言》（1484）。卡克斯顿是一个讲求实际的商人，他选择印刷那些公众一定会购买的书，以及那些人们最熟悉的口口相传的心爱的故事。事实上，在卡克斯顿与其继

---

① 婉达·盖格（Wanda Gag，1893—1946），美国图画书作者，代表作有图画书《一百万只猫》（*Millions of Cats*）。

② 威廉·卡克斯顿（William Caxton，1422—1491），英国商人、外交官和作家，同时也是英国第一位印刷商，第一个将印刷机引入英国。

承者沃德的共同努力下，不经意中为儿童提供了一个精彩的童书书库。除了《伊索寓言》和《列那狐的故事》，这个书库还包含《瓦威克的盖伊》（*Guy of Warwick*）、《汉普顿的贝维斯》（*Bevis of Hampton*）、《瓦伦丁和奥森》（*Valentine and Orson*）、《罗宾汉》、《丹麦王子哈维洛克》（*Havelok the Dane*）、《亚瑟王》。如今，这些民间故事都被看作儿童故事的基础。

在图书变得便宜且普及前，作家们最初的文学经验也是来自那些众所周知的故事。尽管当时这些故事还没有被印刷出来，莎士比亚却在《无事生非》中引用了《狐狸先生》的传说，《李尔王》中则引用了《蔡尔德·罗兰》（*Childe Rowland*）。直到今天，当孩子们阅读雅各布斯[①]的《英国童话》时，依然会大声诵读着："大胆点儿，大胆点儿，不过也别无所畏惧。"至于蔡尔德·罗兰的那座黑塔，对他们来说则一直是个神秘魔幻的地方。

追溯这些故事从最初印刷到不断被重印这一历史的演变，将会是一个有趣的研究课题。但在此我们只想简明地关注那些一出现即成为儿童文学中的恒星，并且令儿童文学在所有文学类型中占有一席之地的作品。这些恒星般的作品并不是专门为儿童创作的，但无一例外被儿童变成了属于他们自己的书籍。直到今天，这些书依然让儿童觉得快乐。因此它们也成了我们探寻儿童究竟喜欢什么样的书的指南。

---

① 约瑟夫·雅各布斯（Joseph Jacobs，1854—1916），英国民俗学家、文学评论家和历史学家。他为儿童收集和改写了大量民间故事，代表作有《英国童话》（*English Fairy Tales*）。

的确，儿童经常会接受成人交到他们手中的那些书，但有时候他们也能自己找寻到究竟什么才是他们想要的，尽管他们也许并不能清楚地意识到，是对想象力与戏剧性的本能的追寻在推动着他们。这种探究好奇的天赋，或者说想要拓宽天地的渴望——无论你究竟称它为什么，它都自然而然地属于儿童，也属于人们都拥有的童年时代。在儿童拥有清晰的自我意识之前，童年正是一段充满好奇，寻找和探索那活跃多变的头脑所能抓住的一切的时光。在书本里，或者说正是在书本里，他们能寻找到如此丰富的机会。儿童对美和想象力的本能追求，解释了为什么儿童文学必须丰富多元，同时也回答了为什么儿童文学不仅仅包括那些专为儿童创作的作品，还包括儿童自己选择的书籍。

1678 年，清教徒的重要作品《天路历程》出版时，孩子们立即抓住了它。他们在其中找到了和《杀死巨人的杰克》（*Jack the Giant-Killer*）相似的奇妙冒险童话的模样。他们甚至由此创造了一个游戏：拄着拐杖，戴着帽子，背着行囊，开始一段朝圣之旅。他们摆脱狮子的袭击，与邪恶的撒旦搏斗，在“怀疑城”中被囚禁，在“喜悦山”上徘徊，最终走入了金光灿灿的国王宫殿。

也许约翰·班扬意识到了自己作品对儿童的吸引力，所以颇受鼓舞地创作了一本专为男孩女孩写的《神之象征》（*Divine Emblems*）。然而这次孩子们却不以为意了。他们对那些以小鸟和昆虫为题材，充满说教意味的押韵文字丝毫不感兴趣。孩子们辨别出了书中那个“刻意的目的”，于是立即躲开了它。《天路历程》也有其目的，但故事本身的戏剧性使它超越了一切，取得了成功。而《神之象征》的故事则是支离破碎、毫无建树的。

在清教徒的影响渐渐淡去，人们对儿童和儿童阅读产生兴趣以前，又有两本原本是为大人而写的作品被儿童收藏了起来。它们是《鲁滨孙漂流记》（1719）和《格列佛游记》（1726）。

正如保罗·阿扎尔在《书、儿童和成人》中所写的：

> 他们在小说中找到了创造的热情和天才，因此把自己当成鲁滨孙也就没什么好奇怪的了。和这位遭遇了海难的小说主人公一样，他们首先经历的是恐惧。被抛到一片陌生的土地，必须经过漫长的勘探才能掌握一切。他们和他一样，害怕黑夜的降临。当世界被夜色包围，明天太阳还会再升起来吗？还有很多其他的事情会叫他们害怕，比如饥饿、寒冷。然后慢慢地，他们开始掌控局面，开始感到安全。于是和鲁滨孙一样，他们着手重新创造生活。[2]

斯威夫特犀利而充满讽刺意味的《格列佛游记》，从未打算为孩子而写。想象一下，若有人告诉斯威夫特，他一夜夜独自在爱尔兰家中竭力创作的这部小说，变成了一代又一代儿童爱不释手的作品，他的反应一定会非常有趣。《格列佛游记》中蕴藏了太多儿童无法理解的内容，他们只是从中拿走了他们喜爱的部分。而他们最喜欢的，正是那种无边无际的想象力，它勾勒着格列佛在小人国的有趣历险，以及他身陷大人国时，充满惊奇又令人捧腹的故事。对儿童来说，这是一个故事，一个至今仍和

1726 年首次出版时一样鲜活精彩的故事。

同一时期，穿过英吉利海峡，夏尔·佩罗写下了他的八个法国童话故事，在 1698 年以《往日的故事与童话》为书名出版。接着，佩罗的童话被翻译成了英语，在《格列佛游记》首次出版后不久也得以问世。虽然在此以前已有其他民间故事以粗糙的大众口袋书的形式出版过，但佩罗的这部作品是第一本以选集形式在英国出版的童话集。它收录了《睡美人》《小红帽》《蓝胡子》《穿靴子的猫》《钻石和蟾蜍》《灰姑娘》《小拇指》和《一簇发里盖》。这些故事是每一代儿童共同拥有的不朽财富。

在约翰·纽伯瑞把他印着《圣经》和太阳的书商招牌挂到圣保罗教区以前，所有这些书籍就已经出现了。纽伯瑞的招牌同时也是一个标志，意味着专为儿童策划书籍这一事业正式拉开了帷幕。当纽伯瑞刚开始为儿童印刷书籍时，他的声音是孤单寂寞的。不过，他似乎意识到了这个市场的巨大潜力，而他的精明足以让他从中赚取可观的利益。约翰·纽伯瑞是一个商业天才。在这段时间里他聘用了斯摩莱特[①]，让他来编辑出版一本专为儿童创立的杂志，还印刷了大量袖珍本童书用来销售。同时，纽伯瑞还发现了当时就在附近的奥利弗·哥德史密斯，不时地预支些钱款给他，让他用作品来偿还。

我们有理由相信，哥德史密斯正是流传至今的首部专为儿童而写的英语童书《两只鞋子的古蒂》（*Goody Two Shoes*）的作者。

---

① 托比亚斯·斯摩莱特（Tobias Smollett，1721 — 1771），苏格兰诗人、作家，代表作有《兰登传》（*The Adventures of Roderick Random*）。

它之所以流传下来，是因为作者将故事和人物性格放在了比道德教育更高、更重要的位置。的确，《两只鞋子的古蒂》里依然有道德意味，作者对公正这一主题显然极为关注，对 18 世纪小农场主的艰难生活也有某种近距离的了解。然而，他仍能以一种亲切又可信的口吻来讲述故事。歌德史密斯在《两只鞋子的古蒂》里创造了一个小孩——假如她在真实世界中也存在着，一定会让所有儿童都喜欢。这个简单的小故事拥有一种难以用语言形容的魅力，也正因如此，无论岁月怎样流逝，这个故事始终留存在大人和孩子的心中。

哥德史密斯也很有可能是纽伯瑞书店出版的《鹅妈妈童谣》的内容收集者。对今天的我们来说，鹅妈妈的名字早已和那些有着不朽韵律的童谣紧密相连，这是理所当然的事实。我们很难相信，那其实是它们二者第一次融合在一起。这些童谣的起源永远是一个谜，它们中的大部分如同山丘一样古老。而它们的传承，以及儿童对它们的熟悉，则如最经典传统的作品《灰姑娘》《睡美人》和《三只小猪》一样。

《鹅妈妈童谣》囊括了五十多首童谣，最令人吃惊的是，它居然以莎士比亚戏剧中的某些抒情歌谣结尾。后来，哈利韦尔[①]对童谣进行了更大范围的搜集，并在 1849 年以《童谣和民间故事》为标题结集出版。它正是很多现代版本的“鹅妈妈”的资料来源。

---

① 詹姆斯·哈利韦尔-菲利普斯（James Halliwell-Phillipps，1820—1889），英国莎士比亚研究者，并做了大量英国歌谣和民间故事的收集工作。

尽管对那个时代的儿童来说，童谣和叙事诗是再熟悉不过的，然而以诗歌形式存在的作品却很少被儿童主动收入囊中。接下来，《天真与经验之歌》[①]也在1788年出现了，那些纯净诗歌的乐声，直到今天依然在儿童的耳畔回响着。布莱克选择了一个恰当的书名。这些诗歌摒弃了一切花哨的技巧，摒弃了所有文学的设计，直接而又自如地从一个伟大诗人的胸怀中流淌出来。它们的主旨是单纯的。像儿歌一样，它们的形式是质朴的，用词也是质朴的，创造出的画面则是清晰简洁的。也许这就是孩子们把这位英国文学史上极重要的诗人的作品视为己有的原因。

从《两只鞋子的古蒂》出现到大约18世纪末，也就是人们称之为“理性时代”的这段时间，为儿童而写的书籍进入了一段想象力之门被关闭的岁月。如今，除了少有的好奇者，那个时代所有充满了说教气息的书籍早已被人们遗忘。因为那些作者对他们写作的对象——儿童——的天性、环境和喜好一无所知。

在一封写给柯勒律治的信里，查尔斯·兰姆如此抱怨道：

> 《两只鞋子的古蒂》已经不再印刷了，巴鲍德夫人[②]的那堆作品把经典童谣全部扫地出门了……同大人们的命运一样，科学继承了诗歌，从此由它们来决定孩子幼小的步伐。难道没有什么办法避免这些令人心痛的灾祸吗？想想看，假

① 《天真与经验之歌》（*Songs of Innocence and Experience*），英国诗人威廉·布莱克创作并绘制插画的诗集。

② 巴鲍德夫人（Anna Laetitia Barbauld，1743—1825），英国诗人、散文家、文学评论家和童书作者。

> 如你不是从童年开始由那些民间故事和老妇人的童话养育长大，而只是被自然、地理、历史塞饱肚皮，现在的你会是怎样的人呢？

兰姆并没有止于抱怨。1806 年，他和姐姐玛丽·兰姆共同为儿童创作的《莎士比亚戏剧故事集》由戈德温[1]出版。

对当时的孩子来说，这一定是个令人雀跃的惊喜。对今天的孩子来说依旧如此，因为他们会发现与莎士比亚的初次接触并不是那么艰深困难。这些故事是如此清新，仿佛这是它们第一次被人讲述。剧中的场景以清晰明确的画面表现着，使读者直面戏剧本来的面貌，意识到自己在阅读中可能错过了多少细节。

《莎士比亚戏剧故事集》立即获得了成功，并且在兰姆仍在世时就已经出现了多个不同的版本。这一时期的英国文学领域中，我们很难再想起另一部像《莎士比亚戏剧故事集》这样的作品，不仅在当时受到欢迎，更被阅读至今。兰姆姐弟杰出的创作，其清新动人使后来所有莎士比亚戏剧的改写本都无法超越。根据莎士比亚作品改编的《莎士比亚戏剧故事集》也因此在文学史上拥有了自己的地位。

1808 年，根据查普曼[2]的译本，兰姆为儿童重写了《尤利

---

① 威廉·戈德温（William Godwin，1756 — 1836），英国政治哲学家、小说家，代表作有《政治正义论》等。此外，他与妻子共同经营出版社，出版了兰姆的《莎士比亚戏剧故事集》和其他儿童读物。

② 乔治·查普曼（George Chapman，约 1559 — 1634），英国戏剧家、诗人和翻译家，曾翻译荷马史诗《伊利亚特》和《奥德赛》。

西斯的历险》（*The Adventures of Ulysses*）。这并不是根据荷马原版进行的改编，因为兰姆从未读过原版。然而，正如哈维·达顿①所评价的："兰姆完成了一件不可思议的奇妙工作，他将《奥德赛》的华彩壮丽与近乎简洁的伊丽莎白式文风结合在了一起。"[3] 自此以后，也有很多其他基于荷马史诗的儿童版改编，但查尔斯·兰姆的《尤利西斯的历险》以其自身特点成了一部经典，并且依然是给儿童读的"尤利西斯"改编中最具文学性的作品。

兰姆在儿童文学方面的工作，昭示着那扇通往想象力的门已经被打开了。同时，许多作家和学者也对如何保存那些仍在民间口口相传的传统故事这一工作越来越感兴趣。他们开始不辞辛劳地搜集它们，以最忠于故事讲述者的语言将它们记录下来。尽管学者们对民间故事的兴趣主要在于故事中古老的信仰、风俗以及迷信的那些部分，但儿童却在这些故事里找到了幽默、戏剧性、美好与神奇。

民间故事中，除了佩罗的故事集和一些被分散印刷的故事，比如《汤姆·希卡列夫特》（*Tom Hickathrift*）、《杀死巨人的杰克》、《杰克与魔豆》（*Jack and the Beanstalk*）之外，其他的都仅以口口相传的形式被保留下来。然而，在德国有一对兄弟——雅各布·格林和威廉·格林，他们把最纯朴的德国农民讲述的民间故事记录了下来。这些故事以《儿童与家庭童话集》

① F. J. 哈维·达顿（Frederick Joseph Harvey Darton，1878—1936），英国出版家、儿童文学研究者。

（*Kindermärchen*）为书名，于1812年至1824年间出版。出版后没多久，立即被埃德加·泰勒[①]翻译成了英语，并加上了约翰·拉斯金的导言和乔治·克鲁克香克[②]的插图。英文版书名《家庭童话故事集》（*Household Tales*）可以说很有预言性，因为很少有童书像"格林兄弟童话"这几个字一样，如此深入地走进了千千万万个家庭。

格林兄弟收集的民间故事所获得的巨大成功，向人们展示了儿童对想象力的诉求是如何被满足的。而儿童文学因为某位天才作家的杰出作品得以再次丰富，那要等到玛丽·豪伊特[③]翻译汉斯·安徒生的童话。这又是一份来自欧洲大陆的珍贵礼物。汉斯·安徒生所著的《讲给孩子们听的故事集》由玛丽·豪伊特翻译，于1846年出版。从那时起，各种新的译本陆续出现。安徒生童话丰富多彩的想象力和对万物有灵的敏锐感知力，使它们必然成为所有儿童永恒的财富。像哈维·达顿在《英国儿童书籍》（*Children's Books in England*）中所说的那样，安徒生的童话"第一次也是永远地，将幻想与民间故事两种文学形式糅合在一起，以纯粹的面貌包括了这两种元素"。

而维多利亚时代的人对浪漫主义文学的兴趣，也体现在了那个时代为儿童创作的童书中。当时的流行观点认为，儿童的阅读应该转向那些浪漫的、好笑的、充满想象力的作品。在玛丽·豪

① 埃德加·泰勒（Edgar Taylor，1793—1839），英国翻译家、律师。
② 乔治·克鲁克香克（George Cruikshank，1792—1878），英国漫画家、插画家。
③ 玛丽·豪伊特（Mary Howitt，1799—1888），英国诗人、翻译家，代表作有诗歌《蜘蛛与苍蝇》（*The Spider and the Fly*）。

伊特翻译安徒生童话的同一年，爱德华·利尔[1]出版了《荒诞书》。这是一部收录了荒诞无逻辑的诗文的作品，明快的节奏和幽默的图画使它充满不可阻挡的魅力。

英国和美国的孩子们一直以来都分享着共同的文学遗产。在儿童书籍上，这一点体现得格外突出。无论是美国的作家还是英国的作家，所有在想象的王国里开拓出一片新天地的先驱者，都会被这两个国家的儿童共同阅读着。在儿童文学的黄金时代，大约 19 世纪后半叶，纳撒尼尔·霍桑改写了十二则希腊神话。它们以两卷的形式出版，1852 年出版的是《奇异书》（*The Wonder Book*），次年是《林莽故事集》（*Tanglewood Tales*）。霍桑对这些古老故事的重述温暖而亲切，与查尔斯·金斯莱的《英雄传奇》（*The Heroes*）相比，更具有民间故事的传统气息。1856 年出版的这部金斯莱作品，包含了一些和《奇异书》《林莽故事集》相同的故事，但金斯莱的文字更能使人回想起古希腊史诗中美与高贵的意境。

查尔斯·金斯莱最著名的儿童文学作品是出版于 1863 年的《水孩子》，尽管其中包含着那么一个道德“目的”，甚至是一个十分虔诚的目的，但小汤姆的故事以如此真诚又充满想象力的方式讲述着，使这本书对年幼的孩子仍充满了魔法般的吸引力。

充满幻想色彩的《水孩子》为另一个伟大的幻想故事，一部纯粹的天才作品，一部没有界限的永远属于童年的作品拉开了

---

① 爱德华·利尔（Edward Lear，1812 — 1888），英国艺术家、插画家、作家和诗人，《荒诞书》（*The Book of Nonsense*）是他最有影响力的作品。

序幕，那就是刘易斯·卡罗尔于 1865 年出版的《爱丽丝漫游仙境》，它的出版影响了所有为儿童而写的作品的风格与理念。其续篇《爱丽丝镜中奇遇》并不比前一本逊色，它在 1871 年得以出版，即《爱丽丝漫游仙境》出版后的第六年。在此期间，路易莎·梅·奥尔科特于 1868 年在新英格兰出版了《小妇人》，这是一本描绘新英格兰生活与环境的作品。在《从罗罗到汤姆·索亚》中，爱丽丝·M. 乔丹[①]这样写道："在美国，为女孩而写的小说中，能像它一样如此广泛地打动人心的，找不到第二本。像乔·马奇这么可爱、真诚、率真、被读者热爱的主人公也是少有的。她被描摹得如此精彩，是因为路易莎·梅·奥尔科特对她无比了解。"[4]

有的作品对整整一代儿童文学做出了贡献，但因为它们与当时的时代和社会环境过分契合，而在往后的岁月中渐渐失去了意义。这些故事中的人物形象和生活习俗，使它们完全变成了仅有社会史意义的作品，比如凯瑟琳·辛克莱[②]的《假日之家》（*Holiday House*）。但是，当马克·吐温回首凝望在密西西比的童年岁月时，他点亮的并不仅仅是一段时光，而是属于宇宙万物和永恒的少年之心。在路易莎·梅·奥尔科特的《小妇人》出版五年后，《汤姆·索亚历险记》也出版了，接下来是 1885 年出版的《哈克贝利·芬历险记》。如同哈维·达顿所说："它们虽然与

---

① 爱丽丝·M. 乔丹（Alice M. Jordan，1870—1960），美国儿童图书馆员，著有《从罗罗到汤姆·索亚》（*From Rollo to Tom Sawyer*）。

② 凯瑟琳·辛克莱（Catherine Sinclair，1800—1864），苏格兰小说家、儿童文学作家。

密西西比连在一起，但它们是属于世界的。”

与此同时，在英国又有一部幻想文学作品诞生了，且可以与《水孩子》和《爱丽丝漫游仙境》相媲美。它就是乔治·麦克唐纳的《北风的背后》，其纯粹的想象力和心灵真实的本质，深深地触动了那些敏感的读者的心。这些特点，人们也能从早期的民间故事和安徒生童话中寻得踪迹。

那个时候，还没有一部令人喘不过气来的冒险小说出现在儿童文学中。因此，当 1882 年罗伯特·路易斯·史蒂文森写下《金银岛》这本以宝藏、海盗、海上兵变与战斗为主题的小说时，对男孩和女孩们来说，一定是一种新鲜而刺激的体验。《金银岛》的巨大成功显示了儿童对这一主题的浓厚兴趣，并为这一领域的其他浪漫历险作品打开了一扇门。史蒂文森笔下的高个子海盗约翰·西尔弗，至今仍是海盗形象中最鲜明生动的。当鲁德亚德·吉卜林的《丛林故事》出版时，意味着另一片创作领域被开拓了出来。那些印第安人和野生动物在原始森林中多彩又神秘的生活形态，都在男孩莫格利与狼群相处的危险而不稳定的生活中，在他们在岩石前集会这样的场景中得到了表现。

19 世纪后半叶到 20 世纪初，这一时期内涌现出大量优秀的儿童文学作品。它们中的一部分不仅留下了重要的印记，对后来直到今天的儿童文学创作仍具有一定影响。其中最重要的发展是：

1. 儿童版的童话和民间故事的搜集与出版，比如格林兄弟的《儿童与家庭童话集》、达森特[1]的《北欧民间故事集》、安徒生的《童话集》、约瑟夫·雅各布斯的《英国童话》、安德鲁·朗格的《彩色童话集》和乔尔·钱德勒·哈里斯[2]的《雷姆斯大叔的故事》。

2. 对古希腊神话传说和史诗故事的改编，比如霍桑的《奇异书》和《林莽故事集》，金斯莱的《英雄传奇》，艾尔弗雷德·约翰·丘奇[3]的《伊利亚特的故事》（*Story of the Iliad*）和《奥德赛的故事》（*Story of the Odyssey*），霍华德·派尔的《亚瑟王和他的骑士们的故事》（*The Story of King Arthur and His Knights*），还有西德尼·拉尼尔[4]的《少年亚瑟王》。

3. 纯粹的幻想故事的出现，比如《爱丽丝漫游仙境》、《水孩子》、《北风的背后》、《金河之王》（*The King of the Golden River*）、《玫瑰与指环》（*The Rose and the Ring*）以及斯托克顿[5]的《奇幻故事集》（*Fanciful Tales*）。

4. 如实描写男孩女孩日常生活的倾向出现，比如《小妇人》、

---

① 乔治·韦布·达森特（George Webbe Dasent，1817—1896），英国翻译家，曾翻译了大量北欧民间故事和冰岛史诗作品。

② 乔尔·钱德勒·哈里斯（Joel Chandler Harris，1848—1908），美国记者、小说家，代表作有以民间故事为基础改编的童话《雷姆斯大叔的故事》（*Uncle Remus*）。

③ 艾尔弗雷德·约翰·丘奇（Alfred John Church，1829—1912），英国古典文学学者。

④ 西德尼·拉尼尔（Sidney Lanier，1842—1881），美国诗人，《少年亚瑟王》（*The Boy's King Arthur*）是他为儿童而写的诗集。

⑤ 弗兰克·理查德·斯托克顿（Frank Richard Stockton，1834—1902），美国幽默作家。

《银色溜冰鞋》（*Hans Brinker*）、《汤姆·索亚历险记》、《斯特克和他的同党们》（*Stalky and Co*），以及尤因夫人[①]的家庭题材小说、伊迪丝·内斯比特[②]的作品和柳克丽霞·P. 黑尔[③]的《彼得金一家》（*The Peterkins*）。

5. 在沃尔特·司各特作品的影响下，出现了以历史事件与时代为题材的儿童作品，比如夏洛特·M. 扬格[④]的《小公爵》（*The Little Duke*）和《林伍德的长枪》（*The Lances of Lynwood*），马克·吐温的《王子与贫儿》及柯南·道尔的《奈杰尔爵士》（*Sir Nigel*），霍华德·派尔的《银手奥托》和《铁人》，约翰·贝内特[⑤]的《斯凯拉克的故事》（*Master Skylark*）和《巴内比·李》（*Barnaby Lee*）。此外，对纯粹浪漫主义以及冒险故事的兴趣，比如我们已经提到过的《金银岛》，还有《海底两万里》和《吉姆·戴维斯》（*Jim Davis*），也在这个时候出现了。《丛林故事》似乎无法归入这众多作品中的任何一类，然而它开拓了动物生活和特性这一题材的领域，在童书中的影响不容置疑。

在 20 世纪以前（包括 20 世纪早期），这些为儿童创作的作家，以蓬勃的创新能力和极深厚的文学内涵为儿童文学创造了属

---

① 尤因夫人（Juliana Horatia Ewing，1841 — 1885），英国维多利亚时代晚期的儿童文学作家。

② 伊迪丝·内斯比特（Edith Nesbit，1858 — 1924），英国儿童文学作家，代表作有《五个孩子和一个怪物》（*Five Children and It*）、《凤凰与魔毯》（*The Phoenix and the Carpet*）等。

③ 柳克丽霞·P. 黑尔（Lucretia Peabody Hale，1820 — 1900)，美国作家、记者。

④ 夏洛特·M. 扬格（Charlotte Mary Yonge，1823 — 1901），英国小说家。

⑤ 约翰·贝内特（John Bennett，1865 — 1956），美国儿童文学作家。

于它的传统。儿童文学则以稳健的发展向人们展示着它的生命力。20 世纪出版的丰富多彩的童书，在此只能以十分简短的形式进行回顾。在衡量儿童读物的价值时，我们必须以过去众多作品中最优秀的那些作为参考标准。因为我们深信，只有与经典站在同样高度的作品，才能成为永恒的杰作。

成长是一种生命的迹象。为儿童写作是一门充满生命力的艺术，因此它应该被当作发展的艺术来对待，而不是被当成从《爱丽丝漫游仙境》出现后就静止不变的某种事物。《爱丽丝漫游仙境》和其他众多书籍，比如《英雄传奇》《柳林风声》等，都会是我们的试金石。我们可以把各种新书放在这些“巨人”旁边，尽管它们也许只是小人国里的巨人。事实上，优秀的儿童书籍仍在持续不断地出版，新的经典也正在书写或即将被写出来。关于儿童文学的遗产，在之后的章节中，我们会试着做一些综合的评论与分析。

引用文献

[1] Copyright, 1935, by Wanda Gag. Reprinted by permission of Coward-McCann, Inc.

[2] Paul Hazard, *Books, Children and Men* (Boston: Horn Book, 1944), p.58.

[3] F. J. Harvey Darton, *Children's Books in England* (N.Y.: Macmillan, 1932), p.199. This and the quotations on pages 27 and 28 are used

by permission.

[4] Alice M. Jordan, *From Rollo to Tom Sawyer* (Boston: Horn Book,1948),p.38.

阅读参考资料

Barry, Florence V. A Century of Children's Books. Doran, 1923. Methuen, 1922.

Darton, F. J. Harvey. Children's Books in England; Five Centuries of Social Life. Macmillan, 1932. Cambridge Univ. Pr., 1932.

Field, Mrs. E. M. The Child and His Book; Some Account of the History and Progress of Children's Literature in England. Wells Gardner, Darton, 1891.

Folmsbee, Beulah. A Little History of The Horn-Book. Horn Book, 1942.

Hewins, Caroline M. A Mid-Century Child and Her Books. Macmillan, 1926.

James, Philip. Children's Books of Yesterday, ed. by C. Geoffrey Holme. Studio, 1933.

Jordan, Alice Mabel. From Rollo to Tom Sawyer, and Other Papers. Horn Book, 1948.

Meigs, Cornelia, and others. A Critical History of Children's Literature. Macmillan, 1953.

Repplier, Agnes. Little Pharisees in Fiction (in *Varia*). Houghton, Mifflin, 1897.

Smith, Elva S. The History of Children's Literature. American Library Assn., 1937.

Turner, E. S. Boys Will Be Boys. Michael Joseph, 1948.

Welsh, Charles. A Bookseller of the Last Century. Griffith, Farran, Okeden and Welsh, 1885.

White, Gleeson. Children's Books and Their Illustrators. Studio, 1897-98.

第三章

儿童文学评论的态度

我们这个时代所需要的，并不是对每季新推出的所有童书不加选择地进行褒扬与宣传。我们所需要的，是对优秀作品和低劣作品都有信息明确的评论。没有优秀的评论，我们无法期待在这一领域会出现大量优秀、新颖的作品。而该领域真正的评论家，实际上正是儿童本身。

—— 安妮·卡罗尔·摩尔[①]，《走向童年之路》

能被人欣赏，总归是件令人欣慰的事情。但评论的目的不在于让我或其他任何的作者感到温暖。它的目的在于，针对风格与形式做出得当的评价，告诉我们作品写得究竟是好还是坏。

—— 杰弗里·特雷斯[②]，《课外读物》

---

① 安妮·卡罗尔·摩尔（Anne Carroll Moore，1871 — 1961），美国教育家、作家，也为美国儿童图书馆的发展做出了贡献。代表作有《走向童年之路》（*My Roads to Childhood*）。

② 杰弗里·特雷斯（Geoffrey Trease，1909 — 1998），英国作家，一生著述颇丰，且跨越儿童文学与成人文学两大领域。《课外读物》（*Tales out of School*）是他写的儿童文学理论著作。

通常，人们在拿起一本书时，首先想到的问题是：“这本书讲的究竟是什么？”一位偶然翻开书的读者会从标题、目录或者封面提示上找到粗浅的答案。他会了解到这是一本关于北极探险的书，或是讲述一个男孩如何出逃到海上的书，又或是关于某个中西部开拓者家庭的故事。如此仓促的一瞥也许可以满足普通而随意的好奇心，从而对这本书是否具有吸引力迅速做出判断。然而，那些带着评论的眼光来读一本书的读者，他们在研读书籍时并不会局限于表面的问题。

为出版商审稿的人、专业书评人、为儿童选书的图书馆员，他们在读同一本书的时候也许拥有各自不同的角度。为出版商审稿的人也许会从它能为出版社带来潜在收益这一角度去阅读；书评人在自己的评论中首先考虑的，是如何将这本书放到属于它的读者群面前，并引起他们的兴趣；图书馆员则会考虑这本书是否能在他们精心挑选的书目里占有一席之地。尽管他们有各自不同的出发点，但最后的判断应该建立在相似的基准上，即对文学的广泛了解和对文学价值的判断。这些应该是他们做出评判的基石。

换言之，评论者或图书挑选人应该清楚地知道他究竟期待在一本书里找到什么，他也应该了解必须达到哪些标准和要求。无论是已被人熟知的书，还是新出版的书，评论者必须能辨识出那些建立在优秀作品基础上的特质。这一点，无论是在成人文学领域，还是在被我们称作儿童文学的领域，都是一样的。

许多因素助长了非文学类儿童书籍的产生。儿童书籍出版已成为一个高利润的行业，只要看看近年儿童书籍的出版数量仅次于小说就能够明白。一想到有大量儿童书籍正源源不断从印刷厂送出来，事情就变得不容忽视了。优秀的童书即使入选了书评选集，却仍被忽略或淹没在书海之中——这是极有可能的事情。这完全是因为当代评论界对童书缺乏应有的认真关注。任何文学形式都同时存在着优秀的、劣质的和平庸的作品。但是，如果仅仅因为对某种文学形式缺乏兴趣而无动于衷，于是在各大评论书刊中忽略优秀的小说、诗歌、戏剧，那么我们的文化将变成何种面目？事实上，真正优秀的儿童文学作品，同其他一切优秀的文学一样，完全经得起严肃的评论。

儿童文学并不漫长的历史让我们看到，一个时代最不好的那些特征总会在那个时代的童书中得以体现。我们清楚地知道，一个时代的主题可能会成为主流，并影响儿童书籍。比如清教徒时代写给儿童的那些“神性信仰书”，其中过早地涉及了大量宗教内容，充斥着病态的虔诚感和不健康的情感。而在我们的时代，无论是对少数群体还是对社会中存在的不公正都已经有了清醒的认识和关注，我们不会再在无意中用那些如安妮·卡罗尔·摩尔所说的“毫无生气、背景复杂又充满了问题的故事”使童书显得沉重不堪。这样的书籍之所以常常会得到成年人的褒扬，是因为它们折射着成年人对社会问题的真诚关注，而并非因为它们本身的主题是对童年的自发关注。至于它们是否拥有永恒的文学价值，也并没有被仔细地研究过。

在这个动荡的、一切皆由科学和物质主义主宰的世界，没能为当代儿童文学的写作设定一些价值标准，真是一件理性或明智的事情吗？如果能以经典儿童文学作品为基准，发展出一套评判标准，并以它作为评判新出版读物的量杆，这将会帮助我们在不同程度上辨识那些同样拥有恒久品质的新作究竟是如何构成的。对这一量杆的需要是不容置疑的，因为在商业主义和物质主义占主导，而使平庸提至显著地位，导致图书出版日益泛滥陈杂的今天，只有它才能帮助我们辨识出优秀作品必须拥有的基本品质。尽管儿童有各自不同的品位与喜好，然而通过隐藏在文辞、主题与内容里的一些特征，我们将能够判别作品的健全与否，从而更多地保留那些能够带给儿童深切和持久乐趣的书籍。

一本好书之所以是优秀的，在于它出色的文学价值。也就是说，不仅内容是重要的，如何表现内容同样至关重要。有的书的题材极吸引人，然而呈现的形式却非常平淡乏味；有的书虽然内容平平，表现形式却显示出了深意。除了题材和作家的表现技巧，还有哪些因素能对一部作品是否会被判定为文学起到如此大的作用呢？“给予它价值的是艺术，而不是素材。”比如，《鲁滨孙漂流记》的成功，显示了荒岛海难这样的题材很受大众尤其是儿童读者喜欢。关于这类海难题材，后来有大量模仿之作出现，但它们中的大多数早已随着时光的流逝被人遗忘，而《鲁滨孙漂流记》则不，两个世纪过后，它依然是“前所未有的最优秀的荒岛故事”。笛福在《鲁滨孙漂流记》里创造了一个既基本又具有普遍性的概念，而他的模仿者从未达到过同样的高度。

对优秀作品必须具备的基本准则要有清楚的认识——这应

该成为所有评论者及选书人士在评判任何一类书时最根本的评判标准。对一类书采用某种价值评判体系，对另一类书则用另一种 —— 并不存在这样的情况。应该说，只存在基本的准则，它适用于一切书。最容易发现这种准则的是评论家或者书评人，他们常常会提出问题：作者究竟想要表达什么？他是用哪一种方法来表现的？他是否成功了？如果他的成功仅仅是部分的，那么他失败在哪里？也就是说，书评人在审视被他评论的书籍时，应该采用理性的分析法。

所谓的分析，并不意味着冰冷生硬的科学论述。它是理解好书与不那么好的书之间区别的首先条件。对书的分析能够帮助我们得出某些结论。这一结论是否合理正确，既取决于评论者个人的专业素质，也取决于书本身。学习评估与分析，其实是学习用心智并带着兴趣与兴味去阅读。这种阅读方式会使人激动地察觉到隐藏在文字中的作者的理念，以及作者为表达这些理念而使用的语言手段。另一方面，有的书也许会令读者充满兴趣，有的则令人失望。无论哪一种情况都值得仔细分析，究竟是什么原因使读者有这些不同的反应。

评论者个人的专业素质在书评中同样很重要。盲目的热情与建立在偏见上的批评意见都是不可信的。一个真诚的书评人会努力将个人的观点与专业的文学评论分开，并对自己笃信的信念怀有充分的理由。“为什么”这三个字是评判一本书时的试金石。“为什么我们喜欢它”或“为什么不喜欢它”，只有当我们能够回答这些问题时，我们才能够宣布，自己突破了表面，进入到书的深层次了。否则，我们的意见同一个随意而粗浅的读者的意见一样，是没有价值的。“正确地喜欢和不喜欢，”鲍桑葵[①]说道，“正是名副其实的文化的目标。”它也同样是对一切文学形式进行真诚评论的最高目标。

理性分析的方法是否会破坏我们在面对一本书时清新的、自发的阅读欲望？如果我们阅读时不仅带着敏锐易感的头脑，还带上一颗充满感情的心，就不需要有这样的担心。正如E. M. 福斯特[②]说的那样，我们应该“同时用两种方法”来读一本书，这样无论作者想要表达什么，读者都能够捕捉到。不仅如此，当我们读完一本书的时候，这本书的形态构造应该能清晰地呈现在脑海中，好像我们亲眼见证了一幢房子是如何在眼前建造起来的一样。我们能从各个角度审视它，看到哪些地方是优秀的，哪些地方则不甚理想。

如果人们在阅读时使用上述方法，那么他们看到的将不仅是书的形态，还有那藏于其中的理念。一本书的外部形态正是作者的理念发展时所形成的外壳；同时，它也是作者将理念带给读者时所使用的方法。理念是作者想要表达的内容，即主题。其媒介是语言。作者理念的质量，他所建立起来的外部结构的合理性，以及他的语言表达能力，很大程度上决定了作品的文学质量。

一本优秀的书应该具有新意（something original），同时又

---

① 伯纳德·鲍桑葵（Bernard Basanquet，1848—1923），英国哲学家、美学家、政治理论家。

② E. M. 福斯特（Edward Morgan Forster，1879—1970），英国小说家、散文家，代表作有小说《看得见风景的房间》（*A Room with a View*）。

富有文学风格。新意与文学风格是被很多评论家滥用的两个词，但其实很简单：新意即一个人对真理有着本原的理解，这种理解与另一个人对它的解读是不同的，所以称之为“新意”。请不要将这个词与“新奇”“新鲜”混淆。

有的作者没有任何属于自己的观点要表达，而只是模仿着某些他认为成功的模式。要辨识出这样的作者再容易不过了。他们不知道，二手的理念只能创造出二流的作品，因为这样的作品是缺乏新意的。具有新意的作者总是知道自己要说些什么，因为他的各种观点从头脑中不断涌出；它们是经验、观察和创造力融合在一起的产物。

另一方面，文学风格则是作者表述理念时所使用的不同表达方法的呈现。我们每一个人都有自己组织语句的方法，而作者的个性就编织在他的表达方式中。如果一个作者对语句的排列顺序和字词的选择运用都显得出众而精彩，那么可以说他拥有某种文学性的风格了。他的文学风格，或者语言运用，是具有个人色彩的，这也显示了作者的素质。

优秀的文学风格并不仅指“华美的写作”，它必须和书的主题相符合。比如维尔·詹姆斯①的小说《牧牛小马斯摩奇》，小说的风格与故事是完全吻合的。它赋予作者所描绘的特殊经历一个贴切的环境氛围。作者选择用属于自己的表达方法讲述这个故事，因此，对这本书价值的评价就必须将表达方法是如何传达作

① 维尔·詹姆斯（Will James，1892—1942），美国艺术家、作家，他的儿童文学作品《牧牛小马斯摩奇》（*Smoky the Cowhorse*）获得了1927年纽伯瑞金奖。

者理念的这一部分也考虑进去。

对作者来说，主题的选择也许是最容易的事情了。他可以说“我要写一本关于马戏团的书”，或者“关于一次月球旅行”，或者“关于动物的善良”。题材如此广泛，对作者来说是挖掘不尽的，而每一种题材又都可以从不同的角度来写。如果一个作者在面对主题时没有任何他自己的东西，也无法组织任何个人的观点，那么这本书一定是缺少个性的，唯一剩下的就只有作者的自说自话。这样的书最终会变得毫无意义，既无法触动人心，也缺乏挑战和影响力，我们可以说它缺少了某种核心的东西。

作者选择主题是为了展现个人的观点和理念，接着，主题在他创作作品时逐渐成形。这一点，无论小说还是其他文学作品都是一样的。而形式的多样化正是儿童文学的特点之一。不管以何种形式呈现，童话、关于动物的书，或者是英雄的故事，它们都必须拥有优秀作品的内在品质，才值得给予重视。

但这并不是说我们因此可以按照书的类型来决定，哪些书对孩子来说更重要，或者说传记比童话更重要。大人们普遍持有一种态度，认为信息类的图书相比其他童书对儿童更有益，因为它们能给儿童提供重要的知识，帮助儿童顺利地走上人生之路。但是大人们忘记了，儿童本身的好奇心和求知欲，就能使他们在某一天自发地转向一切让他们感兴趣的知识之源。

创造性的书籍也许并非百分百实用，但它们也以另一种方式培养着心智。它们会给予儿童眼界与认知、美与成长。只有跟比自身更宽广宏大的事物接触以后，只有当心智被它们“拉伸”得更宽阔，逐步走向想象的方向，人才有可能成长。越是富有超凡想象力的书，与纯文学的渊源就越紧密，其品质也就越接近那些伟大作品。因此，评判一本书的基本原则，最好是综合结构、理念、文字表达等众多因素，并考虑它是否拥有丰富的想象力。这些书大部分是小说。小说是众多文学形式中最难分辨出何为优秀、何为劣质、何为有意义、何为琐碎平常的一种。

我们已经说过，一个作者的观点、他构建的文体形式和他的语言表达能力很大程度上决定了作品的文学质量。那么就让我们先按这个顺序看看这些决定因素在儿童小说中所扮演的角色吧。谈及小说时，故事内在的观点是我们的首要关注对象。任何故事如果没有内在的观点，都是站不住脚的，哪怕有时候那些观点很平常且显而易见，比如“要善待动物，它们是我们的朋友”。

二流的童书作者常常选择关于社会进步的主题作为小说内容。也许因为儿童小说是成人写给儿童看的，而不像普通的小说，是成人为成人而写的。有很多作者，让他们写一个纯粹令孩子喜欢的故事，比让他们创作一部令自己感兴趣的小说要困难得多。

自从有了专门为儿童创作的书籍，就有一种关于“儿童书籍应该是什么样子”的概念开始流行起来。追溯各种早已被人们遗忘的童书，我们会发现这些书里强调的是如何让儿童学习礼貌、谦逊，掌握各种知识，甚至是那个时代成年人关心的各种社会或经济问题。虽然这些作品跟作者的名字一样，早已被人们遗忘了，但它们都是作者真诚且意愿良好的尝试。只是，他们的观点是建立在盲目且不加选择的文学标准上的，他们对儿童本质的理解也是错误的。

保罗·阿扎尔如是说："童年温柔美好，还是无须背负生活压力的时光，这些富足的、被人引领同时也预先收获着人生华彩的日子，成年人却要将它就此抹去。"接下来，阿扎尔向我们描绘了什么是他眼中优秀的童书："我欣赏那些忠于艺术本质的书籍，即那些能提供给儿童一种直觉的、直接的知识形式的书。在它们身上，拥有简单又能令人立即察觉到的美感。它们有激起儿童灵魂震颤的能力，并将这种震颤注入他们的生命中去。"他认为好书是那些能够"让他们懂得尊重所有生命"的书，"尊重游戏的尊严和价值的书籍，让人们了解，智力与理智的练习，并不一定是立即有用或者纯粹实用的"。对于知识类书籍，他喜欢那些"向儿童讲述最困难但又是最必需的知识的，关于人类心灵的书籍"。"成年人，"他说，"一直以来压迫着儿童。"他用一句话解释了何为压迫儿童："扭曲年幼的心灵，利用便捷生产的虚假而令人难以消化的书籍，以廉价的道德学家和博学人士做装点，忽略那些本质的优点，即我所谓'对儿童的压迫'。"[1]

一本新出版的童书得到成年人的欢呼赞扬，不是因为它创新的理念、丰富的想象力和它为儿童书写的艺术价值，而仅仅是因为它符合了成年人在某一阶段对某些问题或经历的特殊兴趣。这个时候，人们应该提出这样的问题：这本书被如此褒扬的理由终究正确吗？何为儿童阅读最合适的主题，人们对此的认识是否存在着本质上的错误？海伦·海恩斯[①]在她的《小说要旨》（*What's in a Novel*）里这样说道：

> 很多很聪明的人阅读的兴趣是真诚的，对自己的判断力也是极少动摇的，然而他们对一部作品的文学品质却全然不敏感，这真是一件奇怪的事情。对他们来说，书的内容和道德说教才是唯一重要的。[2]

一本书的观点或主题告诉我们的，不仅仅是作者试图在书里说些什么，同时也会让我们知道这本书对它的目标读者是否真的有意义。一本写给儿童读的书，只有儿童自己才能做出最后的评判。而作者是无法长时间欺骗儿童的，因为儿童直觉的反应总是与愉快、求知的欲望和喜悦紧紧联系在一起。

主题应该以一种自然连贯的方式编织在书的结构中，并且和故事的推进同时发展，而不是硬生生地以明显的方式出现在某些独立事件中。它应该通过行动和事件、人物性格与对话得以发展。举一个简单的例子，如果故事的主题是"狐狸是十分狡猾的"，儿童并不希望我们直接告诉他们狐狸是狡猾的。他们期待着在故事里亲眼看到狐狸是如何机敏，从而自己描绘出一幅关于狐狸特征的图画。

我们可以想象，在这个故事里，事件一个接一个地发生，一

---

① 海伦·海恩斯（Helen Haines，1872—1967），美国作家，为美国图书管理事业的科学化和职业化做出了巨大贡献。

直到故事的高潮，狡猾的狐狸取得了胜利——或者它因为狡猾反而失败了。接下来的故事，无论结局如何，都会以某种方式收尾。也就是说，我们的故事将会有开头、中间过程和尾声。这一系列的事件会吸引我们的注意力，因为每一个事件都把我们引到一些线索前，让我们期待故事继续，好看看接下来还会发生些什么。

关于事件的叙述和情节的构建之间的区别是较难解释的。我想最好的解释是E. M. 福斯特在《小说面面观》(*Aspects of the Novel*)中讲到的:“假如它是在故事里的(他解释为‘被安排在时间线里的叙述性的事件’)，我们会提出‘接下来呢？’；假如它是在情节里的，我们会提出‘为什么呢？’”他说，“在国王死后王后也死去了，这是故事”，而“国王死了，王后也因忧伤死去了，则是情节”。[3] 正是情节将故事中的一系列事件联系在一起，从而形成一个完整的故事。

儿童对故事即刻的兴趣，在于作者讲述的故事中的行动。如果情节本身不够精彩，那么无论用多么高超的技巧，都无法长时间地吸引儿童的注意力。与此同时，儿童能够辨识出他们所读的故事之间的不同之处，他们也能够意识到，除了纯粹娱乐以外，故事还在向他们呈现某些价值观念。

有一些写给儿童的故事是纯粹客观的，儿童对它们的兴趣建立在那些快速发展的行动中。这些故事会制造悬念的氛围，而孩子们的兴趣则聚焦于想象的事件中。一旦他们知道了结果，兴趣也就立即消失了。对读者来说，阅读时的刺激感与作者掌握情节的技巧是联系在一起的。但是，如果一本书能给予读者的只有悬念，人们再次阅读它时乐趣就会小得多，因为那时悬念已经不存在了。

还有另一种客观的故事。在这些故事中尽管也是由行动产生即刻的吸引力，但主人公的个性在故事结束后依然存在于读者的脑海中。比如，一个孩子读了一系列关于海盗的故事以后，觉得它们或多或少有点意思，不过这些故事对他来说还是显得大同小异。但是，当他读到史蒂文森的《金银岛》时，那个让他既害怕又喜欢的海盗会给他留下深刻的印象。对这个孩子来说，史蒂文森用想象力塑造的高个子海盗约翰，将永远是海盗中的海盗。

在这样的故事里，作者用客观的方式进入他的主题。一切都是为故事服务的——想象的事件，被事件影响或影响事件的人物，背景、时间以及地点，等等。它们在文学中的地位并非由故事的悬念来决定，而由其他因素决定。作者创造的是一个个令人难忘的鲜活的人物，而不是仅仅为了完成行动的木偶。作者对时间与空间的把握，为故事的环境营造一种逐渐渗透的氛围，让读者感受到了仿若真实的错觉。那不是简单的场景描绘，更让故事达到了某种深度与微妙。最后，当然还有作者语言的力量。

这些因素可以告诉我们，一个故事究竟是出色还是平庸，是值得反复阅读还是完全不值一读。客观叙事小说《金银岛》，就像这样被罗伯特·路易斯·史蒂文森创作出来，成了儿童文学中的经典。但这样的创作方式到了笨拙的作者手中，就只能制造出情感泛滥的平庸作品。

除了客观叙事，还有另一种为儿童写作的方法。有些故事，除了叙述的事件以外，我们仿佛还能从中感觉到一些其他的价值，听到隐藏着的声音。我们感觉到作者似乎是回想起了自己的童年，用他成熟的理解与生活经验照亮了一个想象中的童年故事。作者在此运用的方法是主观而非客观的。他有东西要讲给儿童听，并且以他讲故事的才能吸引着他们。

保罗·阿扎尔要求儿童书籍里必须包含一些深刻的道德内容，作者在推进行动的同时能够赋予作品某些持久永恒的真理，并能够坚持他们所主张的真实与公正。像这样为儿童写作，对作者来说是一件十分严肃的事情：它要求作者拥有对某些普遍的道德理念和心灵价值的清醒意识，要有创造和想象的力量，以及语言表达的能力。作者如乔治·麦克唐纳和W. H. 赫德逊，就具有这种深刻的内涵、想象力与创新表达力。缺少才华、不够成熟的作者，在采用主观叙事的方法为儿童写作时，常常会显得思路不清、高高在上又琐碎平庸。

评判一本书的文学价值时，将它与其他同类作品进行比较总是一个不错的方法。与一本公认的具有价值的好书相比，如果它能够与之并肩，能自然而然地被人们记住，就说明它具有和那些好书一样的优点；反之，如果它让人联想起某些昙花一现的平庸作品，就说明它缺少我们寻找的文学价值。

判断一本书是好是坏，看清文学精神是否在其中，这要求读者具有敏锐的感知力和思辨能力来告诉自己“这是对的”“这是真实的”，或者“这是不对的”“这是虚假的”。然而，并不存在能告诉我们正在读的书是优秀作品还是拙劣作品的万无一失的公式。不过，对经典作品的熟悉和了解，将会是帮助我们感受与分析现代童书的基石。如同阿瑟·奎勒-库奇①所说：

> 无论我们运用的是哪种语言或文学，最终还是要以那些经典作品作为参考与依据，作为我们可以信赖的基石。而无论在哪种语言里，这些经典作品的数量都不算很庞大，也不难找到，最重要的是，这些作品并不会因为太难理解而令读者望而生畏。从这些作品中挑选出那么几部，三本或两本，甚至一本，我们也许就能教给学生什么是真正的欢乐了。也许在有了这样的品位以后，我们的学生会被某种内在的力量指引着，于是就会懂得在独立阅读时选择优秀的书籍，而放弃劣质的了……也许那些具有普遍性和永恒性的作品对我们来说就足够了。真正的经典作品是具有世界普遍性的，它呼唤着人们宽广宏大的心灵。它同时又是永恒的，无论诞生了多少年，无论是在哪一种环境下创作出来的，它始终具有意义，甚至拥有了新的内涵；它依然完好无损，如同刚刚被铸造出来一般，保持着当时烙于其上的高贵印记。或者可以这么说，虽然一代又一代的人不时敲打那枚硬币，它依然能发出最初的灵魂的回响。[4]

---

① 阿瑟·托马斯·奎勒-库奇（Arthur Thomas Quiller-Couch，1863 — 1944），英国小说家、文学评论家，剑桥大学英语文学教授。

引用文献

[1] Paul Hazard, *Books, Children and Men* (Boston: Horn Book, 1944), p.4, 42-44.

[2] Helen E. Haines, *What's in a Novel* (N. Y.: Columbia Univ. Pr., 1942), p.244.

[3] E.M.Forster, *Aspects of the Novel* (N.Y.:Harcourt,1949), p. 82-83.

[4] Sir Arthur Quiller-Couch, *On the Art of Reading* (London: Cambridge Univ. Pr., 1920), p.198-199.

阅读参考资料

Haines, Helen. Reviewing a Novel (in *What's in a Novel*) . Columbia Univ. Pr., 1942.

Hazard, Paul. Books, Children and Men, tr. from the French by Margaret Mitchell.Horn Book, 1944.

Lowes, John Livingston. Of Reading Books. Houghton, Mifflin, 1929. Constable, 1930.

Moore, Anne Carroll, and Miller, Bertha Mahony, eds. Writing and Criticism; a Book for Margery Bianco. Horn Book, 1951.

Moore, Annie Egerton. Literature Old and New for Children, Materials for a College Course. Houghton, Mifflin, 1934.

Quiller-Couch, Sir Arthur Thomas. On the Art of Reading. Putnam, 1925. Cambridge Univ. Pr., 1920.

——. On the Art of Writing. Putnam, 1916. Cambridge Univ. Pr., 1916.

Swinnerton, Frank Arthur. The Reviewing and Criticism of Books. Dent, 1939.

Woolf, Virginia. How Should One Read a Book (in *Second Common Reader*). Harcourt, Brace, 1932.

第四章

童话的艺术

在我的印象中，童话里的人物与现实生活中的人有着相似的行为与处事方式。他们有的在崇高原则的指引下生活着，有的则陷入了罪恶的生活；有的善良乐施，有的吝啬且危害他人；有的热衷于奇遇，有的驻足家门。有坚强的人，也有软弱的人；有诚实的人，也有狡诈的人。有的人拥有超群的智慧，也有很多人才智平平甚至十分无知。各种类型的童话通过贯穿其中的行动，用客观、连续、强调的方式影射着生活。童话并不“宽恕”那些违背道德基准的行为。它们只是将实际存在的真相展现在人们眼前。

——安尼斯·达夫[1]，《翅膀的馈赠》

---

① 安尼斯·达夫（Annis Duff），美国儿童图书编辑，曾任儿童图书馆员。《翅膀的馈赠》（*Bequest of Wings — A Family's Pleasures with Books*）是她撰写的关于儿童阅读指导的书。

作为虚构故事的一种，童话在成人的阅读领域几乎没有属于自己的位置。然而每一个人都在童年时听过或读过童话。要想找到一种对儿童来说比童话更有趣、更容易接受的文学形式，大概是比较困难的。几乎可以肯定的是，童话在儿童文学中占有永久的地位。因为，一个流传了几百年的故事，必然是拥有了某种生命力，才会永恒不朽。

与其他传统文学形式一样，童话在最初是属于所有人的，既包括成人也包括儿童。当人类还处在童年时期时，童话就已被普罗大众留存和讲述，并得到了重视。在学者根据口述予以记录，人们以印刷书籍的形式将其长久保存下来以前，童话依然以初始时的面貌存在于偏远的地区。

为什么会有像亚柏容森和莫伊①，以及格林兄弟这样的学者，不惜花费多年时间寻找、收集这些民间故事？可以肯定的是，他们并不是为了丰富儿童文学的内容而进行搜寻，尽管无意中达到了这样的目的。他们感兴趣的不是童话故事本身，而是通过这些古老的传说，让人们看到属于古老时代的习俗与信仰，或是通过同一个故事不同版本的比较，让人们看到印欧语系族群的迁徙。然而，这些传统故事能在儿童的阅读中占有如此重要的地位，并不在于它们对学者具有特殊意义，而是因为它们本身的文学品质。

---

① 彼得·克利斯登·亚柏容森（Peter Christen Asbjørnsen，1812 — 1885），挪威作家、学者；容根·因格布利森·莫伊（Jørgen Engebretsen Moe，1813 — 1882），挪威作家。二人共同搜集和编写了《挪威民间故事》。

传说，是我们谈及那些在光阴的尘埃中失去了原本面貌的故事与诗歌时所用的词语。没有人知道它们的作者，也没有人知道它们最初讲述的时间与地点。它们似乎和人类一样古老。关于民间文学的历史，已有许多学术文章进行过论述，感兴趣的人很容易就能找到相关材料。不过，我们在此关注的是，今天仍存在着的童话，它作为文学作品的价值在何处？它对于儿童的意义又在何处？

尽管大人们早已将童话从他们的阅读清单中剔除了——他们认为童话充满幼稚的想象，既不真实，又与他们所熟悉的那个世界的各种自然法则脱节——但我们却能从成年人的话语和书写中找到许多来自童话的印记。我们都明白“这是一个灰姑娘式的童话”这句话意味着什么，或者“他是一只丑小鸭”，或者“他杀死了那只会下金蛋的鹅”，或者“那是一个美女与野兽的故事”，或者“真是一个蓝胡子”，或者“安姐姐，安姐姐，你看见有人来了吗？”，或者“芝麻开门”，或者“海上的老人”……日常谈话中，这样的比喻证明了童话是如何深刻地留在了人们的记忆中。与此同时，它们是否也在某种程度上反驳了成年人所谓的“童话故事与现实世界脱节”的理论？让我们别带偏见，而像对待当代众多作品一样，来仔细地审视它们。我们将会发现什么呢？

这里有一个我们称为“精灵故事”（fairy tale）的故事，尽管角色中并不存在“精灵”。它是格林兄弟收集的众多故事中的一类，德语中称之为“Märchen”。由于在英语中不存在一个与它完全对应的词语，因此我们将它翻译成“家庭故事”或“民间童话”。这些词语描绘了传说故事，其中生活着各个阶层的普通百姓，发生着各种意想不到的奇异事件。让我们读一读这个故事，如果有可能的话，来探究一下，它的文学价值在何处，它对儿童有怎样特殊的文学意义：

很久很久以前，有一个国王和王后。他们每天对彼此说：“如果我们能有个孩子该多好！”可是他们却一个孩子都没有。有一天，王后洗澡时，突然从水里跳出一只青蛙，青蛙蹲在地上对她说：

“你的愿望将会实现：不用一年时间，你就会生下一个女儿。”

青蛙的预言真的实现了。王后生下了一个可爱无比的女儿，国王十分高兴，决定大宴宾客。他不仅邀请了亲朋好友，还请来了可能在日后给孩子带来幸运的女巫。这样的女巫在他的王国里总共有十三位，但是国王只准备了十二个金盘子，而将其中一位女巫忘记了。盛大的庆祝宴会如期举行，宴会结束时，女巫们纷纷来到婴儿的摇篮边，每人赠给她一份礼物。一位女巫送给孩子贤德，另一位送给她美貌，第三位将财富赠予她……就这样，公主将拥有世界上一切令人渴望的事物。当十一位女巫都说出了各自的馈赠，那未被邀请的第十三位女巫却突然出现了，作为对没有受到礼遇与邀请的报复，她大喊着：“你们的孩子将在十五岁时被纺锤扎破手指，并因此而死去！”

说完她就匆匆地离开了。所有人都被这诅咒吓坏了。幸好第十二位女巫还没有送出礼物。她虽然无法彻底消除前一位女巫的诅咒，但至少能让一切变得不那么严重。

“公主并不会因此死去，但她将睡上整整一百年。”她向众人宣布。

国王迫切地想要将女儿从诅咒中拯救出来，于是下令将全国的纺锤都烧了个精光。

公主渐渐长大了，因为女巫们赐予的各种优点，她是如此美丽、端庄、可爱、善良和聪慧，令所有人看到她时就会不由自主地爱上她。

就在她十五岁生日的那一天，国王和王后骑马出去了，公主一个人在城堡里。她独自散着步，走遍了所有的房间与角落。最后，像是被某种好奇吸引，她来到一座古老的塔楼下。爬上狭窄的旋转楼梯后，公主面前出现了一扇小门。她转动门上一把生锈的钥匙，门开了。房间里坐着一个正在缝纫的老婆婆。公主走到老婆婆面前，对她说：“您好，您在做什么？”

“我在缝纫。”老婆婆回答着，一边点点头。

“那飞快旋转的东西是什么？”她边问边用手指摸了一下纺锤，也想试试看。她的手一接触到纺锤，那可怕的诅咒就应验，她的手指被刺破了。公主立即倒在了床上，沉沉地睡了过去。这睡眠扩散到了整座城堡，国王和王后此时已回到了城堡大厅，也昏昏沉沉地睡着了，然后是整个宫廷。接着，马厩里的马儿、院子里的猎犬、屋顶上的鸽子、墙壁上的苍蝇也进入了睡眠。甚至连正烤着肉的烤架也停止了转动，像大家一样睡着了。厨师揪住了做错事的小徒弟的头发，却突然松开手，呼呼大睡起来。风停止了吹拂，城堡周围的树上，叶子也不再飘落到地上。

城堡的附近，一株荆棘慢慢地生长着。它一天比一天茂盛，渐渐把整座城堡都遮掩了起来，除了屋顶上的风向标，什么也看不见了。而荆棘丛中名为“玫瑰公主”的睡美人的传说，就这样在全国各地传开了。不时会有王子来到城堡前，他们试图钻进荆棘丛，却无论如何都走不进去。最终，这些年轻的王子都挂在荆棘上，痛苦地死在了那里。

很多年以后，有一位王子经过此地。他听见一位老人正在讲述睡美人的故事。老人讲述了那里为什么会有一座荆棘城堡，而城堡中有一位名叫玫瑰公主的睡美人，已经沉睡了一百年，就连国王、王后和整个宫廷都同她一起睡着了。老人听自己的爷爷说，所有想穿过荆棘丛走进城堡的王子，都被荆棘困住，最后惨死在了那里。然而那年轻的王子说道：“我一点也不害怕。无论如何我都要见到这位可爱的玫瑰公主。”好心的老人劝王子打消这个念头，王子却不肯听。

此时，恰好是一百年岁月的尽头，睡美人苏醒的日子就要到了。当王子走到荆棘丛前，它们立即变成了美丽的花丛，并且自动分开，为王子让出了一条路。王子走过去，花丛又在他身后合上了。进入城堡的庭院后，他看到了沉睡中的马儿和有斑纹的猎犬，屋顶上的鸽子则把脑袋藏在翅膀下。他走进房间，看见墙壁上的苍蝇也睡着了。厨房里厨师抬着胳膊，正准备打小徒弟，女佣把黑母鸡搁在膝盖上正要拔毛。接着他走上了楼梯，发现整个宫廷里的人都在睡觉，国王和王后则在宝座上沉睡着。他继续向前走，周围的一切安静得让他能听到自己的呼吸声。最后，王子终于走到塔楼前。当他爬上楼，推开一间小房间的门，看见玫瑰公主就躺在那里。公主的睡颜是如此美丽，他的目光被紧紧抓住，无法移开。王子情不自禁地弯下腰，亲吻了公主。这时，公主醒了，睁开眼睛温柔地看着他。当他们一起走出塔楼时，国王和王后也苏醒了。人们一个接一个醒来，都瞪大了眼睛，惊讶地注视着彼此。院子里的马儿站起来，抖了抖身子，猎犬们跳了起来，摇着尾巴。屋顶上的鸽子把脑袋从翅膀下伸出来，看了看四周，展翅飞翔起来。苍蝇依然没头没脑地打着转。厨房的炉火又点燃了，烤架上的肉重新被烘烤着。厨师还是打了小徒弟一巴掌，小徒弟大叫起来。女佣则开始给黑母鸡拔毛。

没过多久，王子和玫瑰公主举行了一场盛大的结婚典礼。他们就这样永远幸福地生活在了一起。[1]

这个故事的整体内容对我们来说是似曾相识的。在希腊神话中的珀耳塞福涅身上，以及北欧神话中在火焰的包围下沉睡的布伦希尔德身上，我们都能找到相似之处。所有这些故事的主题都暗示着沉睡的冬天与苏醒的春日。

故事里的对话对我们来说同样是熟悉的。丈夫与他的妻子（在这里是国王和王后）希望有一个孩子；令他们心愿成真的预言通过超自然的方式表述出来（王后洗澡时出现的青蛙）；为了庆祝孩子诞生举行宴会，邀请了十二位女巫赐予孩子魔法的礼物；没有被邀请的第十三位女巫为报复而诅咒公主死亡；这一可怕的诅咒被接下来的馈赠从恐怖的死亡削弱为长时间的睡眠。当一切按照诅咒发生了，整座城堡陷入持续百年的睡眠中时，也就到达了故事的高潮。然后王子到来了，用吻唤醒了公主，像所有童话的传统那样，“他们就这样永远幸福地生活在了一起”。

这一再经典不过的故事形式让老练的读者早就知道了结局，我们不禁自问，对此类故事的兴趣和不变的新鲜感来自何处？首先可以考虑一下故事里呈现的浪漫场景：一位美丽的公主拥有“世界上一切令人渴望的事物”，然而因为一个残忍的怨恨行为，她将失去一切。这时，我们的注意力便集中在接下来的情节。既然父亲已经将表面存在的一切危险都扫除了，那么接下来会发生什么呢？某一天，公主被独自留在城堡中，为了消遣四处游荡，走进了古老的塔楼——到此，一切发展得很自然。“爬上狭窄的旋转楼梯后，公主面前出现了一扇小门”，而在门的后面，那塔楼的小小房间里，“如同诅咒所说的，一切就这么发生了”。邪恶的诅咒实现了，公主和整座城堡都陷入了沉睡。故事形象地描绘了这一场景，即使是墙壁上的苍蝇也不例外，“甚至连正烤着肉的烤架也停止了转动，像大家一样睡着了”。城堡是如何被荆棘层层叠叠地环绕起来，直到外面的人看不见它，这幅图景也同样被描绘着。只有传说在乡野间流传，依然让人们对睡眠中的公主充满兴趣。传说带来了很多王子，他们企图越过荆棘，最终却“痛苦地死在了那里”。

如今，一百年过去了，又来了一个王子想尝试着越过荆棘，并且成功了。我们看看他是如何走进城堡的庭院和宫殿的。百年前发生过的场景被再次描绘，一直到王子来到塔楼的房间里。“公主的睡颜是如此美丽，他的目光被紧紧抓住，无法移开。王子情不自禁地弯下腰，亲吻了公主。这时，公主醒了，睁开眼睛温柔地看着他。”如同当年所有的人和事物一起陷入了睡眠一样，此时，城堡中的一切都随着公主的苏醒而醒了过来。不过这第三次场景描写的重复似乎与之前是相反的——好像我们看着一个时钟缓慢停滞，停止了很长一段时间后又嘀嗒嘀嗒地走了起来，像从来没有停止过一般。

这些只存在细微差异的相同场景的重复描写，对故事的结构是有重要意义的。它以一种持续强调的方式，突出了故事的中心内容，即整座城堡都陷入了睡眠。同时，它也为故事的两部分——诅咒的应验与拯救者的到来，提供了一个和谐的整体形式。我们可以从中看到故事内容与主题的效果，以及构建所采用的技巧。让我们再来看一看故事语言的运用，看看我们能否发现使这样的童话与人类自身一样古老长存的其他原因。

请看看它的措辞和句式节奏。它的语言在叙述上高雅而简洁，这是我们能在任何一种伟大的文学作品——比如说圣经故事中找到的品质。这个故事里表述的真理（即使邪恶可能在善良面前暂时占上风，但爱终将战胜邪恶），同《圣经》所蕴含的真理是相似的。同时，也请注意它对相关情节在叙事上的限制。“王后生下了一个可爱无比的女儿，国王十分高兴”，关于公主无与伦比美貌的具体细节，需要读者自己想象。同样，国王大宴宾客的场面，除了那些“金盘子”，并没有更多描绘。如此简略的讲述引领着读者一路来到宴会惨不忍睹的尾声，反而给予我们更多想象的空间与色彩。

整个故事都以一种直接有力的方式讲述着，没有任何多余的语言。充满节奏感的句子，通过解释或者描述性叙述，一直推进到公主被纺锤扎伤手指而陷入沉睡。在这里，请注意对整座城堡陷入睡眠的描写，那些鲜活热闹的生命活动是如何在转瞬之间变得寂静无声。厨师企图抓住小徒弟头发的手，就这样悬在了半空中，这一场景充满了幽默色彩。而最后描绘睡眠中城堡氛围的那句话颇有诗意：“风停止了吹拂，城堡周围的树上，叶子也不再飘落到地上。”这个故事之所以永恒，是不足为怪的。它以一种儿童能够理解并会为之感动的方式，将浪漫与冒险的故事包含其中，讲述中又充满了美好与想象力。它从各个层面触摸到了艺术。

儿童阅读《睡美人》和其他童话，是因为它们是优秀的故事，但也并不仅仅因为故事的内容吸引人。通过一个童话，儿童走进了另一个世界——一个充满好奇的，与他熟悉的世界既相似又十分不同的世界。如同沃尔特·德·拉·梅尔告诉我们的一样：

> 首先，我们必须记住，无论我们读到的那些性格、场景、事件看上去是多么真实，这些故事都只是想象。在某种程度上，当故事局限在故事的框架里时，它们总是合理的；但那同时又是一种任性的合理。至于我们能否接受故事，是否喜欢它们，则取决于我们自身的想象力有多少。说这样或者那样的事情不可能会发生，这本身就是荒诞可笑的。因为那本身是一个想象的世界，就是为了发生这样那样的事情才创造了它。[2]

童话故事总是有一种总体的基调，一种循序蔓延的氛围，在那里，各种神奇的事件得以发生。童话用一种自然甚至平凡的方式，以丰富的情节、令人兴奋的事件、幽默与浪漫满足着儿童的想象力，带领他们走进一个精彩纷呈的世界。

除了故事本身以及对想象力的培养，童话在儿童阅读中还有其他价值。这些童话来自世代流传的民间故事，来自人类的祖先。在各国后来的文学作品中，常常能察觉到源自童话的许多特点。在格林兄弟的《儿童与家庭童话集》里，我们会看到那坚忍的德国性格，他们对家庭生活的热爱，他们正直又实际的生活态度，以及充满创造力的心智。在《佩罗童话》中，那种信手拈来的清澈明亮的格调，对事件合乎逻辑的处理，遇到困难时的灵敏反应与机智手段，都属于法国民族的特性。在雅各布斯的《英国童话》中，我们则能找到盎格鲁—撒克逊民族的简洁与其他基本特点 —— 他们对幽默的理解，以及对自由和公平的热爱。在达森特的《北欧童话》中，北欧民族的特点被概括为“大胆而富有幽默感，真正意义上的幽默感。在身处困境与险境时，滋生出一种属于北欧民族的情感，即努力将一切做到最好，在敌人面前也一样要显得体面荣耀”。

这些故事折射着它们所属的那个国家最初的面貌、优点和整体氛围。我们可以通过比较挪威与法国的童话，分析自然环境及族群性格之间的差异对文学想象发展的影响。比如，我们来看看北欧最著名的童话之一《三只山羊嘎拉嘎拉》：

从前有三只山羊，它们的名字都叫嘎拉嘎拉。为了让自己长胖些，它们决定到山坡上去吃草。

路上它们得穿过一条河，河上有一座桥。桥下面住着一个巨大丑陋的山怪，眼睛跟茶碟一样大，鼻子跟拨火棍一样长。

首先来的是年纪最小的山羊。

“吱吱，吱吱。”它走上了桥。

“谁把我的桥弄得吱吱作响？”山怪大吼着。

“哦，是我，最小的山羊嘎拉嘎拉。我要到山坡上去吃草，让自己长得胖一点。”山羊小声地说。

“我还正想把你一口吞进肚子里去。”山怪说。

“哦，请你不要吃我。我很小很小呢，”山羊嘎拉嘎拉说，

“你还是等第二只山羊嘎拉嘎拉来吧，它比我大多了。”

“好吧，那你立即滚蛋吧。”山怪说。

过了一会儿，第二只山羊来了。

“吱吱！吱吱！吱吱！”它走上了桥。

“是谁把我的桥弄得吱吱作响？”山怪大吼着。

“哦，是第二只山羊嘎拉嘎拉。我要到山坡上去吃草，让自己长得胖一点。”这只山羊的声音不是那么细小了。

“我还正想把你一口吞进肚子里去。”山怪说。

“哦，请你不要吃我。只要再等一会儿，最大的山羊嘎拉嘎拉就要来了，它比我大多了。”

“很好，那你立即滚蛋吧。”山怪说。

就在这个时候，最大的山羊来了。

“吱吱！吱吱！吱吱！吱吱！”它走上桥。可它那么重，几乎都要把桥压断了。

“究竟是谁把我的桥弄得吱吱作响？”山怪大吼着。

“是大山羊嘎拉嘎拉。”这山羊的声音又粗又难听。

“我正想把你一口吞进肚子里去！”山怪说。

“好啊，你来啊！

我有两把弯弯的刀，

能把你的眼睛给刺穿；

我还有两个石锤，

能把你的身体砸得粉碎。”

大山羊刚说完，就用头上的角刺穿了山怪的眼睛，又用蹄子把它踩得粉碎。接着，山羊一脚把山怪踢进了河里，向着山坡走去。三只山羊在山坡上把自己吃得那么胖，回家的时候连路都走不动了。要是那些肥肉没有掉下来的话，它们到现在还是胖胖的呢。

咔嚓咔嚓，

故事讲完了。[3]

请注意这个故事是以怎样一种简洁的方式讲述的。除了与故事本身有关的，再没有其他任何多余的细节。然而通过故事情节的铺展，展现出的环境和人物特征都极富北欧色彩。一条汹涌的河流是怎样穿过一座小桥，小桥又是如何连接着陡峭的群山，作者并没有直接描写这些场景，而是通过故事间接地让读者体会到。勇敢、强壮甚至有点顽固的角色性格，既与环境协调，也符合我们想象中的北欧民族的性格。山怪这一超自然元素的引入，暗示着桥下汹涌水流中隐藏着的危险，稍有疏忽就有可能被夺去生命，而这也正是挪威这个国家的自然特征。

故事的结构简洁明了，拥有最优秀的童话故事必然具备的那种活力。那是一种有力、客观的结构形式，具备了优秀作品都会有的含蓄与克制。在岁月的流逝中不断地重述，发展并形成了讲故事的有效方式，只有必要且适宜的文字才被保留了下来。

童话故事中有一个常用的手法，即通过对事件以及语句的双重重复来加强效果。这是一种人们早已接受并且熟悉的手法，在很多故事中，比如《三只小猪》和《三只熊》里都能发现它的踪影。这种形式的魅力在于：事件之间虽然极其相似，但每一次的讲述又略有不同，于是，每一似曾相识的细节其实都引入了新的内容。

有变化的重复提升了读者和听众对接下来要发生的故事的期待。在《三只山羊嘎拉嘎拉》中，通过行动的层层叠加突然达到高潮的手法，既令读者满意，又显得技艺高超。三只山羊的体形一只比一只大这一信息，读者通过它们走在桥上的脚步声的变化就能了解。对叠声词“吱吱”的强调特别能够体现这一点：最小的那只发出了两次“吱吱”声，中间的那只发出了三次，最大的山羊则发出了四次。它同样也体现在山怪朝每只山羊吼叫的语气上——

对第一只山羊：“谁把我的桥弄得吱吱作响？”

对第二只山羊：“是谁把我的桥弄得吱吱作响？”

对第三只山羊：“究竟是谁把我的桥弄得吱吱作响？”

最后，故事以圆满的、艺术的形式，重新回到了起始时三只山羊“到山坡上去吃草”这一主题。而最后无实际意义的结尾以及热闹的氛围，则显然是传统的北欧童话特色。相似的内容，在更长也更完整的故事《大树环绕的凯蒂》（Katie Woodencloak）中，以略有变化的节奏呈现着：

Snip, snap, snover,

This story's over.[①]

单音节的词语则是：

Snip, snap, snout,
This tale's told out.[②]

这种单音节词语组成的结尾保持了《三只山羊嘎拉嘎拉》简洁的语言风貌。

所有短篇故事可能具备的重要元素都可以在这个北欧童话中找到：引人入胜的开头、戏剧性的行动、悬念、戏剧性的高潮和圆满的结尾。它透露出的简单有力、幽默勇敢的精神，恰到好处地表达了北欧童话的精神与特点。那是一幅以本真的色彩、大胆而有韵律的笔触描绘出的画面，正如北欧的空气与它的地貌一样，清新而生机勃勃。

读过了北欧童话，再让我们来看看法国的民间故事。我们会发现，同北欧故事一样，法国的文学天才们在这些故事中同样展现了清晰的国家特色。如果简单读读佩罗的《穿靴子的猫》，我们立即就会发现，故事的大部分魅力都源自这只猫的性格，其他角色仅仅起到了辅助的作用。这只在故事的开头处仅仅是聪明且善于抓老鼠的猫，不仅帮助磨坊主的儿子改变了命运，还表现出

① 大意：叮叮当当，叮叮当，故事讲完了。
② 大意：咔嚓咔嚓，故事讲完了。

了机智、充满创造力、有敢于为主人冒险的勇气，以及善于奉承等特点。尽管它只是一只猫，可是当它娴熟地运用着奉承的伎俩，说服怪兽变成老鼠的外形时，它“发挥了作为一只猫的最好的本领，并且以一种最自然的方式扑到老鼠身上，将它吞入肚中”。

故事以一种不动声色的语调叙述着令人惊叹的事件。乍一看，这一讲述方式似乎是直观而不带情感的，但实际上，作者将半带嘲弄而又有趣的语调隐藏在文字中。这一被隐藏的语调正是这个故事之所以迷人的关键——它轻快、优雅又愉悦。将《穿靴子的猫》和《三只山羊嘎拉嘎拉》做一个对比，立即就能发现前者富有法兰西的色彩，而后者则充满了北欧特色。

童话的普遍性魅力，使得为儿童创作的各种版本的童话林立丛生。但如果各民族不同的民间故事只是以寻常的语言重述着某些外在的故事内容，那么它们所具备的文学价值是非常有限的。如果儿童想在阅读童话的过程中有所收获，那么这些故事必须依然保存着先民所处时代的文化情感和环境特色。从这点上来说，童话在儿童文学和想象力的发展中所起的作用，与其他一切文学艺术形式并无区别。虽然童话的作者常常无法考证，但它起源于某一民族的文学天才，其本身正是一种真正的艺术冲动的产物。它的艺术形式应该在儿童阅读的版本中忠实地保留下来。安妮·E.穆尔在《新旧儿童文学》中这样写道：

文学评论将童话的故事构建、富有张力的戏剧性、影

> 射的语调、性格描绘，以及其清晰的主题、紧凑的行动、高效的对话和其他众多特点，都看作显著的优秀例子……因为这些最优秀的故事展现了异乎寻常的优点，而摒除了精美文学的那种烦琐复杂。研究儿童文学的学者应该意识到，究竟是哪些因素让这些故事精彩纷呈，长久以来成为儿童特殊的财富。[4]

在阅读同一个故事的不同版本时，我们会发现，即使涉及同一事件，它们的表达方式也是不同的。这是因为有时从一个现代重述者的视角出发，会将早期版本中过时的语言进行修改，使之更适合现代儿童阅读。

在衡量一个新版本的故事——它用更现代的白话表述取代了传统版本中的民间语言时，我们必须自问，简单、明了、清晰这些优点是否通过新的阐述真正地实现了？我们也必须自问，现代版本是否损失了旧版本中某种令耳朵愉悦的柔和又朗朗上口的节奏感？是否有某些粗糙的结构或笨拙的语言打断了故事的音乐感？

我们应该记住，童话是因其文体及技巧的双重艺术性而流传到我们手中的。无论是现代的还是传统的，给孩子们读的版本都应该以最优秀的方式传递着“无艺术即艺术”这一民间故事的初始精神，就像格林兄弟所说的那样，“洋溢着生命力、美好与想象力”。

读的童话越多，就越难对各种童话的主题、内容、形式、表达等进行归纳总结。每个童话都有自己的优点，我们应该一个一个单独分析其受到儿童喜爱的原因。尽管童话故事多种多样，它们身上却又存在着我们所期待和寻找的共通之处。比如，人们通常认为，童话故事总是以“很久以前”开头，以“他们永远幸福地生活在一起”结尾。实际上，有的故事的确是这么开始和结束的，不过也有很多并非如此。但这样的开头与结尾方式依然是几乎所有童话故事暗中遵循的，即使有的表面看起来并非如此。换句话说，童话以简洁的方式开头，明了地点出意图，只讲述与故事行动相关的事件，结束故事的方式则直截了当。让我们来看一看一些耳熟能详的故事是如何开始的：

> 一位老妇在家里打扫房间，她看见一枚铜板掉在地上。“这是什么？”她说道，“我能用这铜板做什么呢？我可以去市场买一头小猪。”
>
> 她回了家，来到栅栏前，可小猪却怎么都不肯走进去。

> 有一天，母鸡在院子里啄玉米，突然，扑通一声，什么东西掉到了它的头上。“上帝保佑！”母鸡说，“天肯定要塌了，我得赶快去告诉国王。”

> 醋先生和醋太太住在一个醋瓶子里。有一天，醋先生出门了。善于持家的醋太太正忙着打扫房间，可一个不小心，她举起扫帚的时候把瓶子砰的一声打碎了。

这些故事是以怎样一种简洁明了的方式在讲述啊！只需要两三句开场白，故事中的主角、地点、动作发生的场景就被清晰地摆在了我们面前。故事的开端都是非常简单的事件——找到了一枚铜板，头被什么东西砸到了，打碎了醋瓶子。这些开头所产生的效果，将我们立即引入故事中，好像亲眼看见了它们的发生一样。我们不禁要问："接下来会发生什么？"读者的兴趣、关注与悬念在一开始就被吸引住了。

童话的最后则常以"永远幸福"这样的字眼来结束。很多童话也许的确是这样结尾的，但是，无论用什么样的字眼，故事中的人物总有一个令人满意的结局，比如：

咔嚓咔嚓，
故事讲完了。

来看看一些著名童话的结尾，我们就会明白结尾通常是如何进行的：

从此强盗们再也不敢走进那幢房子了，而四个来自不来梅的音乐家，因为在房子里待得如此舒服，就住了下来。最后一个把这故事说给人们听的人，到现在还活着呢。

"那么你的名字一定叫作龙佩尔施迪尔钦！"

“是魔鬼告诉你的！一定是魔鬼告诉你的！”小矮人大喊起来，他是如此愤怒，右脚狠狠地踩了下去，结果整个膝盖都陷进了地里。然后，他怒火冲天地用两只手抱住自己的左脚，就这么把身体撕成了两半。这就是小矮人最后的下场。

侯爵深深地鞠了一躬，接受了国王赐予他的荣誉。同一天，他娶了公主。猫则从此变成了贵族，除非是为了偶尔运动一下，他再也不用追在老鼠后面跑了。

童话的另一个特征是相同的形式会重复再现。比如很多童话里会有一个樵夫、磨坊主或国王。他有三个儿子，想出去闯荡，寻找机会。所有儿童一听到这里，立即会发现这个故事与他已经听过的某个童话有相似之处。他们知道最后成功的一定是那个最小的儿子，哪怕所有人都把他当成傻瓜。于是读者拭目以待，想要看看主人公是如何成功的。

数字“三”的重复出现是童话的另一个特点：三个儿子、三个女儿、三次历险、三个任务、三个来求婚的人、三样礼物、三个心愿、三个谜语。语句式样上也常常以三问三答的形式出现：

小猪，小猪，让我进来。

不行，不行！下巴、下巴、下巴上的胡子可不答应。

还有那“大胆点儿，大胆点儿”的警告，先是写在大门口，最后写在了那可怕的密室门上：

> 大胆点儿，大胆点儿，不过也别无所畏惧。
> 除非你想让心脏的血液变得冰冷。

鲜血有时的确会变得冰冷，正如《狐狸先生》的故事里所讲述的那样。阴暗的行为与邪恶的人也许会引起读者的警惕，甚至令他们觉得害怕和震惊。所有认为童话是儿童文学中丰富且不可或缺的组成部分的人，都不会否认，在众多的民间故事中进行合理的筛选是必须的。幸运的是，这样的筛选工作已经进行过，让我们拥有了既兼顾童话广泛的风格，又适合不同儿童阅读的作品集。

常常有评论认为，一些童话中含有某些太过“残酷”的情节。这样的评论其实忽略了儿童在面对这些情节时的态度，或者忽略了这些情节是用何种方式呈现的。无论是儿童的态度，还是童话特殊的叙述方式，都有一种非个人的特点，这一点我们必须牢记。对于讲故事的人来说，他的重点在何处，目的是什么，这些都是他的问题；对于听众，也就是儿童来说，所有这些被讲述的事件都只属于故事与想象力的王国。正是叙述者和听众之间这样的默契与共识，营造了一种故事可能发生的氛围。换句话说，在童话王国里，讲故事的人与听故事的人之间存在着一种互相接受的准则。

让我们以《狐狸先生》为例，来看看此类故事的特别之处。

女主角发现，在她的众多追求者中，“最勇敢最英俊”的那一个，对于“美丽年轻的女孩们”来说，居然是一个既冷酷又残忍的背叛者。她用自己的智慧揭开了他的真面目。这就是故事的主线，然而这样的阐述还无法让我们对这个童话的氛围及优点有具体的认识。

随着故事开头的句子，儿童立即被带入了故事鲜活的场景中：“玛丽小姐很年轻，玛丽小姐很美丽。她有两个兄弟，和让她数都数不清的爱慕者。”读者发现自己进入了一个熟悉的世界，一个以反复重述的形式讲述的故事，一个令人愉快地身陷其中的世界：

> 大胆点儿，大胆点儿，不过也别无所畏惧，
> 不是那样的，不是那样的，
> 上帝不会允许那样。
> 可还是那样的，还是那样的。
> 让我给你们看看这只手和戒指。

某种特别的东西，某种超越现实的氛围就这样创造了出来。在此，吸引人的并不是个人的问题或痛苦，而是在递增的紧张感中，表现一场抽象意义上的关于善与恶的永恒搏斗。故事的重点并不在于狐狸先生有多凶恶，而在于他堕落的过程。故事的语调是客观而平淡的。至于对狐狸先生的惩罚，并没有过于冗长的描述。故事以一般童话的结构讲述着，最后的结局则迅速而不

含个人情感："她的兄弟和朋友们用宝剑将狐狸先生切成了无数碎片。"

听故事或者读故事的儿童，不但拥有了过程中悬念的快感，也为这一结尾而越发满足。虽然儿童并没有意识到，但实际上他们既得到了对优秀文体形式的审美上的愉悦，也得到了善终于战胜了恶这种道德上的快感。他们还领略到了如何技巧性地、具有美感地运用简单词汇。这些因素令《狐狸先生》绝不仅仅是一个残酷的故事。对生活的延伸是童话故事的特点之一，它对儿童来说尤为必要，这是他们的灵性，也将成为他们经验的一部分。那并不是一种由童话创造出来的态度，而是童话通过艺术的方式，显现出儿童心灵中早已萌芽的理念与想象。

面对儿童想象中那种无止境的恐怖，童话正是用它的规则来设定一条界线。通过一系列清晰映在心中的画面，即使最胆小的孩子也会看到：如果拥有一颗勇敢、灵敏、善良的心，那么就算面对最邪恶丑陋的斗争，也能够获胜。对任何一个生活在这个世界且感到不安的人来说，这都是一种持续而有益的思考。

在《动物故事》的前言中，沃尔特·德·拉·梅尔讲述了他小时候阅读童话的体验：

> 好的故事不一定都是那些令人愉快的故事……即使是悲剧性的甚至恐怖的故事、图画与诗歌，也能够哺育想象力，唤醒心智，让心灵变得强大，让人们发现自我。它也许会使我们悲伤、不安甚至震惊，但依然让我们回味无穷。它的优

美、真实和价值能安慰我们——让我们回想起某些关于生活本身的记忆，伴随着各种事件、场景和人物。故事用这样的方式展示着它自己以及某些深层的意义，也运用了美丽而具有音乐感的语言……

一个很小很小的男孩，也许会在临睡前听到一个很小很小的故事，故事讲的是一个很小很小的女孩如何在墓地里发现了一块很小很小的骨头。也许小男孩会在骨头最后说“拿着它！”的时候吓得发抖，我曾经正是如此。然而，每当母亲把这个故事一遍又一遍地讲给我听时，我依然十分高兴。另一方面，对我的年龄来说，有的故事的确接触得太早了。但这也取决于它是以哪一种意图、出于什么原因被讲述的。因为，我还很小的时候，就已经敢于偷看《蓝胡子》里那个安静又可怕的柜子了，也不害怕听到邪恶的王后被装进钉满钉子的木桶然后抛入茫茫大海，大克劳斯也可以尽管挥着棍棒朝我走过来了。我会同用滚烫的油浇死了四十大盗的莫吉娜跳舞；当法拉达的头颅被挂在门上，我会听它感叹自己心爱的女主人不幸的命运；我更会屏气凝神地读《桧树》（The Juniper Tree）里烹饪那可怕的汤的场面。我真心享受这些故事，因为知道它们是故事，所以我能肯定它们绝不会对我有任何的伤害。不过，我至今还清楚地记得一到两个与这些故事不同的、刻意去表现残忍的故事。它们令童年的我非常憎恨，如今依然憎恨。在我的记忆中，这样的故事没有一个是童话。[5]

假如说有很多童话唤起了人们的怜悯之情与恐惧心理，那么也有很多激起的是读者的好奇心、想象力、美感与诗性。在类型丰富的童话中，儿童从一种童话阅读到另一种，既让情感变得深刻，也拓宽了视野。当我们看到儿童对悬念、惊喜、有趣、悲伤、美好这些情感的反应时，我们就会了解蕴含在童话中的真理与智慧。“让我们永远也不要忘记，往日那些美好细腻的故事。”保罗·阿扎尔讲到《美女与野兽》时如是说。这个故事里的丑恶只是因为魔法的陷害，而爱与同情终将粉碎这魔法。

童话里的美感与诗意并不仅仅局限于它们深刻的内涵，同时也通过讲述的方式、词句中的音乐感与节奏感体现着。在《俄国童话》(*Russian Wonder Tales*)里我们会读到：

> 女孩走啊走。在故事里，短暂的时间也好，漫长的时间也好，一切都是简单的，只是真实的旅行却远非如此。她走了一天一夜，一个星期，两个月，三个月。她踏破了一双铁鞋，磨坏了一根铁杖，吃掉了石头做的用来祭祀的面包。然后在树林深处，那伸手不见五指的地方，她走到了一条小径前。小径的尽头有一幢小屋，门前坐着一位神色庄严的老妇人。
>
> “美丽的姑娘，你要去什么地方？”
>
> “哦，老奶奶，”女孩回答道，“求您发发慈悲，让我在这黑夜里寄宿在您的家中。我在寻找一只飞得很快的老鹰——

菲尼斯特，它是我的朋友。”[6]

再让我们看看《诺罗威的黑公牛》（*The Black Bull of Norroway*）里反复出现的诗句：

我寻找着你走了那么远，
我寻找着你走了那么久，
走到了你的身边，
亲爱的诺罗威公爵，
你却不愿对我说话——

或者是《青蛙王子》的开头，这里我们看到的不仅仅是语言和句式节奏的优美，还有如同图画般诗意而又迷人的书写：

很久很久以前，那是个人们的心愿能够成真的年代，有一位国王与他众多美丽的女儿，其中最小的女儿最为美丽。太阳每次照耀到她的身上时，都忍不住会问世间怎有如此的美貌。皇宫城堡附近有一座巨大而黑暗的森林，森林里一棵古老的菩提树下，藏着一口水井。天气炎热的时候，国王的小女儿总是跑到森林深处，坐在清凉的井边。如果她觉得有点无聊，就会拿出一个金球来，把它抛起再接住。这是她最喜欢的打发时间的游戏。

有一天，金球没有像往常那样落回小公主的手里，而是

> 掉在地上，滚入了井中。公主双眼不离地追着它，可那井水如此之深，她怎么都看不见金球了。于是公主哭了起来，越哭越伤心。就在此时，一个声音突然响起：
>
> “怎么了，国王的女儿？您的眼泪足以融化一颗石头做的心了。”
>
> 当她环视四周找寻这个声音究竟来自哪里时，只看见一只青蛙从水中探出它那丑陋的脸孔。

这样充满艺术灵光与天赋的例子，在各个民族的童话故事里还有很多。但我们需要明白，并不是所有民族都拥有文学创作的天才。那些缺乏天赋的民间童话故事，它们对研究者和民间故事收集者来说具有意义，但作为文学的一种，除了历史悠久，对儿童来说意义甚微。如果它们想要与过去最受喜爱的童话作品并驾齐驱，想要成为因永恒的新鲜感和强大的想象力而使儿童一读再读的作品，那么，它们就必须拥有一个好故事应该有的活跃与戏剧性元素。

引用文献

[1] Jakob and Wilhelm Grimm, “The Sleeping Beauty,”in their *Household Stories* (N. Y.: Macmillan, 1923).
[2] Walter de la Mare, *Animal Stories* (N. Y.: Scribner, 1940), p.xxxviii.
[3] Peter Christen Asbjørnsen, *East of the Sun and West of the Moon*

(N.Y.: Macmillan, 1928), p.31.

[4] Annie E. Moore, *Literature Old and New for Children* (Boston: Houghton,Mifflin, 1934), p.95-96.

[5] De la Mare, *op. cit.*, p.xviii-xxi.

[6] Post Wheeler, "Finist the Falcon," in his *Russian Wonder Tales* (N.Y.: Beechhurst, 1948).

阅读参考资料

Buchan, John. The Novel and the Fairy Tale. Oxford Univ. Pr., 1931. (English Association Pamphlet no. 79)

Chesterton, G. K. The Dragon's Grandmother (in *Tremendous Trifles*). Dodd, 1909.Methuen, 1909.

——.The Red Angel (in *Tremendous Trifles*). Dodd, 1909. Methuen, 1909.

Hartland, Edwin Sidney. The Science of Fairy Tales. Scribner, 1925. Methuen,1925.

Hooker, B. Narrative and the Fairy Tale. *Bookman*, XXXIII (June, July 1911), 389-93, 501-05.

——. Types of Fairy Tales. *Forum* , XL (October 1908), 375-84.

Repplier, Agnes. The Battle of the Babes (in *Essays in Miniature*). Houghton,Mifflin, 1895.

第五章

神与人

他歌唱时光的诞生，歌唱天堂和舞蹈着的星星；他歌唱海洋与苍天；他歌唱火焰与那奇异的地球。他为山丘中的宝藏，为隐藏在矿山中的珠宝，为那火焰的脉络与金属的血管而歌唱，他为草药的神奇，为鸟儿的鸣啼，为人世的寓言以及那即将到来的一切歌唱。

然后他歌唱健康、力量、勇气与英勇的心灵；他歌唱音乐、狩猎、格斗以及一切英雄们所热爱的活动；还有旅行、战争、围攻以及战斗中高贵的死亡。

—— 查尔斯·金斯莱，《英雄传奇》

巴德尔[1]的死亡令一切走向灭亡的那一天提早到来了。美与纯真从世间消散了，暴力与种种邪恶开始滋生，兄弟间相互残杀，父与子相互搏斗。

阳光与温暖在地球上变得日益稀少。接下来的三年如同一个漫长的冬季，激烈苦涩的狂风肆虐着每一个角落，纷飞的大雪四处堆积。太阳与月亮在天空中变得暗淡，星星则失去了它们的光彩……

然而正如寓言所说，一切还远远没有结束。在黑暗与寂静后，新的一天开始了。海的另一边出现了一个新的世界，它葱翠又明朗，人们不用播种就能收获。一个崭新的太阳 —— 从前那个太阳的女儿出现在天空中，她比母亲更明艳美丽。一切往日的罪恶都消失了。巴德尔重新回到了人世，明亮与美好也从此回到了地球。

—— 多萝西 · 霍斯福德[2]，《众神之雷》

---

① 巴德尔（Balder），北欧神话中的光明神，和黑暗神霍德尔（Hodur）是天神奥丁的一对孪生子。

② 多萝西 · 霍斯福德（Dorothy Hosford，1900 — 1952），美国图书馆员。《众神之雷》（*Thunder of the Gods*）是她为儿童所作的改写版北欧神话。

和难以追寻其来源的童话一样，神话同样在人类的童年时期就已经诞生了。尽管拥有着古老的历史，但它们在讲述世界是如何诞生时依然鲜活动人，令人惊异与恐惧，直到今天仍迷人至极。“神话”（mythology）一词来自古希腊语，意思是“故事”，因为悠久的希腊神话讲述的是关于神与人的故事。因此，每当讲到神话，我们总是将这一概念与这些故事联系在一起。远古时期的人们试图通过这些故事理解生命与自然的种种神秘之处，并以此来解释他们置身其中的世界。

今天的孩子在面对令他不解的世界时，会提出“为什么？”“怎么是这样的？”这些问题。同样，在人类的童年时期，在没有科学和发现来扩展人类理解范围的时代，当时的人们对身处的纷乱世界给出了自己的解释。他们为自然力量赋予了某些人类的特点。对古希腊人来说，打雷的声音即宙斯的声音，而对北欧人来说，那是索尔[①]挥舞锤子的声音。远古时的人们赋予世间万物与其自身相同的特点，但他们将这些特征拔得更高，令它们拥有更强大的力量，因为自然之力对他们来说是那么神秘又难以控制。

每一个民族都创造了属于自己的解释，再将它们变成故事。当它们被记录下来时，我们会发现，古希腊人的故事，无论从想象的美感上，还是从诗意的概念以及文辞的优美上，都超越了其他民族。而我们对希腊神话的主要认识，则来自古罗马诗人奥维

① 索尔（Thor），北欧神话中的战神。传说，雷雨交加时，就是索尔坐着战车外出了，因此他也被称为“雷神”。——译者注

德的《变形记》，以及早期古希腊诗人的颂诗，尤其是品达的颂诗，还有古希腊戏剧家索福克勒斯、欧里庇得斯的戏剧。在荷马和赫西俄德的作品中也涉及了神话故事，此外还有公元前 2 世纪阿波罗多洛斯辑录的神话集。

神话，作为古希腊传统口头文学的一部分，有很多并没有被记录下来，还有一些则失传了。于是，把来源不同的诗句段落组合在一起，便成了必然的事情。这些段落，有的来自古希腊诗歌中一闪而过的句子，有的是古希腊戏剧中提过的内容，而这些内容也早已人尽皆知，和人类的历史一样古老。尽管其中有一些只是零星的片段，但它们所拥有的诗意和想象力，在数千年后仍具有巨大的吸引力。阅读这些神话，我们体验到的是世界初始时的惊奇与美妙。看着阿尔忒弥斯在森林里葱翠凉爽的树荫下一闪而过；金色的阿佛洛狄忒从山泉充盈的伊达山上款款走来；扇着七色翅膀的伊里斯出现在天空中，将神的意愿传递给人；在充满了诗意、忧伤与优美的树林和泉水边，因为触犯赫拉而失去了声音的林中仙女厄科，还有那令厄科痛哭的纳喀索斯，因为不知道赫利孔水面上倒映出的那张脸正是他自己，而最终落入湖中丧命。

除了关于自然的各种神话，还有讲述珀尔修斯、忒修斯和阿尔戈英雄们的故事。这些英雄事迹充满了各种行动与魔法，并饱含探索与竞争色彩。故事中的神有时会给予人帮助，有时却实施着报复。“金羊毛”的故事起源于阿波罗尼奥斯的《阿尔戈英雄们》，而珀尔修斯和忒修斯故事的主要框架则可以在阿波罗多洛斯和普鲁塔克的作品中找到。不过，一旦要把这些不同版本的故事变成儿童的读物，它们那种缺乏细节与原始出处的特点反而给了讲故事的人发挥个人色彩的机会。比较各种为儿童改写的神话的版本，要比比较不同版本的《伊利亚特》或《奥德赛》困难得多，因为这些神话并没有像荷马史诗那样的源头作品。

比较不同版本的为儿童改写的神话，我们很容易就能发现，改写者个人的解读有多么大的差异，尤其是当我们关注同一个故事时，比如对照金斯莱的《英雄传奇》、霍桑的《奇异书》，以及之后培德莱克·科拉姆[①]的《金羊毛和阿喀琉斯以前的英雄们》。

在详细分析这些改编故事之前，先来看看，我们对儿童版神话有哪些期待？或者说，一个作家在重写这些故事的时候，想要表达的是什么？希腊神话常常被作家以一种毫无想象力的既定模式重述给儿童听。这些作家没有意识到，如果他们在重述中无法创造出像最初版本那样的精神与灵性，那么，故事将显得毫无生气，并且与外部世界没有任何关联。

想要重新创造一个故事，最重要的是作家应该热爱他所使用的原始材料。像这样的例子，也许查尔斯·金斯莱已经在《英雄传奇》的导言中将他的喜爱之情表达清楚了："现在，我是由衷地热爱这些古希腊人。"一个故事要想引起读者的兴趣，首先应该获得作者浓厚的兴趣与痴迷，这样他才能将自己对材料的体会通

---

① 培德莱克·科拉姆（Padraic Colum，1881—1972），生于爱尔兰，后居美国，小说家、戏剧家、诗人和儿童文学作家。他搜集整理了大量爱尔兰民间传说故事，并为儿童创作了改写版的神话，包括《金羊毛和阿喀琉斯以前的英雄们》（*The Golden Fleece and the Heroes Who Lived Before Achilles*）、《奥丁的孩子们》（*The Children of Odin*）等。

过书写在故事中表达出来。

在开始创作之前，故事的重述人不仅需要吸收故事的内容，还应该掌握整个故事的环境与背景。只有这样，他才能游刃有余地运用手中的材料，并带着对故事所属民族的生活与思想的理解，对它进行再加工。神话人物的生活方式，或者说他们看待问题的视角有某种民族意义，正因如此，每一个国家的神话都是不同的。而那些阐释传统文学的作家对此也应该有所理解。

希腊神话诞生的这片土地，是拥有一片壮丽自然景观的国度：白雪覆盖的山川、青葱的树林、险峻的海峡、阳光照耀下的大海。这里曾经居住着一群充满创造力与艺术感的人，他们很早就达到了艺术上的成熟与完美，其成就比其他任何民族都要伟大。他们讲述的故事，如同霍桑所说，是永恒不朽的。这些故事不仅属于希腊古典时代，也属于每一个时代。它们不仅给予我们阅读的愉悦，还成为其后无数伟大文学作品引用的对象。因此，从没读过希腊神话的读者是无法理解这些作品的。

当我们在阅读或者倾听不同的版本时，我们会发现这些改写在质量上存在着很大差别，带给人的愉悦程度也不同。因此，版本变得很重要。若将那奇妙、诗意又清新的初始版本，与那些单调乏味、没有任何魅力的改写本做比较，差别就更大了。这些改写本无法让我们看见世界初始时那无与伦比的美丽与奇妙的力量，也不能让我们意识到神话宝藏一般珍贵的价值。

金斯莱、霍桑和科拉姆为儿童改写的神话与最优秀的童话一样，是具有文学性的。这三位作者对原版故事的解读各不相同，相差较大。但有一点很清楚，就是对原始材料应该如何运用，他们各自都有清晰的想法。关于这一点，在详细分析三位作家是如何对题材进行处理，以及他们与题材之间的关系之后，我们会有清楚的认识。

金斯莱显然十分热爱希腊古典时代。他以一种达观又超脱的态度来看待古希腊人留给后代的财富——神话，这一点从他书中的主题，即“人若没有神的协助是难以繁荣的”就可以看出。金斯莱将英雄定义为“一个比普通人更勇敢的人”，并通过雅典娜对珀尔修斯说的话对此做出解释：“对火焰一般炽热的灵魂，我给予他们更多的火焰，对比常人更有勇气的灵魂，我给予他们更多的勇气……通过怀疑与需要、危险与战斗，我引领着他们。”珀尔修斯踏上斩下戈耳工头颅的险途时，是手持来自不死之神的宝剑和盾牌，身穿他们的飞鞋，从悬崖向着空旷的天空一跃而去的。“他非但没有沉沉地向下摔去，反而被接住站立起来，向着天空奔去。他回头看看身后，雅典娜与赫耳墨斯已经消失了。飞鞋带着他向北方不停地飞行，如同一只追寻着春天的鹤，向着伊斯特尔飞去。”

金斯莱的版本保留了那个单纯的年代里古希腊思想中某种与生俱来的奇妙感。他同样创造了一种因超越古希腊人原有的海岸线而更加宽广的世界感，这种感觉也许来自古希腊人从热爱冒险的旅行者口中听到的各种故事。寻找格赖埃三姐妹（the Grey Sisters）时，金斯莱写道：“珀尔修斯来到‘永恒之夜’的国界，这里的空气中尽是羽毛，土地坚硬如冰。然后，他在结了冰的海岸找到了格赖埃三姐妹。”而当他砍下戈耳工的头颅后，在归途中，看见了“绵长翠绿的古埃及花园和闪着光亮的尼罗河水”。

在叙述中，金斯莱表现了古希腊文学里“罪恶的人必将遭受冷酷而正义的惩罚”这一主题。珀尔修斯返回波吕得克忒斯宫殿的这一幕，金斯莱的描写方式带有古希腊戏剧元素：

> “有神相助的人将会实现他们的心愿，而欺骗神的，则将收获他们种下的恶果。看，戈耳工的头颅！”珀尔修斯说着，拿下了羊皮，将戈耳工的头颅举了起来。
>
> 波吕得克忒斯和宾客们看着那可怖的脸孔，面色变得惨白。他们试图从椅子上站起来，可全都没能做到，而是在原地排成一个圆圈，变成了冰冷的灰色石头。

叙述的简洁高雅，词汇的纯粹选择，以及语言的音乐性和韵律感，给了这些首先是用来聆听的、有着诗的形式的故事一种适宜又恰当的感觉。

再来读霍桑的版本，我们立即就能感觉到进入了一个与金斯莱的《英雄传奇》不同的世界。尽管两位作者叙述的故事是相同的，但霍桑的意图却明显有别于金斯莱。比较两者的困难之处在于，霍桑对这些故事的解读非常个人化，他的理念与希腊古典时代的观念相去甚远，因而这些作品几乎成了他个人的创作。

“戈耳工的头颅”的故事在《奇异书》里更像一个童话，而不是关于神的故事。这正是霍桑的意图所在。在他的笔下，故事呈现如他所说的“哥特式浪漫的外观”。他将珀尔修斯描绘成一个童话主角的样子，他“英俊年轻，强壮而具有活力，对兵器的使用格外熟练”。众神是友好而爱开玩笑的玩伴，拥有魔法的天赋。他们说话的方式跟生活中大部分人一样，雅典娜也没有金斯莱版本中那样无限强大的力量。恰恰相反，水银对珀尔修斯说：“如果没人能帮助你，那么我可以帮助你。”过了一会儿水银又说：“我还是很有智慧的，就和他们一样。”透过作者为格赖埃三姐妹取的名字也能看出童话的色彩：“骨瘦如柴”（Scarecrow）、“噩梦”（Nightmare）、“颤抖的关节”（Shakejoint）。而童话故事中惯用的“三”这一数字，在精灵送给珀尔修斯的礼物上也得到了体现：飞鞋、魔袋、隐身帽——正是三件。

在霍桑的版本中，通过他轻快活泼的叙述，我们可以看到睿智的表达中那自由愉悦的发挥。他以一种简单而自然的方式书写着，用属于个人的想象愉快地编织着故事。尽管他偶尔会用带讽刺意味的评论打断故事的讲述，但讲故事本身仍充满单纯的乐趣。

培德莱克·科拉姆的《戈耳工的头颅》改写版在形式上与金斯莱和霍桑的又截然不同。[1]出于需要，他的版本篇幅更短小。在这里，故事变成了俄耳甫斯向寻找金羊毛的英雄们吟唱的众多故事中的一个。尽管这种构建故事的方式使它看上去没有另外两个版本那样构架宏大，但这丝毫没有削弱科拉姆杰出的叙事才能。

他在自己的版本中所运用的技巧是读者们熟悉的。故事开始，珀尔修斯出现在格赖埃三姐妹的洞穴中，由此追溯事情的起源，再向前推进直至尾声。科拉姆的这一手法让珀尔修斯对仙女讲述了自己此前的奇遇，从而获得了仙女赠予的魔法，最终砍下了戈耳工的头。荷马也运用过同样的技巧，让奥德修斯自己讲述在到达达西亚海岸以前的经历。通过这样的方法，科拉姆营造出了珀尔修斯的讲述中那痛快淋漓又活泼的氛围。同时，冒险也以一种更简洁的方式呈现出来。

培德莱克·科拉姆既能自如地把握幻想，又对古希腊故事的奇妙色彩十分敏感。通过语言的运用和对事件的选择，他向读者传递着这种奇妙。他的故事比童话更丰富，但又与金斯莱故事中的众神不同。科拉姆对希腊神话的理解介于金斯莱和霍桑之间。金斯莱以荷马式的传统方式把握古希腊众神，他们在被需要的时候出现，然后消失，有时出现实体，有时则以幻影的形式。但在我们的印象中，他们始终比凡人高贵，高高在上。金斯莱版的故事表达了对神力的信仰，而霍桑则对神不怎么相信。他的故事似乎总在说："你们可别天真地以为神就意味着真理，还是永恒的真理。"

用霍桑自己的话来说，他理解的希腊神话是能够"在想象力的指引下以全新的方式出现"。他用丰富的想象力对这些古老的故事进行了细致而迷人的雕琢，使得阅读它们变成了一件有趣的事情。金斯莱则对希腊神话持古典的观念。他为故事注满了火光、阳光与蓝天，让远古的世界充满了美、惊奇与永恒。霍桑和金斯莱代表了两种不同的角度与目的，都为儿童文学宝库增添了财富。然而不可否认的是，金斯莱的《英雄传奇》更贴近古希腊的英雄时代。

与希腊神话相比，北欧神话最初往往给人一种空泛简单甚至没有诗意的印象。众神之父奥丁从他的塔楼眺望的那个世界与宙斯主宰的世界截然不同。每一个民族都试图用神话来解释环绕着他们的自然世界。对古希腊人来说，自然往往是温和友好的。他们生活在蔚蓝的天空下，他们的国家很明媚，充满了色彩与阳光。而对北欧民族来说，自然在大部分时间里都是一个敌人。冰雪、霜冻、激烈的寒风、满是岩石的土地、湍急的河流与昏暗的峡谷……这一切壮观又令人生畏。因此，北欧神话质朴而简洁的叙述风格折射出的是北欧严酷的地理风貌。

希腊神话被记录下来的时代，讲述者对它仍深信不疑——在这一点上，北欧民族有所不同。在冰岛成为天主教信仰国的一百多年后，北欧神话才被编辑。12 世纪的冰岛作家和神父斯诺里[①]所写的《散文埃达》是了解北欧神话的一个重要源泉。尽管斯诺里当时已经不再信仰旧时的北欧神灵，但他依然相信这些年代久远的故事中所蕴含的想象的真理，也看到了传统口头文学的伟大与高贵。

对冰岛人来说，他们的文学，散文萨迦和诗歌是民族文化中重要而不可缺少的一部分。斯诺里将《散文埃达》制作成手册给

---

① 斯诺里·斯图鲁松（Snorri Sturluson，1179—1241），冰岛历史学家、诗人。他所作的《散文埃达》（*Prose Edda*）又称《新埃达》（*The Younger Edda*），是用无韵体写成的散文神话故事和英雄传奇。

年轻的诗人们读。他的这些故事并不仅仅是把自己了解的神话事件与细节编写出来。《散文埃达》不只是一部资料集，它回归古老北欧最初的叙述，将生命赐予了文学。而这个民族的理念、道德观念的发展、实际的习俗以及民族早期的习惯，都在这一过程中得以体现。

让我们来看看北欧神话中有多少日常的细节——它们展示了人们在北欧荒凉恶劣的自然环境下如何通过个人努力而生存。尽管赫尔莫德[1]是神，他的马斯莱布尼尔也并非肉身，但赫尔莫德准备穿越赫尔[2]的宫殿时，依然从斯莱布尼尔背上下来，重新绑紧马鞍，以确保万无一失。当赫尔莫德走进宫门来到大殿，他看见高高的宝座上坐着他的兄弟——巴德尔。作为纪念，巴德尔送了一只戒指给父亲奥丁，“一件麻布上衣”给母亲弗丽嘉。这些日常的细节为一些故事增添了幽默感，也为另一些故事增添了人情味。但不论哪种情况，它们都勾勒出了早期北欧民族极为简朴的生活方式。

与希腊神话相比，北欧神话不仅在理念与内容上存在着差异，形式也不同。北欧神话精简浓缩且具有戏剧性，叙述和描写很少，直接的对话则很多，能在其他故事里找到参照的部分就会省略不写。比如在“巴德尔之死”的故事里，对巴德尔本身的叙述非常少。作者似乎认为读者早已了解巴德尔这个人物，就像所

---

① 赫尔莫德（Hermod），《散文埃达》记载，他是奥丁的儿子，专门从事跑腿和传令的职务，是众神的使者。

② 赫尔（Hel），北欧神话中司管冥界的死亡女神。

有人都对亚瑟王和圣女贞德的故事了然于心一样。而在其他的故事中，对巴德尔的叙述也是暗示多于直接描写，当我们读完这些故事，就会知道“他的经历是人与神中最不幸的了”。

最早的北欧诗歌采用的并不是尾韵法，而是头韵法。因为结构简单，所以用头韵法翻译成英语也并不困难。不像古希腊诗歌充满了绵长的隐喻，北欧神话中全无此类元素。代替隐喻的是一种名为“kenning”的技巧——复合比喻辞，即描述某一样事物或某个人时，并不直接用名称来指明，而用通过神话才能理解的词组来指代它，比如把黄金叫作“西芙[①]的头发”，齐格鲁德[②]则被称作“屠龙者”。

神话诗并没有使用复合比喻辞，而由于隐喻手法的缺乏，复合比喻辞在中世纪的北欧诗歌中被大量运用。神话诗的力量与美在于其丰富的想象力和戏剧性，并不在诗文本身的装饰与雕琢，后者在北欧神话诗中几乎可以忽略。

北欧神话始终带着悲剧的基调。希腊众神总是年轻且自知有不死之身，而北欧众神则能预感到即将到来的毁灭。无法避免的灾难的降临始终笼罩着故事，赋予了北欧神话一种其他神话所没有的悲情与英雄色彩。在《依都娜[③]的苹果》里，我们会读到“她守护着桉木箱子里那些给神吃的苹果，正是这些苹果让众神永不老去，保持年轻，也许直到最后一天，他们都必须继续吃那些苹

① 西芙（Sif），北欧神话中阿萨神族的女神，雷神索尔的妻子。

② 齐格鲁德（Sigurd），北欧神话中的英雄，以屠龙闻名。

③ 依都娜（Iduna），北欧神话中的青春女神，是诗歌与音乐之神布拉吉（Bragi）的妻子，掌管恢复青春的苹果。

果”。神知道终结之日必将到来，但他们不会因此停止与巨人、各种邪恶力量以及所有人类的敌人的搏斗。在最后可怖的大战中，众神会遭受灭亡，但失败令他们变得更英勇，在无望中继续拼搏。

《诗体埃达》[1]里最古老的作品之一《女巫的预言》(Voluspo) 描绘了在往昔的灰烬中，一个新世界如何建立起来。光明与希望点亮了阴暗的神之末日：

现在，大地苏醒了，
波浪间升起新绿；
瀑布垂落，雄鹰翱翔，
断崖下他捕着鱼。

重来的奇幻的美好中，
绿草间摆着金色的桌子，
它们属于昔日的众神。

不久的将来，无须播种的土地上将会结出丰盈的果实，
一切疾病都将痊愈，巴德尔就要归来。

① 《诗体埃达》(*The Poetic Edda*)，又称《老埃达》(*The Elder Edda*)，是 9 世纪时挪威来的迁徙者带来的一种独特的口头文学。13 世纪时，由冰岛的游吟诗人将其写定成篇，内容包括神话故事和英雄诗。

向儿童重述北欧神话，其困难之处与希腊神话是一样的。它们过于精简，通常以片段的形式出现，同时又有些晦涩难懂。但它们其他的方面都不同。北欧神话的力量不在叙述或描写上，而在于其简洁如童话般的讲述以及戏剧性的推进方式。

北欧神话的重述者也许会想要丰富这些故事，在破碎的片段和难懂的情节上加一些自己的细节和解释，在显得过于单薄的地方进行修饰和装点。但这样做的话，就不可避免会破坏神话的整体感觉与意义。比如A. 基尔里和E. 基尔里[①]在《阿斯加德的英雄》中创作的《依都娜的苹果》的故事。在对小树林和依都娜进行详细的描写后，这个故事变成了一个详尽的童话：

> 那是一个静谧清凉的夜晚。树上的叶子轻轻地上下摇摆，甜蜜地低语；花儿们半睁着眼睛，对着水中自己的倒影频频点头。依都娜坐在泉水边，一只手托着脸颊，想着那些愉快的事情。
>
> 依都娜，小树林的女主人，生来就是要生活在那些年幼的鸟儿、娇嫩的枝叶和春天的花朵中的。她是如此美丽，当她在河边蹲下，招呼天鹅向她游来的时候，连水里笨笨的鱼儿也停在那里不敢动了，生怕会破坏这美丽的画面。而当她伸出手臂喂天鹅吃面包时，你会以为那是水中一朵洁白如玉的百合花呢。

① A. 基尔里和E. 基尔里（A. Keary & E. Keary），英国姐妹作家，为儿童创作了《阿斯加德的英雄》（*The Heroes of Asgard*）等改写版的北欧神话。

尽管作者对北欧神话的“美化”会使故事丧失原本的意境和意义，但有时这类描述的句子，如“宽广而闪亮的阳光照耀着宫殿（指巴德尔的宫殿）”，也体现了作者因热爱故事而产生的想象力。还是在这两位作者的版本里，关于“巴德尔之死”是这样描绘的：“霍德尔抛出树枝，巴德尔倒下了，死亡的阴影覆盖了整个世界。”行文虽然采用了一种感情略微夸张的表达，但是同《散文埃达》一样，它保留了简单且戏剧性的叙述。总体来说，尽管基尔里的版本中有不少丰富的想象，但编织的各种细节和讲述的方式却并不符合北欧神话的气质，也无法代表北欧神话的风格。北欧神话应当具有画面感，又很简洁，而不是这种冗长详尽的描述。

阿比·法韦尔·布朗[1]则尝试用另一种方式重述北欧神话。《巨人的时代》（*In the Days of Giants*）里的故事比《阿斯加德的英雄》更贴近最初故事的面貌，作者试图以《散文埃达》那种简单、直白的手法来重新创作。比如这里，关于奥丁是如何失去眼睛的开场白：

> 在一切刚刚开始的时候，在世界或太阳、月亮、星星出现之前，生活着巨人，他们是最古老的生命。巨人们住在约顿海姆，这里是冰冻与黑暗的国度。巨人的心是邪恶的。接

① 阿比·法韦尔·布朗（Abbie Farwell Brown，1871 — 1927），美国作家。

> 着出现了神，阿萨神族开创了大地、天空与海洋。他们住在天空之上的阿斯加德。他们创造了奇异的小矮人，小矮人们住在山下地底的洞穴里，整天挖掘矿产，寻找宝石。最后，神又创造了人类，让他们住在米德加尔特。我们知道，在这个祥和的国度和阿萨神族的宫殿之间，有一座彩虹桥。

这样的叙述有力、清晰而简洁，虽然在提到“奇异的小矮人”时，这些效果被削弱了。此外，尽管阿比·法韦尔·布朗没有试图像基尔里那样加入想象的装饰，但她却受到了所处年代的道德和教化观念的影响。她讲故事的方式很简单，却在讲述中添加了说教的语气，比如“邪恶的人们总是这样做”一类的句子。同时，她又添加了许多细节的解释，试图营造一种亲和的氛围。洛基[①]杀死了巴德尔，神用铁索把洛基捆绑起来，布朗把铁索称作“洛基邪恶的激情”。而关押洛基的洞穴里“丑陋的癞蛤蟆、蛇、昆虫”，则被解释为“它们是洛基邪恶的思想，他必须与它们生活在一起，并永远受到它们的折磨”。布朗把故事变成展示日常道德的平台，这使得神话故事中的道德和文学意义都被削弱了。神话包含着对与错、正义与邪恶的道德观念，同时它们也在解释生命或自然的各种现象，但这些解释是含蓄的，最好留给读者和听众自己去解读、想象。

还有另一种为儿童重述北欧神话的方法，那就是保留原有

---

① 洛基（Loki），北欧神话中的恶作剧之神、火神和邪神，和主神奥丁是结义兄弟。

故事简单、直接、戏剧性特点的同时，最大程度地发挥对细节的想象，强化每一个事件与情境的戏剧效果。这种重新诠释的方法对创作者来说要求极高。作者不仅需要对神话表层的内容非常熟悉，还必须理解《散文埃达》里关于世界的概念，从创世到最终毁灭的宽广视野，以及无数事件中有力的、戏剧性的氛围。

这种叙述北欧神话的方式在多萝西·霍斯福德的《众神之雷》中可以看到。她以《散文埃达》和北欧神话那种直接简明的方式进行叙述。为了不让故事显得太过复杂和难以理解，她也会对素材进行筛选。比如叙述“巴德尔之死”的段落：

> 巴德尔是公正且最受人热爱的一位神。他的决断是智慧的，口才是优雅的，他的一切行为都是纯净清白的。巴德尔走到哪里，哪里就是愉悦、温暖和幸福的。神与人都是那么爱戴他。人们把长在山丘上最洁白的花朵叫作“巴德尔的额头”，足见他是多么英俊。[2]

在斯诺里写作初版故事的时代，读者自然对巴德尔的故事耳熟能详，因为那是一个人人都了解神的年代。而多萝西·霍斯福德开展故事的方法，不仅叙述了《散文埃达》中关于巴德尔的种种，同时也阐述了北欧民族理想中神明应该具有的优点。若缺少了这样的知识背景，读者和听众将难以理解“巴德尔之死”这一悲剧的意义。

《众神之雷》虽然以童话般简单直接的方式进行叙述，但其语言鲜明，为故事带来了原先所没有的戏剧效果。比如在上述开篇之后，多萝西·霍斯福德从巴德尔的梦开始讲述他的死亡，这里才是故事真正的开始：

> 对于自己的生命，巴德尔做过一些危险又宏大的梦。一个又一个夜晚，它们困扰着他的睡眠。当巴德尔与其他的神谈论这些梦时，他们都产生了各种预感，知道某些危险正威胁着巴德尔。于是众神聚在一起，商讨该如何拯救他。

为了能更清晰地看到这些简单文字的力量与优美，我们可以把它同阿比·法韦尔·布朗笔下的“巴德尔与槲寄生”这一段做个比较。作者从一段冗长的关于洛基的讲述开始，赋予了洛基各种想象出来的复仇动机，一直到“黑暗中的一切只要经过他身边就再也不见踪影，众神颤抖着，仿佛邪恶的呼吸在头顶飘动。连花儿都落在他的脚边”。接下来是她关于巴德尔的梦的描述：

> 这时，英俊的巴德尔做了一个奇怪的梦。他梦见云层遮住太阳，阿斯加德的一切都变得漆黑。他等待着云朵散去，太阳再次露出微笑，然而心里有个声音却告诉他，太阳永远不见了。醒来时，巴德尔觉得非常悲伤。第二天晚上，他又做了另一个梦。这一次，梦中依然与前一个晚上一样漆黑，花朵凋谢了，众神老去了，就连依都娜的苹果也无法让他们重新变得年轻。众神一边流眼泪，一边紧紧握着拳头，好像

> 发生了什么极其恐怖的事情。醒来时，巴德尔觉得非常害怕，但他不想让妻子南娜担忧，便什么也没对她说。
>
> 接着黑夜又降临了，巴德尔在睡眠中做了第三个梦，它比前两次更令人恐惧。在黑暗寂静的世界里，只听见一个悲惨的声音在嘶叫："太阳永远地消失了！春天永远地消失了！幸福永远地消失了！而俊美的巴德尔也死了，死了，死了！"[3]

巴德尔的梦做完了，他的妻子"哭泣着跑去找"弗丽嘉。弗丽嘉"惊得心慌神乱"，并且宣称："我将踏遍世界的每一个角落，让所有的事物向我保证，绝不会伤害我的孩子。"像这样由作者创作的日常口语化的细节与《散文埃达》的气质是那么不符，令一些戏剧性极强的片段都显得不那么令人信服。

巴德尔之死是北欧神话故事里的高潮之处。斯诺里的讲述显得既简洁又令人动容：

> 巴德尔终于还是倒下了。阿萨神族的众神说不出话来，也没能伸手去扶住他。他们互相凝视着，心里对这场灾难的策划者非常清楚。但是没有谁想要复仇，因为这里是一片神圣的土地。众神张嘴想说些什么，表达悲伤的词句还没出口，他们已经泪水盈眶了。而奥丁则比谁都清楚，巴德尔的死会对阿萨神族造成多大的创伤。

阿比·法韦尔·布朗的版本是这样的：

哦，不幸的事情终于还是发生了！一支很小的箭笔直地飞在空中。它好像拥有魔法，好像被洛基的手臂指引着。然后，它直直向着巴德尔的心脏飞去，穿过了他的上衣和衬衣。正如洛基所说，巴德尔将收到“洛基的爱”那苦涩悲痛的信息。随着一声尖叫，巴德尔倒在了草地上。这一刻，阿斯加德的阳光、春日与幸福也都终结了。如同梦中所预言的，英俊的巴德尔死去了。

阿萨神族见证了这一切，他们惊恐地大叫起来，向着射出了致命一箭的霍德尔跑过去。

“发生什么事了？我做了什么？”这个双目失明的可怜的兄弟问道，为他射出那一箭所引起的骚乱颤抖不已。

“你杀死了巴德尔！”众神喊道，“卑鄙的霍德尔，你怎么能下这样的手？”

“是那个老妇人，那个邪恶的老妇人，她站在边上，给了我一根小树枝让我射出去，”霍德尔喘着气说，“她一定是个巫婆！”

于是众神在伊达平原上四处寻找老妇人，可她却神秘地消失了。

“一定是洛基，”智慧的海姆达尔说，“这是洛基最后也最卑劣的恶作剧。”

“哦，我的巴德尔，我那俊美的巴德尔！”天后弗丽嘉哀号着扑到了儿子的身体上，“如果我当时让槲寄生也对我发誓的话，你就不会死了。是我告诉了洛基关于槲寄生的事情，是我害死了你。哦，我的儿子，我的儿子。”

阿比·法韦尔·布朗没有看到初版故事的力量与动人之处究竟在哪里。相反，她将故事的格调拉低了，使它充满了闹剧一般的滥俗情感。如果我们将这一段与多萝西·霍斯福德讲述巴德尔之死的段落做一个比较，我们就会立即发现，后者的版本是在读懂了故事内在深刻的含义后写出来的，而前者则不然。

霍德尔拿起槲寄生树枝向巴德尔投去，洛基指引着他的手。

箭射穿了巴德尔的心脏，他倒在地上死去了。这是世间的神与人都从未经历过的最悲惨的事件。

巴德尔倒下了。众神的悲伤与痛苦是无法用言语表达的，也没有谁能起身去移动巴德尔的身体。他们凝望着彼此，心里都很清楚这惨剧背后的罪恶之手究竟是谁。然而，他们却不能复仇，因为这是一片圣土。

当他们想说话的时候，滚烫的眼泪流淌了下来，众神为巴德尔的死哭泣着。没有任何语言能表达他们的悲痛。他们之中最伤心的是奥丁，因为他最清楚巴德尔的死对众神来说意味着什么。

巴德尔的母亲弗丽嘉第一个开口：“如果你们中的任何一个想要赢得我全部的爱和恩宠，请到赫尔的王国把巴德尔从死去的灵魂中找回来。只要巴德尔能重回阿斯加德，赫尔要什么我都愿意给她。”

这种近乎僵硬的直接叙述与故事原来的面貌保持了一致，同时，又给予了一个关于神的故事它所应有的古老高贵的氛围。

在《众神之雷》中，多萝西·霍斯福德以有力、清晰、符合逻辑的方法重述了北欧神话。通过简洁、转换巧妙的叙事，她成功地营造了戏剧性的气氛，以一种非描述性的、通过行动体现的推进来讲故事。她通过有力的对话重塑故事，以精简的叙述使人物形象更加鲜明立体，并将野心、恐惧、憧憬和绝望等情感通过喜剧与悲剧结合的方式表达出来。她的语言营造出宽广壮阔的氛围，而诗意的品质则给读者与听众留下了深刻印象。《众神之雷》为儿童重新创作了《散文埃达》中的北欧神话，正如查尔斯·金斯莱为儿童创作了令人敬佩的杰出的希腊神话《英雄传奇》。

引用文献

[1] Padraic Colum, *The Golden Fleece and the Heroes Who Lived before Achilles* (N.Y.: Macmillan, 1921).

[2] Dorothy Hosford, *Thunder of the Gods* (N.Y.: Holt, 1952). This and the quotations on pages 76 and 78 are used by permission.

[3] Abbie Farwell Brown, *In the Days of Giants* (Boston: Houghton, Mifflin, 1902), p.11.

阅读参考资料

Dawson, Warren Royal. The Bridle of Pegasus; Studies in Magic, Mythology and Folklore. Methuen, 1930.

Koht, Halvdan. The Old Norse Sagas. American Scandinavian Foundation, 1945.

Munch, Peter Andreas. Norse Mythology; Legends of Gods and Heroes, tr. from the Norwegian by Sigurd Bernhard Hustvedt. American Scandinavian Foundation, 1926.

Phillpotts, Bertha S. Edda and Saga. Holt, 1932. Thornton Butterworth, 1931. (Home University Library)

Sturluson, Snorri. The Prose Edda, tr. from the Icelandic with an introd. by Arthur Gilchrist Brodeue. American Scandinavian Foundation, 1929.

第六章

英雄叙事诗与萨迦

终将走向消亡的人居然枉然地指责着神。他们总是说罪恶来源于我们，其实他们命中注定的苦难来自他们自己，那心灵中的盲目与浑噩。

—— 荷马，《奥德赛》

你们曾经听说过关于齐格鲁德的故事。他如何埋葬了神的敌人；他如何从黑暗的沙漠中挖掘出水中的金子；他如何唤醒了高山上的爱，令布伦希尔德醒了过来；接着他在人间住了下来，成了令众生注目的存在。

—— 威廉·莫里斯[1]，《沃尔松格的齐格鲁德的故事》

---

① 威廉·莫里斯（William Morris，1834 — 1896），英国设计师、诗人、小说家、翻译家和社会活动家。作品有诗集《地上乐园》（*The Earthly Paradise*），译作有《沃尔松格的齐格鲁德的故事》（*The Story of Sigurd the Volsung*）、《沃尔松格和尼伯龙根的故事》（*The Story of the Volsungs and Niblungs*）等。

这是一个关于北方的伟大故事，它对我们这个民族的意义，就好比“特洛伊”的故事对古希腊人一样重大。然后有一天，随着世界的变迁，我们这个民族在历史长河中变成了一个简单的名字，我们的子孙读着这个故事，就如同今日的你我读着昔日“特洛伊”的传说。

—— 威廉·莫里斯，《沃尔松格和尼伯龙根的故事》

什么是叙事诗？它与传统文学，比如民间传说和神话的不同之处在哪里？对现今这个时代来说，它的价值何在？它依然能够给予读者和听众愉快的体验吗？如果我们想为儿童改写那些从英雄时代流传下来的故事，这些问题是我们需要思考的。

所谓英雄时代，对任何一个民族来说，都是一个把属于该民族的理想通过英雄的性格与行动展现出来的时代。英雄们的伟大事迹，通过游吟诗人在宏伟殿堂上，或普通百姓在火炉边的吟唱，不仅激起了人们的民族自豪感，同时也使产生这些英雄的传统文化获得应有的地位。

游吟诗人吟唱的英雄故事常常以片段的形式散落在民间，如果它们中有一些能够保存下来，那一定是因为某些有创作天分的诗人发现了原始材料中正好有他们想要讲述的故事。英雄叙事诗虽然在内容上多为传说故事，但它是经过打磨形成的优秀作品。它之所以对往日和今天的读者都具有深远的意义，正是因为它是诗人伟大构思的结晶。

我们并非生活在一个传统文学继续发展的时代。通过叙事诗，我们仍能以文学和艺术的形式来感受传统文化的质感。而这种形式不仅是叙事诗本质的部分，更是使它流传至今的原因。如果要在评判世界各国为儿童创作的叙事诗时使用同一标准的话，那么，我们首先要对叙事诗改写前的原始内容、含义、文风有一个了解，然后才能判断翻译或重述它的人在创作过程中是否既忠于原著，又以丰富的想象力进行了再创作。

我们中很少有人通晓古希腊语，因此，我们对荷马的伟大史诗《伊利亚特》和《奥德赛》的了解来自翻译。也因为无法阅读原著，所以我们必须接受学者在翻译中所采用的最接近原始文本的理念。

比如《奥德赛》，无论是S. H. 布彻和安德鲁·朗格合译的版本，还是帕尔默的版本，两者都是学者给予了高度赞誉的翻译，阅读它们，会让读者感到激情洋溢。而《奥德赛》也的确是世上最精彩的故事之一。我们被优美流畅的语言紧紧抓住了，我们跟随故事里的人物经历悲欢喜乐，也为他们正在经历的困难而忧心忡忡。读着读着，对荷马世界的认识点亮了我们的心智。我们会了解那依然处于黎明的古希腊时期和那深黑的大海，水手们整齐地坐在黑色的船只里破浪前行；那些悉心耕种的农田和作物，以及无论对国王还是对牧羊人来说都很重要的山羊和牛群。我们会看见国王的宫殿和牧羊人的小茅屋，以及他们各自的衣食住行。我们会了解那些男人与女人，哪些事情对他们来说是珍贵的，哪些又是令他们不以为意的。虽然他们有粗暴的一面，可他们简单的生活依然充满尊严。他们对神敬重无比，对朋友忠心不二，对陌生人热情亲切，对伤害以牙还牙，而对神给予他们的命运则勇敢地迎面而上。

《奥德赛》的结构可以分成三部分。荷马首先向我们展示了奥德修斯的王国伊萨卡岛，以及因珀涅罗珀的众多求婚者而引起的混乱；然后是珀涅罗珀和忒勒马科斯如何克服重重困难阻止求婚者引起的暴乱；忒勒马科斯离开伊萨卡岛，去找寻他的父亲奥德修斯；而求婚者们知道他离开之后，开始策划如何在他回来时杀死他。

第二部分则讲述了特洛伊战争后，奥德修斯如何在命运的残酷阻挠下用尽一切方法仍要回到伊萨卡岛。叙述从奥德修斯被卡吕普索囚禁在她的岛上开始，到他最终抵达法伊阿基亚国王阿尔基努斯的宫殿为止。在那儿，奥德修斯将自己的历险讲述给国王听，因此，从特洛伊战争到抵达法伊阿基亚王国的故事都是以第一人称叙述的。

这一技巧使得叙述既紧张又迅速，既有画面感又有戏剧性。这是因为从奥德修斯的角度，他只会叙述对自己十分重要的事件。通过语言和行动，奥德修斯的性格也显得越发清晰。我们看到了他的果断坚决、目标明确，他的远见和机智策略（“奥德修斯的种种计谋”），他如何运用智慧战胜命运和敌人，他对自己的土地和家园深深的爱，以及自始至终不懈的勇气……如果换作其他任何一个人，也许早就放弃重归故土的信念了。

故事的第三部分讲述了奥德修斯回到伊萨卡岛后，知道了那些求婚者如何践踏他的王国。为了复仇并重新赢回王国，他假扮成乞丐。安全归来的忒勒马科斯加入了奥德修斯的复仇计划。接着便是故事的最后一幕，即求婚者们的溃败逃离以及奥德修斯同珀涅罗珀的重逢。

这三部分都是故事中又包含着故事。我们能够感受到高雅的文体、诗人完整的艺术目的，以及与深刻又宽广的内涵相符的诗意语言。《奥德赛》是一个关于行动的故事，然而除了各种外在的事件，它还拥有与古希腊文明密不可分的民族意义。《奥德赛》

勾勒出一个影响了整个文明世界的民族，包括人的心智、性情与思考方式，以及民族文化。

通过荷马的故事，我们可以从日常生活细节的描述中感受到古希腊人“人性化”的特点。即使是那些出身高贵的人，他们的追求也和普通人很相近。国王会担忧他的牲畜和农田，王后掌管日常事务，细致地持家。我们也能感觉到出身卑微的人所扮演的重要角色，养猪的人、年老的保姆，他们那种简单的尊严打动了我们。在他们身上，我们首先感受到的是人的爱恋、忧伤、失落、喜悦、骄傲与无望。叙事诗中，常常由这个民族最理想化的人来讲述各种日常生活的事件，这种视角使这个理想的民族得以具体化，又让叙事变得更加优雅，充满尊严。

所有为男孩女孩们重新创作的《奥德赛》，都应该带来荷马诗歌中的那种速度感与紧张感，应该传达出诗人不断吟唱着的英雄传说所展现的民族理想与性格。加之《奥德赛》是古希腊最杰出的叙事诗之一，对这个故事的重述也应该传达出荷马语言的优美与诗意，毕竟正是这样的语言使得这部作品成为不朽之作。

从查尔斯·兰姆的时代到今天，《奥德赛》一次又一次地被作家们改写为儿童版。其中的一些版本除了保留故事大纲，其余部分与荷马的诗歌没有任何相似之处。而那些最优秀的版本则努力传递着古希腊叙事诗的庄重气质，用典雅的语言来叙述高贵的行动，从而营造出古典的氛围。

查尔斯·兰姆写作《尤利西斯的历险》时，参考资料来自查普曼而非荷马，他从未读过荷马。兰姆的改写与查普曼的翻译是一致的，文字不时透出伊丽莎白时代诗歌精雕细琢的气质以及某些夸张奇特的想象，但他同时又运用了查普曼版中很多属于荷马的真正有诗意的文辞。《尤利西斯的历险》并没有完全摆脱拟古的气息，但同时有些部分又太过精简，让读者错过了许多原文中关于衣物、房屋、食物以及生活方式的细节——这些细节正是荷马为了营造故事的真实感和画面感而特意加入的。但是，查尔斯·兰姆的《尤利西斯的历险》，其叙述的戏剧氛围、优雅的文体、句式的平衡、完整的象征以及古希腊形容语句的应用，使它成为儿童版《奥德赛》中最具有文学价值的版本。其他的版本也许更忠于原著，但它们并没能像金斯莱或霍桑的希腊神话那样，给我们带来新的经典。

要研究儿童版的《奥德赛》，我们唯一的原始资料就是荷马的作品。但是，除了古典学者，一般人想阅读希腊原文诗歌几乎不可能。对我们来说，最好的资料就是公认的忠于原著的英语译作。通过阅读S. H. 布彻和安德鲁·朗格的译本以及帕尔默的译本，我们会发现，儿童版《奥德赛》与这两个版本的区别主要在于对故事主线的把握。此外，对细节的处理以及作者重述故事时语言表达的质量也有差别。

艾尔弗雷德·J. 丘奇的《为男孩女孩们写的奥德赛》（*The Odyssey for Boys and Girls*）是一个非常简单的故事。它开始于独眼巨人岛的奇遇，然后叙述了奥德修斯从卡吕普索的岛上返回的故事。发展到这里，丘奇把奥德修斯放到一边，带着读者来到伊萨卡岛，讲述了珀涅罗珀的求婚者们，还有打听父亲下落的忒勒马科斯。接着故事才又回转到卡吕普索的岛上，丘奇让奥德修斯回到伊萨卡岛，最终杀死了那些求婚者。故事中忒勒马科斯的部分拖慢了事件戏剧性的发展速度，也打破了荷马版《奥德赛》原本的完整性。然而，从独眼巨人岛开始讲故事的确吸引了儿童的注意力，并让他们对故事的发展产生了兴趣。

科拉姆的《孩子们的荷马》(*Children's Homer*)，开头的部分与荷马原著一致，但接下来，忒勒马科斯并没有像原版故事中那样，回到伊萨卡岛并得知父亲被囚禁的消息。科拉姆让他留在了斯巴达，把荷马《伊利亚特》里特洛伊战争的故事从头到尾听了一遍。

在故事的第二部分，科拉姆叙述了奥德修斯是如何从卡吕普索的岛上逃出来，来到了法伊阿基亚王国。奥德修斯把自己的遭遇告诉了国王，并决心重回伊萨卡岛。接着，随着求婚者们的溃败，故事就结束了。虽说把《伊利亚特》和《奥德赛》这两个故事合并在一起是值得商榷的，但科拉姆处理素材的方法使《伊利亚特》和《奥德赛》仍然保持了各自的完整性。

丘奇版本的简洁与直接来自他对冗长的比喻、大量的重复以及跟故事主线无直接关系段落的省略。他的风格虽然不算很出彩，但也是简洁明白的。科拉姆的文笔同原著更为相似，但文风却不甚稳定，有时威严有力，有时又是轻松而通俗的。这两种风格有的时候会出现在同一页内容中。《为男孩女孩们写的奥德赛》和《孩子们的荷马》都被广泛阅读和喜爱，我想，在我们拥有一个经典的、被人们牢记于心的版本前，荷马在《奥德赛》中那种

“长着翅膀的语言”将会给予未来的作家更多启发，帮助他们创作出让耳朵和想象都感到欣喜的叙述语言。因为这故事最初是古希腊诗歌，它首先是用来朗读的，其次才被当成文本来阅读。

简洁、直接、贴近现实生活，荷马史诗的这些特点同北方的萨迦有很多相通之处。比如在阅读《奥德赛》和《格雷蒂尔萨迦》（*Grettis Saga*）时，都会激起人们内心对英雄主题的激动情绪，让人们感受到故事发展的迅速，以及蕴含其中的纯粹的戏剧性。

“萨迦”（saga）的意思是“事情的讲述、叙述”。萨迦起源于口头叙述传统，一个流亡民族以此铭记他们的过去。最初，他们在漫长的冬夜里围着篝火讲述他们探险的故事。渐渐地，一种讲故事的艺术形成了，这些故事也被记录下来。如今，冰岛的萨迦在文学史上有着特殊的地位。同古希腊叙事诗一样，萨迦的叙事也是快速、直接且富有戏剧性的。与荷马的作品不同，它们是以叙事散文的形式，而并非英雄叙事诗的形式写下来的。它们的作者大部分也默默无名。

相比荷马的《伊利亚特》和《奥德赛》，冰岛萨迦对我们来说并不是那么熟悉，因为就在几年前它们的英语译本仍很稀少。然而，相比其他语种，冰岛人的语言与我们更接近。如果说古希腊叙事诗是作为世界文学的一部分传承了下来，那么冰岛的萨迦则是属于民族自身的遗产。萨迦让人们了解祖先的生活方式和思考方式，他们遵从的法则以及他们守护的理念。

最广为传播的萨迦译本来自乔治·达森特爵士和威廉·莫里斯。因为他们并没有翻译过相同的萨迦，加上萨迦本身的形式各有异同，所以将两人的译本拿来比较有些困难。但是，这两位译者的译本，都让萨迦以文学的面貌呈现在我们面前。在达森特翻译的《尼雅尔萨迦》（*Njal's Saga*）的前言中，他这样写道：

> 即使尽了一切努力试图让译文最大程度上贴近原文，译者在公众面前依然是惶恐不安的。那不是因为他对原作本身的优美有任何怀疑，而是因为他处于绝望之中——千万不要因为自己本身的不足而影响了这些高贵伟大作品的呈现。

达森特将萨迦翻译成了简单自然的英语，在措辞上最大可能地接近原文。威廉·莫里斯则以对语言音乐性和节奏性的绝妙领悟，使其译本对原文字面上的忠诚度略低一些，使用的词语也更复杂。但他给予了译文平稳坦荡的行文，蕴含着高贵的口吻与英雄的气息，这在某种程度上正是达森特译本中所缺少但原文中无疑存在着的特点。莫里斯的译本中有些拟古的段落对现在的读者来说是一个障碍，它同时也削弱了原文生动活泼的色彩。

冰岛——“那个位于大西洋高纬地带孤独又冰冷的岛屿”，那里的“萨迦人”（saga men）指的是说故事的人们，也正是他们发展了精彩的叙述技巧。这些说故事的人必须在一个又一个夜晚持续地吸引听众。因此他们学会了以一种简单、客观、恰到好处的方式来讲故事，同时在故事中加入丰富的戏剧表现力。冰岛人的讲述是直白、实用又克制的，他们本是地主和农夫，语言天赋非常接近戏剧艺术。这样一来，故事的有趣之处就取决于戏剧情境中的力量与真实，以及通过对话与行动表现出来的人物自身的性格。比如在《尼雅尔萨迦》中，被敌人包围的贡纳尔拿起弓箭作战，但最终弓弦却断了，于是他向妻子索要两束头发用来做一根新的弓弦。“这对你来说真的那么重要吗？”妻子问道。“我的性命取决于它，”他回答道，“只要我还有箭，我就可以阻止敌人前行。”“即使如此，”妻子回答道，“我也不会忘记你曾经狠狠地打过我的脸，所以我一点也不在乎你能保护自己多长时间。”“每个人都会用他自己的方式去赢得声誉。”贡纳尔反驳道，随后他一直战斗，直到筋疲力尽。

此处贡纳尔和妻子两人各自的性格被清晰地揭示并形成对立。通过几句短短的、巧妙且富有戏剧性的对话，我们对两个角色以及他们的动机都有了了解。人物之间有限的对话，让这遥远的一幕有了生动的一面。对话以及行动中心理元素的揭示则给予了萨迦某种现代意味。与叙事诗和中世纪浪漫诗中的英雄相比，萨迦里的人物更像我们认识并且了解的平凡人。

萨迦也拥有历史意义，因为它们讲述了 9 世纪到 11 世纪冰岛人的生活，尽管这些故事直到 13 世纪才被记录下来。如果将萨迦当成一个整体来看，我们会发现，它像有连贯花纹的挂毯一样，一个萨迦故事里的主角在另一个故事里可能就变成了附属角色，而起先的某个小角色则在新的故事里引领故事的推进。萨迦里的男人和女人某种程度上就像是邻居，他们互相很熟悉，或者至少彼此听说过。他们的生活在不同的萨迦中穿越交织着。比如在《格雷蒂尔萨迦》中，不再受法律保护的格雷蒂尔寄宿在拖吉的住处，而拖吉的另外两位客人瑟吉尔和瑟赫莫德正是《仁义兄弟萨迦》（*Foster Brothers Saga*）中的主角。这三个高尚男人会面的结果在拖吉和斯卡帕第的对话中被提及：

> “这倒是真的，拖吉，你这个冬天招待了这三个男人，他们该有多么粗鲁傲慢，况且他们还都不受法律保护。你收留了他们，还让他们没有互相伤害？”“没错，确实是这样。”拖吉回答道。斯卡帕第说：“这对一个男人来说是件值得骄傲的事情。不过，你觉得他们三个究竟怎样，有多勇敢？”拖吉回答：“他们三个都是非常勇敢的人。但是其中的两个，我想他们是知道害怕为何物的。而让他们害怕的东西又不一样：瑟赫莫德害怕神灵，格雷蒂尔则对黑夜非常恐惧，天黑以后他连动都不敢动了。至于和我同族的那个人，瑟吉尔，他什么都不怕。”“你对他们了解得真透彻。”斯卡帕第说。他们的对话就这样结束了。

这一段不仅让读者熟悉的老角色在新的故事里再次出现，同时也让我们将目光转移到那个占据了重要位置的角色身上。

每一个萨迦讲述一个故事，故事通常牵涉到某个冰岛地主豪族的一代人，而这个家族又是当地族群的首领。与人物有关的部分在故事中——人物的性格、行为和互动，以及某些注定的命运，让他们走上各自的道路，这些总是最重要的。萨迦的技巧是，让我们看到事情是如何发生的，了解行动背后的原因，最终得出属于读者自己的结论。在《尼雅尔萨迦》中，被流放的贡纳尔和克劳斯克格一起买了艘船出发。出发不久后，贡纳尔的马绊了一下，把他摔了出去。这时，他回首望着利斯和他的家园说："美丽的利斯！它好像从来没有像此刻这么美好过。田野即将迎来丰收，牧草堆满了牧场，我多么想骑马向着家园奔去，被流放实在是件不公的事情。"

叙述者并没有解释贡纳尔返回家园的理由。也正因为这次返回，贡纳尔被敌人杀害了。说故事的人所叙述的一切，只是一个旁观者的所见所闻。一个又一个事件的推进揭示了故事的因果，这种推进快速且符合逻辑。它们都导向了最后的悲剧，无论是尼雅尔在家中被烧死的场面，还是格雷蒂尔在孤岛上被杀害，或是埃吉尔最后那悲惨又毫无尊严的生活，在失明又体衰之时被厨房女佣用火把赶出房间。萨迦故事的讲述者用万无一失的技巧选择最重要的情节，让故事成长壮大，从而变得完整而意义深刻。

萨迦各自的意义和长度有所不同，但就故事主干来说，它们是相似的。它们中的大部分都遵循着历史的形式，或者用传记的方法将涉及的时代与人物勾勒出来。从戏剧效果上看，尽管它们有着现实主义风格，但在描写人物时，故事讲述者最看重的并不是历史的那一面。他们更在意的是表现人物形象，以及由此对人物行为产生的影响。萨迦的主人公总是拥有不同寻常的美丽与气度。当敌人焚烧尼雅尔的房屋时，按照当地的习俗，是允许女人、孩子和仆人逃生的。但轮到尼雅尔的妻子贝尔嘉瑟拉时，她却说："我年轻时就嫁给了尼雅尔，向他承诺过我们将分享同样的命运。”说完，尼雅尔和贝尔嘉瑟拉一起回到了燃烧的房子中。面对不幸命运时的勇气与坚持，是萨迦故事里最重要的元素之一。在《格雷蒂尔萨迦》中我们会再次看到：

> “我们将会正视我们的命运，无论它是什么，”格雷蒂尔说，“当我们面对敌人时，无须担忧我们的儿子是否具有勇气……”这就是格雷蒂尔之死，他是一个忠于自己誓言的男人，一个拥有大无畏精神的男人，一个冰岛前所未有的最强大的男人。

冰岛这些具有英雄色彩的萨迦故事，毫无疑问对儿童有着强烈的吸引力。孩子们的心灵是客观的，他们很容易被10世纪冰岛的简单又积极的准则吸引。自豪与勇敢是这种准则面对生活时最自然的态度。然而，尽管萨迦本身对儿童充满吸引力，但是它有着众多的角色和事件，因而对改写有很高的技术要求，只有这样才能给予儿童必要的清晰与连贯性，使他们集中注意力阅读。

艾伦·弗伦奇[①]所著的《冰岛的英雄们》是对达森特翻译的《尼雅尔萨迦》的改写。这实际上是一个缩写版本，它删除了各种不甚重要的章节、细微的事件以及冗长乏味的家谱信息。弗伦奇处理素材的方法令故事保持了它的张力、概念上的完整性以及

---

① 艾伦·弗伦奇（Allen French，1870—1946），美国历史学家、儿童文学作家。为儿童创作了《冰岛的英雄们》（*Heroes of Iceland*）、《勇敢的格雷蒂尔的故事》（*The Story of Grettir the Strong*）等改写版的英雄故事。

戏剧性事件。这个故事真正令孩子们感兴趣的是贡纳尔和尼雅尔的历险生活。在这里，孩子们可以找到各种满足想象力的素材。英雄们总是真诚而又超凡，行动则具有眼界和广度，总是满怀勇气地超越各种困难，完全符合他们的期待。这些故事往往高于日常生活，阅读者会得到一种情绪高扬的体验。

在改写了《尼雅尔萨迦》以后，艾伦·弗伦奇又根据威廉·莫里斯的《格雷蒂尔萨迦》创作了《勇敢的格雷蒂尔的故事》。这不是一个缩写本，而是用他自己的语言重述的故事。艾伦·弗伦奇很了解冰岛萨迦的创作手法。他研究了冰岛人的生活、信仰以及理想。在重述中，他为故事赋予了一种原本的萨迦就存在着的气质。他的版本和原版故事一样，朝着一个可以预知但又无法避免的悲剧性结局推进。

格雷蒂尔的故事以传记式的直线发展方式讲述，主要内容是一个不再被法律保护但实际上清白无罪的男人的生活与历险。格雷蒂尔——“冰岛前所未有的勇敢强壮的男人”，在故事中如同巨人一般，展现着超人的力量，却也忍受着一般人难以承受的艰难与孤独。最能够突显格雷蒂尔英雄的一面的，是他在索罗赫斯德同格兰姆的幽灵战斗的过程。艾伦·弗伦奇这样描写这场战斗：

> 月光下，格雷蒂尔第一次看清了格兰姆的脸孔。他那巨大的眼睛可怖地转动着，可怕的样子让人胆战心惊。格雷蒂尔恐惧得魂飞魄散，唯一的念头就是拯救自己……从此以

后，格雷蒂尔在黑暗中总能看到奇怪的幻影，各种恐怖也困扰着他的睡眠，他几乎无法独自度过黑夜。

这个叙述生动的幽灵故事，解释了格雷蒂尔害怕黑夜的原因。它给予了《格雷蒂尔萨迦》某种浪漫的意味，与一般的萨迦故事有所不同。格雷蒂尔后来与洞穴巨怪的妻子和巨人在瀑布的相遇，以及与女巫在德朗盖岛相遇的段落，给他的生命增添了神秘的色彩，但这些因素并没有减弱萨迦的悲剧性。格雷蒂尔和尤利西斯一样，因为不幸的命运而遭到驱逐，但与尤利西斯不同的是，他并没有凯旋：

在激战中，
在刀光剑影中，
一个流放者终于还是倒了下去。

艾伦·弗伦奇以简洁的一句“他最终还是死去了”来结束格雷蒂尔的最后一战。

尽管艾伦·弗伦奇的版本是建立在威廉·莫里斯翻译的基础上，但是他认为，莫里斯诗化的语言和艰涩的拟古体与自己的创作目的不符。他的重述虽然在文体上算不上杰出，但毫无疑问是清晰、活泼、生气勃勃的。这一完整而故事性强的版本，自然成了男孩女孩们了解萨迦的理想途径。

冰岛萨迦绝大多数来源于当地传奇的英雄，而《沃尔松格的萨迦》(*The Saga of the Volsungs*) 则起源于埃达英雄史诗 (Eddic heroic poetry), 尽管它是 13 世纪时由一位不知名的"萨迦人"写于冰岛的。威廉·莫里斯将萨迦翻译成了英语散文的形式, 又在他著名的叙事诗歌《齐格鲁德的故事和尼伯龙根的没落》(*The Story of Sigurd the Volsungand the Fall of the Niblungs*) 中以诗的形式将其重写了一遍。

多萝西·霍斯福德为孩子们重写的《沃尔松格的萨迦》题名为《沃尔松格的儿子们》(*The Sons of the Volsungs*), 根据莫里斯长诗的前两卷写成, 同时去除了关于尼伯龙根的背叛和最终灾难的部分。霍斯福德让故事结束在齐格鲁德的青年时期, 即在烈火中杀死了恶龙法夫纳, 并唤醒了被大火包围的布伦希尔德。故事自然而然地结尾了, 而最后的句子似乎是在巧妙地给有好奇心的孩子建议, 提醒他们可以进行更深层次的阅读:

> 这就是关于沃尔松格和他的儿子西格蒙德, 以及最强大的齐格鲁德的故事。这些只是齐格鲁德年轻时的功绩, 在今后的岁月中, 还有很多事情将降临到他身上, 无论是悲伤的还是喜悦的。[1]

重述《沃尔松格的萨迦》体现出所有为儿童改写的冰岛萨迦文学可能存在的内在问题。除常规问题外, 以散文形式重述像《齐格鲁德的故事》这样的叙事诗, 韵律的问题、原文中艰涩的用词和过时的表达等, 都给重述者增加了难度。比如, 将诗歌转变为富有节奏感的散文就只能是一项循序渐进的工作。还有莫里斯诗中灵动的音乐感，就要求重述是一项“缓慢而讲究的精致工作，使所有优美的文辞得以合适地重现”。只有这样，莫里斯高雅的英雄诗歌才不会因为过于平凡的表述而失去魅力。

在创作《沃尔松格的齐格鲁德》时，威廉·莫里斯也许发挥了他作为诗人最高的才华。故事一路推进，行动和它对主题的意义之间一直保持着很好的平衡。沃尔松格、西格蒙德、齐格鲁德的行动始终处于略显神秘的大环境中，又并非超自然的存在。随着故事的发展，他们作为人的性格被清晰有力地展现出来。诗歌表现出了超越即时场景的广阔空间性，而激烈行动背后的深意，则赋予了它史诗的特点。

这样的故事可以用各种方法重述。多萝西·霍斯福德在《沃尔松格的儿子们》里捕捉并重新诠释了其史诗的特点，也正是这一特点，令这个故事历经几个世纪仍旧不衰。史诗的特性使它在成为一个优秀故事的同时，具有了更加伟大的意义。多萝西和所有优秀的故事讲述者一样，从不让故事中断，而以一种极吸引人的方式向前行进。同时，故事以一种难以捉摸的低语讲述着，这不仅使它成为一个好故事，也彰显了行动、人物性格和意义。当沃尔松格的女儿“西格妮，比谁都美丽的西格妮，比谁都智慧的西格妮”，即将被嫁给用心险恶的哥特国王，而这一点只有西格妮知道的时候，她带着内心的痛苦离开了：

船的跳板移动了，道别的最后号角吹响了，帆船的帆被

> 风吹得鼓鼓的。载着西格妮的长船向着大海驶去。白皙美丽的西格妮站在一片闪亮的盔甲之中，心却因为悲伤紧闭着。她一次都没有回过头去，没有再望一眼那渐渐远去的模糊的大地。

能够在叙述中将作者感受到的奇妙的情感表达出来，非但不减弱原著的壮美品质，反而还对其有所增益，这在改写中是非常少见的。查尔斯·金斯莱创作《英雄传奇》时，将自己对人类的喜悦与悲伤、忠诚与背叛、力量与软弱、勇气与懦弱的理解添加进了作品中。而多萝西·霍斯福德则向读者传达了自己对远古那些生命的理解与解读。

《沃尔松格的儿子们》中的英雄，他们的功绩简单又令人感动。故事虽然以一种直接简单的方式讲述着，但它们始终有一个大的背景——古老的智慧和无法预知的未来。齐格鲁德赢得了马和剑，遇见了他的敌人并与之交战，但他最终追寻的却不是荣耀，而是智慧。“最后将世间的故事说给人们听的那个人会是谁？”独自讨伐恶龙法夫纳的齐格鲁德问道。齐格鲁德用他无畏的勇气和高贵的心灵战胜了一切艰难险阻，他知道自己要走的路是由比他更强大的力量——命运所决定的。齐格鲁德是伟大的英雄，但是他也知道，自己只是某种任何人都无法掌控的力量手中的一枚棋子。从这一点来说，他也是非常具有人性的。正是这一点让他的性格有了真实感。读者能立即辨认出这种真实感，并为之感动。

诗化的散文以及多萝西·霍斯福德叙述中的节奏感，突出了惊险的行动，使故事越发显得气势磅礴。从山顶“走向人们居住的地方”时，布伦希尔德对齐格鲁德所说的话，是这个沃尔松格的故事里令人印象最深刻的部分：

> 她讲述那些隐藏起来的、推动世界前行的事物。她讲述万物的形成、天国的房子、星星运行的轨迹以及风是如何吹动的。她讲述诺恩三女神[①]的名字以及她们如何掌握着世间的命运。她讲述国王的故事、女人的爱情、强大家族的没落、朋友的背叛和永不终结的悲伤。
>
> “的确是这样，”她继续说道，“然而人们必须要忍受这一切，并成为它们的主人。人必须懂得衡量这一切，无论是愤怒、忧伤还是天赐的福佑。”
>
> “……并且每个人都要足够勇敢，去面对神给予他的一切。”

英雄的故事属于永恒的文学，它们代表着英雄时代的理想与思维方式。它们折射出的更多是一种性情而非一个时代。这就是为什么我们总将奥德修斯和格雷蒂尔、齐格鲁德和贝奥武夫[②]、罗

---

① 诺恩三女神（the Norns），北欧神话中的命运女神，老大乌尔德（Urd）司掌“过去”，老二薇儿丹蒂（Verthandi）司掌“现在”，妹妹诗蔻蒂（Skuld）司掌“未来”。

② 贝奥武夫（Beowulf），英国盎格鲁—撒克逊时期的英雄叙事长诗《贝奥武夫》的主人公。

兰和亚瑟王、芬恩[①]和库·丘林[②]放在一起比较。尽管每位英雄被歌颂的事迹各不相同，但他们的精神却是相似的。

这些故事之所以对儿童有着强大的吸引力，并不仅仅因为它们的冒险色彩，还在于它们富于想象力的真实性。它们拥有一种内在的真实，这使它们显得与其他一切冒险故事都不同。它们拥有一种生命的意义，这在那些纯粹为儿童虚构的故事的情节和人物形象中是找不到的。没有其他阅读能够带给儿童这样的想象力的体验与满足，就像对成年人来说，阅读《战争与和平》或《李尔王》总是一件无法替代的事情。

童话故事中也同样包含了这种充满想象力的真实，如果儿童不是从小就习惯阅读此类作品，那么对他们来说，英雄故事的形式恐怕是不容易接受的。这两种传统文学的区别在于，童话的结局英雄总会胜利，但在英雄故事里，儿童会发现好人总是面临着极为艰难的抉择，或被噩运追随着，或犯了一个致命的错误，等等。而英雄的胜利并不是物质上的，勇气才是最重要的。英雄们虽然行走在一个高远的理想世界，但每一天仍经历着各种残酷、困难、不幸与人生的失败。

不管是有意识还是无意识，儿童知道他们会在英雄故事里得到某些经验。在故事优雅、魔幻和浪漫的外表下，他们会找到坚强与真实。在《金银岛》这样的故事里，他们会遇到一个男孩，

---

① 芬恩·麦克库尔（Fionn mac Cumhaill），凯尔特神话中爱尔兰最著名的传奇英雄之一。

② 库·丘林（Cu Chulainn），凯尔特神话中爱尔兰太阳神鲁格·麦克·埃索伦（Lugh mac Ethlenn）的儿子，阿尔斯特的英雄。

他的历险让他们也跟着紧张得喘不过气来。而在《勇敢的格雷蒂尔》里，他们分享的不只是格雷蒂尔的历险，还有他的痛苦与斗争，这样的体验将使英雄赢得儿童的好感与尊敬。他将成为他们的朋友，一个比虚构冒险故事的主人公更真实的人物。当一个孩子与一位英雄相遇，并分享过他的人生，对孩子来说，生活将比从前有意义得多。

越来越多的史诗文学、萨迦、传奇文学以重述或者改编的方式变成了儿童读物。这是一项需要在原始资料中谨慎地挑选和比较的工作。在本章有限的篇幅里，我们只能关注很少的几个例子，提出的也只是一些基础的判断参考。或者，这些可以作为优质和劣质儿童改编读物的参考。

大量制造有意“为儿童设计的文学”是危险的，而且如果为儿童创作的成年人自己对英雄故事就缺乏兴趣，不甚了解，那他们的作品当然无法打动儿童，更不会令儿童喜欢。沃尔特·佩特[①]告诉我们：“想使别人对一样事物感兴趣，首要条件是自己先对它感兴趣。”跟儿童和儿童书籍有关的人，只有自己先对这些材料有兴趣，才能保证儿童不会错过这些书籍，才能打开他们的头脑与心灵的新视野，才能塑造并充实他们的灵魂。

---

① 沃尔特·佩特（Walter Pater，1839—1894），英国文艺评论家、作家。

引用文献

[1] Dorothy Hosford, *The Sons of the Volsungs* (N.Y.: Holt, 1949), p.171. This and the quotations on pages 92 and 93 are used by permission.

阅读参考资料

Dixon, W. Macneile. English Epic and Heroic Poetry. Dutton, 1912. Dent, 1912.

Grettis Saga. The Saga of Grettir the Strong, tr. from the Icelandic by G. A. Hight. Dutton, 1913. Dent, 1913. (Everyman's library)

Homer. The Iliad of Homer, done into English Prose by Andrew Lang, Walter Leaf, and Ernest Myers. Macmillan, 1883.

——. The Odyssey of Homer, done into English Prose by S. H. Butcher and Andrew Lang. Macmillan, 1921.

——. The Odyssey of Homer, tr. by George Herbert Palmer. Houghton, Mifflin,1929.

Ker, W. P. English Literature: Mediaeval. 6th ed. Thornton Butterworth, 1932. (Home University Library)

——. Epic and Romance; Essays on Mediaeval Literature. Macmillan, 1926.

Morris, William. The Story of Sigurd the Volsung and The Fall of the Niblungs.Longmans, Green, 1923.

Njals Saga. The Story of Burnt Njal, tr. from the Icelandic by George Webbe Dasent. Dent, 1911. (Everyman's Library)

The Poetic Edda, tr. from the Icelandic with an introd. and notes by Henry Adams Bellows. American Scandinavian Foundation, 1926.

Woolf, Virginia. On Not Knowing Greek (in *Second Common Reader*). Harcourt, Brace, 1932.

第七章

诗　歌

用语言自如地构建画面，这也许是阅读的乐趣之一。而每个人不同的心境则会给予诗歌不同的理解……我挑选了我最喜欢的诗歌，无论什么时候阅读，它们都能像“魔毯”或者“七里靴”一样，带我前往一个属于它们的王国。据说，夜莺歌唱的时候，其他的鸟都会停下，安静地聆听它的歌声。而我也非常清楚地记得，当夜莺站在清晨湿漉漉的枝头吟唱时，那些很小很小的鸟儿都不出声地站在那里，静静地倾听着。公鸡在子夜时分啼叫，方圆百里它的同族都回应着。捕鸟的人吹着口哨诱骗野鸭。就这样，一些歌谣与诗影响着我童年的心灵，同样继续影响着今天已经老去的我。

—— 沃尔特·德·拉·梅尔，《请到这里来》（*Come Hither*）

诗人吟诵时，

语句总是明亮的。

歌者吟唱时，

歌声总是动听的。

词句和歌声依旧飘荡，

如同长了翅膀一般，

即使那歌者已逝，

诗人也被埋葬。

很多不太喜欢思考的人认为，诗歌纯粹是“想象的玩意儿”，与现实没有什么关系。然而，那些从过去延续至今的诗歌传统，却拥有某种明显的模式，那是一种关于生活的形式 —— 心智与心灵的内在生活和我们面对世界时的外在生活。诗人通过想象，将自己对生活中真理的直觉认识进行再创造，再用艺术这一媒介表达出来，即为诗歌。

很多人试图给诗下一个定义。路易斯・昂特迈耶[①]在他的选集《昨天与今天》（*Yesterday and Today*）中引用了很多作者试图给出的定义，然而直到今天，让所有人都一致同意的说法依然难以找到。我们也没有找到可以判断“这是诗歌”或者“那不是诗歌”的绝对准则。尽管无法给诗下一个定义，但我们知道，这个词本身意味着形成、创造。而一首诗歌中蕴含的创造力越丰富，

---

① 路易斯・昂特迈耶（Louis Untermeyer，1885 — 1977），美国诗人、文学评论家和编辑。

它与纯粹的诗学也就越接近，好比布莱克的《烟囱扫帚》（The Chimney-Sweeper），拥有简单、敏锐、清晰又动人的画面；或者是济慈的《夜莺颂》（Ode to a Nightingale），表现出了思想与情感的复杂交织。

关于享受诗歌，罗伯特·林德①告诉我们："那并不只是少数人的特权，诗歌是全人类的遗产……儿童对重复与节奏的喜爱，就是人类喜爱诗歌的开篇……"[1]如果我们想将儿童最初对节奏的自然反应延伸到对诗歌的欣赏，那么就把那些真正能令他们快乐的诗歌送到他们手中吧。只有这样，发自内心喜爱诗歌的孩子才会越来越多。

儿童喜欢什么样的诗歌？在《名诗选集》（*A Book of Famous Verse*）的导言里，阿格尼丝·雷普利尔②给出了一些意见：

> 儿童从诗歌中获得的愉悦深远且多种多样。激起热血的曲调，回响在耳边的精灵的音乐，让年幼的心灵陷入梦境般的故事，英勇的功绩，不幸的命运，沉静的民谣，敏锐又欢乐的抒情诗，还有每一个字都被打磨得如同宝石般闪亮的短小诗歌……这些美好的事物都是孩子们了解并且喜欢的。刻意给他们只有韵律和节奏的作品反倒是无用的，用那些故意表现得浅显造作的作品将他们年幼却蓬勃的想象力限制起来则是狭隘的。在阅读诗歌的时候，儿童的想象力总是可以

---

① 罗伯特·林德（Robert Lynd，1879—1949），英国散文家、文学评论家。

② 阿格尼丝·雷普利尔（Agnes Repplier，1855—1950），美国散文家。

> 超越他们的理解能力，他们的情感将带领他们越过心智上的限制。他们只有一样东西需要学习，即如何在阅读中享受愉悦……

很多人都是这样，在童年时读了一首简单的诗歌，通过它的美第一次聆听到从远处传来的某种诗意美好的音乐。具体是哪一首诗歌并不重要。它也许是那拥有奇异魅力的《古舟子咏》（The Rime of the Ancient Mariner），或者是《被遗弃的人鱼》（The Forsaken Merman）那萦绕心间的叠句，或者是再清晰不过的：

> Tiger, Tiger, burning bright
> In the forests of the night. ①

孩子们应该拥有自由探索的权力，这样他们才能找到属于自己的通往赫斯珀里得斯圣园的路。

有的孩子会持续地探索，那是一种面对所有诗的内在的直觉。这些孩子拥有敏感而细致的观察力，对读过或者听过的诗歌，能高度集中注意力。然而大部分儿童与诗歌的初次接触，是他们第一次阅读《鹅妈妈童谣》。他们中的很多人此后将不再接触诗歌，或被《小红帽》及其他以散文形式讲述的故事吸引，而将诗歌放到了一边。但我们往往没有意识到，儿童对诗自发的反

---

① 威廉·布莱克《虎》（The Tiger）中的诗句。大意：老虎，老虎，闪亮地燃烧着，在森林的黑夜中。

应其实并没有就此丧失，而是上升到了“需要某个合适的诗人奏响诗的声音”的层面。

为儿童写故事的作家也已经意识到了这一点，这就是为什么我们经常能在他们的故事里看见诗歌的踪影。尽管我们知道，如果《爱丽丝漫游仙境》里没有了素甲鱼的故事，《柳林风声》里没有了田鼠们的圣诞颂歌，儿童阅读时获得的乐趣将会少得多，但这些偶然的诗文在故事中的地位始终是次要的。它们也许能使故事更有趣，却并不能以一种持续的方式，让儿童对诗歌做出反应。因为阅读诗歌与阅读故事是全然不同的过程。当我们能够意识到两者之间的差别时，我们就会明白什么是诗歌而什么不是了。我们同样也会明白，儿童阅读诗歌时究竟在寻找什么。

需要牢记的是，虽然诗歌和故事都由语言组成，但诗人和讲故事的人对语言的运用是不同的。一个非常熟悉日常对话语言的孩子，他已经准备好要听“灰姑娘”“穿靴子的猫”或者“从前”“他们从此幸福地生活在一起”这些内容。但是，当一个孩子开始聆听诗歌，他接触到的是一种并不熟悉的语言组合与运用或语序排列。这种语言的运用给他的快乐与阅读散文是不同的。比如，他在这样一首诗中感受到的愉悦：

Oh, happy wind, how sweet

Thy life must be!

The great proud fields of gold

Run after thee:

And here are flowers, with heads

To nod and shake;

And dreaming butterflies

To tease and wake,

Oh, happy wind, I say,

To be alive this day. ①[2]

或者这首从古英语翻译过来的《天鹅》：

My robe is noiseless while I tread the earth,

Or tarry'neath the banks, or stir the shallows;

But when these shining wings, this depth of air,

Bear me aloft above the bending shores

Where men abide, and far the welkin's strength

Over the multitude conveys me, then

With rushing whir and clear melodious sound

My raiment sings. And like a wandering spirit

I float unweariedly o'er flood and field.②[3]

---

① 大意：哦，幸福的风多么甜美，那是你的生命！金光灿烂的田野，追随着你！还有那些花，不时点着头轻轻摇摆；做着梦的蝴蝶，从睡梦中醒来恣意起舞。哦，幸福的风，我想说，这样的一天是多么美好。

② 大意：行走在地面上，或是在堤岸下小歇，在浅水中游戏，我的衣裳悄无声息。然而当那些闪亮的翅膀与厚重的空气将我带到蜿蜒的岸边，那些人群居住的地方，天空将它的力量传递给我，在阵阵狂风与清晰的乐曲中，我的衣裳开始轻唱。如同一个游荡的灵魂，我不知疲倦地飞翔在那河水与田野间。

听着如此抑扬顿挫的韵律，会有孩子对这种诗歌之美无动于衷吗？的确，诗人对词语不同的运用会对读者提出不同的要求。它要求读者的注意力高度集中，也许这一点同音乐是一样的——读者要倾听语言的声音，感受它们韵律的变化。这不仅因为诗歌是需要聆听的，还因为诗人在对语言进行选择与组合时，考虑的是从听觉和内容两方面唤起人们对音乐美的感知。对儿童来说，通过语调去体会诗的美，要比通过理解其含义更容易。诗歌本身的含义在聆听时是否显而易见，这一点并不重要。柯勒律治的那句话用在儿童身上比用在成人身上更合适："当诗只是被人们大致理解而非完全地理解时，它所带来的快乐是更多的。"

沃尔特·德·拉·梅尔认为这正是诗歌吸引儿童的理由。在他为儿童编写的诗歌选集里，他表达了对诗歌的独到见解，并把孩子们带到了"清新的森林与碧绿的草地上"。翻开《汤姆·缇德尔的土地》(*Tom Tiddler's Ground*)，我们会听到他是如何为孩子们讲述这画面的。对于雪莱的《疑问》(The Question)，他这样说：

> 诗歌语言的声音与音乐十分相似。仅仅是聆听着它们，就会令人觉得愉快。它们时高时低，时而荡漾，时而停止，又时而产生回响——如同黎明破晓时鸟儿的歌声，或是夜色降临前"从三月的微风里吸取着美丽"的水仙花。大声地诵读这些词句也是十分愉悦的，而低声细语的吟咏同样魅力无穷，

请你试着朗读“绿色的葛藤和那月光色的绣线菊”，或者“蔚蓝、暗黑、镶着金边的花朵”。

听听德·拉·梅尔是如何谈华兹华斯《羊儿》（The Pet Lamb）的开始部分的：“这是一首长诗开始时的一小部分，也是一首非常美丽的诗——微弱的色彩与夜晚的静谧尽在其中。如果你想继续阅读，其他的诗句也很容易找到。”还有他对刘易斯·卡罗尔《美味的汤》（Beautiful Soup）结尾部分的评论：“这首诗应该充满情感地吟诵，尤其是读到‘美味——’这个词，要和另一首诗《夜晚的小星星》（Star of the Evening）有一些呼应。这是《爱丽丝漫游仙境》里最短的诗歌之一，而在《爱丽丝镜中奇遇》里则有一首长诗。两部作品都是刘易斯·卡罗尔创作的，在我看来，它们是为数不多的必读作品……”

德·拉·梅尔说《汤姆·缇德尔的土地》只是一本“小小的书”，“它仅让我们瞥到了英语诗歌这场盛宴的一隅，但已经十分广泛”。内容究竟有多“广泛”，取决于我们从这场盛宴里选择了哪些交到孩子们手中。诗歌与其他文学形式不同，它既适合儿童，也适合成人阅读。可童年时期是非常短暂的，而很多诗歌需要人生的某些经验才能理解。我认为，为儿童选择的诗歌必须在广泛的范围内搜寻，让它们尽可能多地引起个体的共鸣。现在，让我们来看看优秀诗选必须具备的品质有哪些。

任何一个为容易感动的儿童朗读过诗歌的大人，只要他们看见过儿童眼中流露出的领悟了美的惊奇眼神，都会懂得为儿童编辑一本诗选是一件充满爱意且值得去做的事情。尽管非常有价值，但编辑诗选却绝非易事。并非所有诗选都是成功的，想做到既不与已经存在的选集有太多重复，又能摒除刻意迎合儿童的创作及平庸之作，实在很难。不是谁都有艺术家的敏感，能将众多诗歌像花束一样汇集起来，如静物画一般，按颜色、形状和式样合理地摆放。也许只有诗人能创造这样的奇迹，正如只有艺术家才能恰当地选择、摆放物件，让静物画给人的眼睛带来愉悦感。不管怎样，可以确定的是，我们从诗选中所获得的满足，与选编人赋予诗选的评论性和创造力是紧密相关的。

我相信任何一个人在编辑一本诗选时，都是有某些具体标准的。在将诗歌纳入选集以前，他会对它们进行各种评判，它们必须达到某种品质的标准，或者拥有选诗人认为非入选不可的优点。选诗人的标准及眼光决定了诗选的品质，在评价他是否达成工作目标之前，我们首先应该试图理解他的眼光。现在就让我们来看看，一些儿童诗选是在怎样的视野下选编出来的。

德·拉·梅尔说，他挑选了那些他认为“经得起时间考验的作品”放在诗选里。我想，无论作为诗人还是选诗人，没有什么比这一标准更重要。很多为儿童选编的诗选之所以失败，就是因为缺少了这一要素。想知道一首诗是否具有长久的生命，需要选诗人长时间地赏读它。想知道这首诗是否比其他的更值得入选，需要选诗人花费大量时间来阅读所有诗歌。同时，选诗人还必须像聚光灯一样凝聚想象力和记忆力，照耀着儿童的心灵，照出他们对诗歌之美的反应。德·拉·梅尔的诗选正是因为这种“经得起时间考验的优点”而受到儿童喜爱。除此以外，他选择的诗歌所折射出的想象力、对美和神秘的情感表达，也能在他自己的诗作中找到。

肯尼斯·格雷厄姆在他的《剑桥儿童诗选》（*The Cambridge Book of Poetry for Children*）的前言中阐述了诗歌选编者最重要的目标之一。他的目的并不在于从各种类型的英语诗歌里选取一些简单的样本，而是“打开一扇小小的门，引领儿童走入这个迷人的领域。这里有森林与空地，有田野和草原，还有绿色篱笆环绕的花园。这里有时而璀璨的阳光，有不时被云层环绕的山顶。在他们第一次看见这样的风景以后，一切都等待着他们在未来继续探索”。

在肯尼斯·格雷厄姆为儿童打开一扇“小小的门”，让他们走进来尽情探索以前，他拒绝让那些他认为不属于“儿童领域”的诗歌进入他的诗选。他在选择诗歌时的限制，既有教育意义也十分有趣，对想知道为儿童选诗时该放弃哪些、儿童会喜欢哪些的人来说，这是很有用的。

肯尼斯·格雷厄姆表示，他会避免将无韵诗和一般的戏剧诗选入诗选，而莎士比亚戏剧中关于仙女的诗歌和歌曲则入选了。他认为，17 世纪和 18 世纪的诗歌，因其古典的形式和隐喻，应该留到成年以后再阅读。古旧的语言和方言也一概不能出现，因为肯尼斯·格雷厄姆认为，儿童学习常用语言的拼写已经很不容易，不必在这方面再增加他们的疑惑。有一些主题，比如死亡，他认为并不适合儿童诗。尽管他发现在某些儿童诗中，有大量关于“死去的父亲母亲，死去的兄弟姐妹，死去的叔叔阿姨，死掉的小狗小猫，死掉的鸟儿、花朵、洋娃娃”这样惊人的主题。

肯尼斯·格雷厄姆拒绝所有这一切与死亡有关的诗句，他更倾向于给儿童那些吟唱生命喜悦的诗歌。他同样反对只有韵律但缺少创造火花的诗歌。最后，还有“关于儿童”的诗歌——他认为，那种对往昔岁月的回首，更多是成年人的兴趣，而不是儿童的。

肯尼斯·格雷厄姆总结道：“以上筛选必然导致两个结果：第一，这个选集中的大部分作品是抒情诗……第二，能保留在这里的诗只剩薄薄一沓了……”[4]

当我们再看其他为儿童编辑的诗选，比如路易斯·昂特迈耶的作品，就会发现在三种类型的诗歌——戏剧诗、叙事诗和抒情诗中，抒情诗所占的比例远超其他类型。其原因在于，尽管戏剧诗和叙事诗会叙述故事，但它们的篇幅太长，其中还会牵涉哲学、政治或者历史概念，这些都超出了儿童的经验与知识水平。这样看来，弥尔顿的《失乐园》、拜伦的《恰尔德·哈洛尔德游记》（*Childe Harold's Pilgrimage*）或者哈代的《列王》（*Dynasts*）显然都不是理想的选择，它们应该留到儿童长大后再阅读。

既然为儿童编辑的诗选里有那么多抒情诗，那么就让我们先来看看选诗人一般不会排除在外的形式——歌谣。“什么是歌谣？”W. P. 克尔①问道，他接着回答，“歌谣就是《比诺里水

① W. P. 克尔（William Paton Ker，1855—1923），苏格兰文学研究者、散文家。

闸》(The Milldams of Binnorie)、《帕特里克·斯班斯爵士》(Sir Patrick Spens)、《道格拉斯的悲剧》(The Douglas Tragedy)、《兰德尔勋爵》(Lord Randal)和《蔡尔德·莫里斯》(Childe Maurice)之类的东西。"[5]歌谣既不容易定义，也难以归入三类诗歌中的任何一类，它结合了叙事诗、戏剧诗和抒情诗三者的特点。关于历史，我们只知道歌谣最初出现在英格兰、苏格兰以及它们的边界地带，但歌谣最初由谁创造、如何创造，仍不得而知。它们被创作于世界年幼时，令人想起"这个民族的年轻岁月"。对于研究英语诗歌的学者来说，歌谣是有历史意义的。而对于儿童来说，歌谣故事那种简单有效的形式，吸引了他们的耳朵，激发了他们的想象力。歌谣提供了一条天然的大道，让儿童可以从散文故事走向韵文故事，继而走入整个诗歌文学。

歌谣与民间故事相似，有各种各样的故事内容，它们讲述着绿色的森林和那些很久以前发生在边境的战斗，讲述了爱情、死亡、魔法、巫术等主题。它们简单反复的句子也与民间故事相似。《金荣号》(The Golden Vanity)里的段落就用了这种反复的方法，第一句和第三句以押韵的对句推进故事的发展，第二句与第四句则是叠句：

> There was a gallant ship, and a gallant ship was she,
> Eck iddle du, and the Lowlands low;
> And she was called the Goulden Vanitie,
> As she sailed to the Lowlands low.

She had not sailed a league, a league but only three,
Eck iddle du, and the Lowlands low;
When she came up with a French gallee
As she sailed to the Lowlands low. [①]

还有一种反复的方式，叫作“循序渐进”。在重复同一情境时，每句诗略有不同，让故事得以行进。《两姐妹》(The Twa Sisters) 是一个非常典型的例子，以下为最后三节的句子：

The first tune he did play and sing,
Was, “Farewell to my father the King.”

The nexten tune that he played syne,
Was, “Farewell to my mother the Queen.”

The lasten tune that he played then,
Was, “Wae to my sister, fair Ellen.” [②]

---

① 大意：华丽的船，华丽的船，艾快依洛尔，向罗兰岛驶去；它的名字叫作金荣号，向着罗兰岛驶去。它的航程很短，只有九海里，艾快依洛尔，向罗兰岛驶去；当它遇见一艘法国战船，它向罗兰岛驶去。

② 大意：他弹奏演唱了第一首曲子，“永别了我的父亲国王”。接下来他弹奏演唱的是“永别了我的母亲王后”。最后他弹奏演唱的是“向我的妹妹致敬，美丽的艾伦”。

不是所有歌谣都有反复、叠句或重述事件等一般歌谣的特点。与民间故事一样，歌谣是以一种容易辨识、经久不衰的形式传承下来的，无法用艺术的方式由个人创作。没有人能写出一个现代版本的民间故事，也没有人能够在今天写下一首让读者以为是古老民间歌谣的诗歌。它们之所以都有“民间”这一特点，是因为无论民间故事还是歌谣，都属于整个社会——它们是年轻人与老人、贵族与农民共同拥有的财产，并被他们一起讲述着、传唱着。在人人都不识字的年代，不存在所谓的文盲阶层，平民文学被所有人接受，人人都对它感兴趣。只是，随着文明的进程，特权阶级享有识字的优先权。要不是因为民间故事和歌谣深深扎根于人们的心灵和头脑中，在朴实的、不识字的平民间一代代口口相传，也许它们早就被遗忘了。

虽然民间故事是一切散文叙事体的前身，歌谣是诗歌艺术的祖先，但它们之间依然存在一个巨大的差异。民间故事是用来“讲述的”，而歌谣是用来“歌唱的”，悠扬的曲调被编入诗歌的文字中，相比民间故事，歌谣激起了人们更深刻的情感。

面对抒情诗这一儿童诗选中最常出现的诗歌形式，我们会从歌谣的曲调转向另一种音乐，即语言本身的音乐。甚至“抒情”（lyric）这个词的意义也来源于音乐。任何关于抒情的定义，必须建立在“抒情诗是以音乐和想象构建的”这一基础之上。

儿童对节奏和声音的反应来自他们记忆中最初的歌唱：

Hickory, dickory dock,

The mouse ran up the clock

The clock struck one,

The mouse ran down,

Hickory, dickory dock. [①]

罗伯特·林德在他的《现代诗歌选集》(*An Anthology of Modern Verse*)中提到，很多儿童最初的“文学快感”来自儿歌。没有人能否认儿歌抑扬顿挫的韵律和它易于记忆的特点，后者是所有优秀的文学形式共同拥有的因素。

儿童早先对《鹅妈妈童谣》的热爱，将在数数歌、游戏歌中得以延续，它们也变成了一代又一代儿童的财富。这些传统韵文轻而易举地成为每个孩子的文学财富，并将陪伴他们一生。我们会明白，幼时读的诗歌带来的深远影响，无论是什么，对感觉敏锐的孩子来说都是永恒的。这种永恒说明了能够给孩子留下最初印象的诗，是一种“让此后人生的记忆被美好环绕”的东西。

儿童对诗歌语言音韵的热烈反应，与他们对儿歌和歌唱游戏的反应是一样的。抒情诗主要由音乐和想象力构成，描绘了自然世界的奇妙与美好。树木、花朵、鸟兽、景色、声音与场景，新鲜得如同儿童亲眼所见。这种将平凡普通事物中隐藏的美好传达出来的能力，正是抒情诗所特有的奇妙天赋。大部分抒情诗讲

① 大意：嘀嗒，嘀嗒，老鼠爬上钟台；座钟敲了一下，老鼠爬下来，嘀嗒，嘀嗒。

述的是某种经验，它们和音乐一样，含义与情感不可分割。托马斯·哈代写下《孤独小屋前的棕色鹿儿》（The Fallow Deer at the Lonely House）时，捕捉到的是一种令他难以忘怀的美的经验，而我们也跟着体会到了：

One without looks in tonight
Through the curtain-chink
From the sheet of glistening white;
One without looks in tonight
As we sit and think
By the fender-brink

We do not discern those eyes
Watching in the snow;
Lit by lamps of rosy dyes
We do not discern those eyes
Wondering, aglow,
Fourfooted, tiptoe.①[6]

诗人用诗歌描绘了这样一幅画面，在孤独又充满了人类气息

① 大意：云朵慢慢扩张，透过窗帘的缝隙，外面有一头鹿在探视。坐在熊熊燃烧的火炉边，我们想着，窗外有一头鹿在探视。皑皑白雪里它凝视的双眼，我们看不见。玫瑰色灯光忽闪，我们看不见它的眼睛。那瞪着惊恐眼睛的，四只脚伫立的动物。

的、温暖安全的小屋前，一只鹿只身站在梦境般洁白的光线里。于是这安静而普通的小屋立即让人觉得有点奇异，让人开始意识到冬天的森林、彻骨的寒冷和那些野性的生命。读者会惊讶地发现，奇异美丽的时刻是怎样融入普通平凡的生活中。浪漫与现实融合在了一起。

抒情诗将读者的注意力直接而持续地吸引到一个正在发生的事件中，给予敏感的读者强烈的生活体验。当思想、情感同音乐——那种具有韵律和语言的音乐——汇聚在一起，我们也就意识到了诗人想要表达的东西。它也许是令人难以忘怀的记忆，或者是关于我们所处世界的某种瞬间的美与神秘的体验。无论它究竟是什么，诗人能够激起读者意识的程度恰好衡量了诗歌的抒情品质。

但能够衡量一首抒情诗的具体标准是不存在的。自身感性的反应就能让我们了解自己对一首诗的喜爱程度。但是，在相信自己的直觉以前，是不是应该先检验一下，当我们面对那些文学中公认的最优秀的诗歌作品时，直觉究竟可不可靠？一个人评判诗歌时，除了参考公认的伟大诗歌，我们不知道还有什么其他标准。肯尼斯·格雷厄姆在他最后的讲义里这样说道："说到底，真正重要的事情还是非常清楚的——绝对的价值、绝对的优秀，这显而易见。当我们随便打开一本书，映入眼帘的是这样两行诗：

Night's candles are burnt out, and jocund day

Stands tiptoe on the misty mountain tops... ①

不用讨论我们就已经清楚了，我们只需要对自己说：‘好了！就是它了！’”[7]

通过直觉辨认出“这是一首诗”或“这不是一首诗”是有据可循的。那不仅仅是基于我们对读过的诗的理解而得出的结论，也是我们在阅读过程中依靠强烈的共鸣和细致的感受力所做出的判断。我们会发现阅读一首诗需要何种程度的注目与专心。一首诗越是对我们的感知力有高要求，它也就越能强烈地打动我们。在这一点上，我认为艾米莉·狄金森②做得比其他人都要好。她通过词序的排列，赋予语言奇异的力量，并打动着我们。那些诗歌以音乐性的韵律、比喻、丰富的隐喻给予我们前所未有的强烈体验。艾米莉·狄金森说：

> 假如读一本书的时候，它让我觉得浑身冰冷，没有任何火焰可以令我温暖，我就会知道它是诗歌；假如感到自己的头盖骨都好像被揭走了一样，我就会知道它是诗歌。这是我所知道的唯一的方法，还有其他的吗？

每一首抒情诗都有属于自己的音乐性，关于美和真实的直

---

① 大意：深夜的灯火熄灭了，明亮的日子踮脚站在山顶上……

② 艾米莉·狄金森（Emily Dickinson，1830 — 1886），美国传奇诗人，与沃尔特·惠特曼（Walt Whitman，1819 — 1892）一样，是公认的美国诗歌新纪元的里程碑。

觉，以及传达它们的方式。或许就像柯勒律治说的那样："也许只要通过一个简单的词语……它就能将那能量渗入心灵，唤起想象力来制造画面……"

看布莱克写下的一首关于迷路的蚂蚁的诗：

Troubled, 'wildered and forlorn
Dark, benighted, travel-worn[①]

或者是一首关于黑夜的诗：

The moon, like a flower
In Heaven's high bower,
With silent delight
Sits and smiles on the night. [②]

或是关于一只鸟的：

Yonder stands a lonely tree
There I live and mourn for thee
Morning drinks my silent tear

① 大意：焦急、困惑又被抛弃，被黑暗包裹着，筋疲力尽，路途迷茫。
② 大意：月亮，好像天堂高远的屋子里的一朵花儿，带着喜悦坐在夜空中微笑。

And evening winds my sorrow bear. [①]

或是关于自然的喜悦的：

When the green woods laugh with the voice of joy,

And the dimpling stream runs laughing by. [②]

音乐性与字里行间传达的意味如此水乳交融地糅合在一起，于是，我们被想象带入诗人所要描绘的情境中去了。

另一方面，我们并不会被只有韵律而没有美感的平庸诗句打动，因为同样的内容完全可以用散文来表达。如同乔治·麦克唐纳的询问：

没有歌的人，又如何能歌唱？

没有欢乐的人，又如何能欢笑？

……

因为大人普遍误解了儿童感知惊喜与快乐的能力，所以儿童多少次被迫读着作家们写的那些毫无音乐性的“儿童诗歌”，而没能被抒情诗的音乐性和想象力点亮心智！

---

① 大意：那里站着一棵树，我在那里为你轻叹。清晨饮下我的泪水，晚风吹干我忧伤的泪滴。

② 大意：青葱的森林欢愉歌唱，河水的浪花欢畅流淌。

儿童喜欢怎样的诗歌？福里斯特·里德[①]相信，既然儿童和成年人一样，是独立的个体，拥有不同的心智和喜好，那么“没人能说得出究竟怎样的作品才能歌唱出他们的灵魂，点燃他们想象力的火花”。[8]

某图书馆的《请到这里来》一书的扉页上，一个稚嫩的笔迹写下了“这是一本好书，相信我”。同时，我们又读到用同样笔迹写着的评论，关于那些能“点燃他们想象力的火花”的诗歌。书中令儿童喜欢的诗歌及评论如下：

《五月晨歌》(Song on May Morning)，“美丽的诗歌”。

《告诉我，爱萌发在何方》(Tell Me Where Is Fancy Bred)，“很好”。

《当我还是个小男孩的时候》(When That I Was and a Little Tinie Boy)，“真棒”。

《当墙上还垂着藤花的时候》(When Isicles Hang by the Wall)，“很有趣”。

《星光里的路西弗》(Lucifer in Starlight)，“很聪明，很好”。

《两姐妹》(The Twa Sisters)，“很好”。

《沃尔特·雷利爵士[②]圣经里的诗》(A Verse Found in Sir

① 福里斯特·里德（Forrest Reid，1875—1947），英国小说家、文学评论家和翻译家。

② 沃尔特·雷利爵士（Sir Walter Raleigh，约1554—1618），英国作家、诗人、政治家和探险家。

Walter Raleigh's Bible），“很棒”。

《小鸟喃喃轻哼》（Hush-a-ba, Birdie, Croon, Croon），“是很美丽的诗”。

在面对众多不同的诗歌时，这个孩子选择了一首古老的民谣和一首韵诗，三首莎士比亚的歌谣和沃尔特·雷利爵士、约翰·弗莱彻[①]、约翰·弥尔顿、乔治·梅瑞狄斯[②]的诗歌。也许这正说明了，我们最好不要低估儿童对诗歌的本能回应，以及他支支吾吾对诗歌做出的评论，因为此时正是“对诗歌的爱或已诞生甚至逐渐加深的年纪”。

当儿童鉴赏诗歌的能力逐渐变强并发展到一定程度以后，那些专为儿童而写的诗歌的价值，常常会变成争论的对象。比如，A. A. 米尔恩[③]的《当我们很小的时候》，几乎被全世界的孩子喜欢着。这首诗里既没有乏味与拖沓，也摒弃了平庸的想象力——这两点正是那些所谓的“为儿童写的诗歌”受人诟病的原因。与那些诗不同，A. A. 米尔恩“用韵律讲故事，他对优美韵律的处理如此游刃有余，令儿童根本没意识到自己在听诗歌，还以为自己正听着一个有趣的故事，而这个故事恰好是由那些奇妙的跳着舞

---

① 约翰·古尔德·弗莱彻（John Gould Fletcher，1886—1950），美国诗人，作品《诗选》（*Selected Poems*）曾获 1939 年普利策诗歌奖。

② 乔治·梅瑞狄斯（George Meredith，1828—1909），英国维多利亚时代小说家、诗人。

③ A. A. 米尔恩（A. A. Milne，1882—1956），英国童话作家、剧作家、小说家和诗人。代表作有“小熊维尼”系列、诗集《当我们很小的时候》（*When We Were Very Young*）等。

的句子组成”。[9]我们只需要看看：

The King asked
The Queen, and
The Queen asked
The Dairymaid :
“Could we have some butter for
The Royal slice of bread? ”①[10]

如此一来就会明白，韵律是如何欢快而出人意料地带着我们轻松来到故事尾声。没有人会否认它的魅力与新颖，但又有谁敢说它一定就是诗呢?

要弄明白《当我们很小的时候》究竟是什么样的诗，或是不是诗，去成人读物中寻找类似的作品会有所帮助：比如读到吉尔伯特风格②的诗歌《巴勃的民谣》(The Bab Ballads) 时，或与此相似的、夸张奇妙并让我们身处美妙滑稽世界的文字出现在脑海中时。就让我们把 A. A. 米尔恩、爱德华・利尔和希莱尔・贝洛克③的这些旨在带来欢乐的作品尽情拿给儿童阅读吧。不过，我们不要错误地以为，读着这些作品，儿童就浸润在诗歌之中了。

① 大意：国王问王后，王后问挤牛奶的：“可以给国王的面包上抹些奶油吗? ”

② 吉尔伯特风格（Gilbertian），指一种类似维多利亚时代幽默剧作家威廉・S. 吉尔伯特（William S. Gilbert，1836 — 1911）的喜剧的诙谐风格。

③ 希莱尔・贝洛克（Hilaire Belloc，1870 — 1953），生于法国的英国作家、历史学家。

为儿童写诗的方法有很多种，但以我们在这里探究的目的来看，唯一的方法是以真正的“诗的艺术”来书写。这一想法立即将沃尔特·德·拉·梅尔的《儿童之歌》(*Songs of Childhood*)以及他的一些其他作品带入我们的脑海中。它们的名字都是如此诱人，如《孔雀派》(*Peacock Pie*)、《仙子诗集》(*Down-adown-derry*)、《铃和草》(*Bells and Grass*)。

诗人的头脑中究竟有什么？那“将想象力变得形象化”的，指引并赋予诗歌色彩和表达，传递着诗歌品质的，究竟是什么？这些也许容易问，却不容易答。当然，最好到那些关于德·拉·梅尔的研究著作及其诗歌对读者的影响里去寻找答案。让我们来看看德·拉·梅尔的一首名为《影子》(Shadows)的诗。我们阅读时，会发现这首诗有两个意图：首先，在读者脑海中形成一幅图画；接着，描绘他凝视那画面时内心情感体验的不同层次。

诗歌在悠然的氛围中开始。我们可以感受到炙热的阳光如何洒在田野和草原上。我们听到了马儿单调嚼草的声音，以及奶牛用尾巴“拍打着它的影子”所发出的沙沙声。在第二节中，观察的视角转换到了“崖壁上古老的荆棘”。在它慷慨的影子下，一个牧羊人和一只牧羊犬坐在那里，看着他们的羊群。接下来是一幅生动美丽的画面：

It is cool by the hedgerow,

A thorn for a tent,

Her flowers a snowdrift,

The air sweet with scent. [①]

当我们身处这芬芳的美好中时，影子又慢慢地移动了。第四节提醒我们：

But oh, see already

The shade has begun

To incline to'rds the East,

As the earth and the sun

Change places, like dancers

In dance: ...[②][11]

突然之间，诗歌的调子超越了牧场的背景，进入到一种宇宙的韵律，一种音乐与神秘的氛围中。

我觉得，这种能够捕捉"平凡中与众不同的美丽"——世间外在的自然美与内在的精神之美，两者仅以一层薄纱相隔——的能力，正是德·拉·梅尔的优点所在。他的诗歌混合着想象力、画面与梦幻，让我们在不经意间进入美的境界。他对多变而精巧的韵律的掌握，让人几乎感觉不到它们的存在。这让我们不

① 大意：墙下多么凉爽，玫瑰遮住阳光，花儿好像雪球，空气甜蜜芬芳。

② 大意：看啊，影子开始东斜，大地和太阳交换了位置，像舞者一般舞蹈着……

知不觉就走入了诗歌的氛围中。比如：

> Ann, Ann!
> Come! Quick as you can! ①

读着这样的句子，没有人会感觉不到其中的焦急，以及对即将发生的事情的期待。当然也就没人会错过：

> Someone is always sitting there
> In the little green orchard. ②

还有一头老驴子嘚嘚的脚步声：

> Nicolas Nye was lean and grey
> Lame of leg and old. ③[12]

德·拉·梅尔最精致的韵律也许在这首《倾听者》(The Listeners)里。福里斯特·里德把它叫作“切分音”④：

---

① 大意：安，安！来吧，越快越好！

② 大意：青葱的小小果园里，总有人坐在那里。

③ 大意：尼古拉斯·诺依是干瘦的灰色驴子，它年老又腿瘸。

④ 改变乐曲中强拍上出现重音的规律，使弱拍或强拍的弱总分的音，因时值延长而成为重音，这种重音被称为切分音。

Is there anybody there? said the Traveller,

Knocking on the moonlit door. ①[13]

在月光下，我们迟疑地站着，伴随着诗歌开头就描绘的那种奇怪不安的感觉。

到目前为止，还没有发现一种具体的分析方式，能够确认一首诗究竟是不是诗歌。人们只能凭感觉判断它“是”或“不是”。但想研究诗人是如何运用某些技巧来达到他所期望的效果，则完全有可能，即使有时技巧只是属于诗人天才的一部分。沃尔特·德·拉·梅尔说：“诗人最喜欢的技巧之一，是通过语言让诗歌中的音乐与其含义融合在一起。”而这“最喜欢的技巧”是他熟稔于心的。再来看看这首《秘密之歌》（The Song of the Secret）：

Where is beauty?

Gone, gone:

The cold winds have taken it

With their faint moan;

The white stars have shaken it,

Trembling down,

Into the pathless deep of the sea;

① 大意：“有人在吗？”月光下，旅行者敲着门。

Gone, gone,

Is beauty from me. [①]

当我们为孩子读这首诗的时候，我们会问自己，如何才能走到梦的彼岸？如何呼唤沃尔特·德·拉·梅尔这充满魔力的名字？虽然无法用语言来表达，我们却意识到自己发现了一块试金石，它能帮助我们衡量童诗的写作。德·拉·梅尔的诗对儿童的影响在于唤醒了他们的心灵和想象力，给予他们眼睛看不见的美——一种必须调动全部感官才能发现的美。他曾这样告诉儿童：

眼睛告诉耳朵，

听！

耳朵告诉眼睛，

看！

嘴巴告诉鼻子，

闻闻！

鼻子告诉嘴巴，

尝尝！

心告诉脑袋，

① 大意：美去了哪里？它离开了，离开了。寒冷的风带走了它，留下轻轻的悲叹声。苍白的星辰摇着它，令它颤抖地走向看不见路途的深海。美，它离开了我，离开了我。

惊奇吧！

脑袋告诉心，

思考吧！

大众一般认为，给儿童读的诗应该刻意写得浅显易懂，德·拉·梅尔绝不赞同这样的观点。他坚持不应强加年龄的限制，要充分相信儿童对美与奇妙的本能反应。

在给儿童推荐诗歌时，我们应该记住，他们能理解的比他们所能表达的要多得多。通过直觉与想象，儿童能理解那些远远超出他们经验的东西。读真正的诗歌时，他们不仅在积累最纯粹的语言表达，也找到了某些释放他们已经模模糊糊意识到的思想和情感的渠道。如果我们的目标是增加为快乐而读诗的儿童的数量，那么我们应该做的，当然是将那些无论在眼下还是在永恒的记忆中都能带给他们快乐的诗歌作品放到他们手边。

关于诗歌的话题，既宽泛又难以捉摸，其影响也是无法估量的。在这个简短的关于“什么是适合儿童的诗歌”的讨论中，我们只能选取几个方面来探讨。需要记住的是，儿童喜欢的诗歌和成年人喜爱的诗歌之间是没有分界线的，若有的话，大概也是儿童更强烈的新鲜感和求知欲给了他们探索的优势。儿童对最优秀的作品有自然而然的反应，他们也值得拥有最优秀的。我们应该确保给予儿童最伟大的诗歌，或者由诗人亲自来为儿童选诗。

引用文献

[1] Introduction to *An Anthology of Modern Verse,* ed. by A. Methuen (London: Methuen, 1921), p.xiii.

[2] W. H. Davies, *Collected Poems* (London: Cape, 1928), p.89. Quoted by permission of Mrs. W. H. Davies and the publishers, Jonathan Cape ltd.

[3] Walter de la Mare, *Tom Tiddler's Ground* (London: Collins, n. d.) by permission of Walter de la Mare.

[4] Kenneth Grahame, ed., *The Cambridge Book of Poetry for Children* (N. Y.: Putnam, 1933), p.xiii-xiv.

[5] W. P. Ker,"On the History of the Ballads", *Proceedings of the British Academy,* Vol. IV.

[6] Thomas Hardy, *Collected Poems* (N.Y.: Macmillan, 1898), p.566.

[7] Kenneth Grahame,"A Dark Star", in Patrick R. Chalmers, *Kenneth Grahame* (London: Methuen, 1923).

[8] Forrest Reid, *Walter de la Mare, a Critical Study* (London: Faber, 1929), p.27.

[9] Henry Charles Duffin, *Walter de la Mare, a Study of His Poetry* (London: Sidgwick, 1944), p. 132.

[10] "The King's Breakfast", from *When We Were Very Young,* Copyright, 1924, E. P. Dutton & Co., Inc. Renewed, 1952, A. A. Milne.

[11] *Bells and Grass* (N. Y.: Viking, 1942). This and the quotation from"Two Deep Clear Eyes"on p.112 are used by permission.

[12] The three preceding quotations and the one following from"The Song of the Secret"are from *Peacock Pie* (N. Y.: Holt, 1913).

[13] Walter de la Mare, from"The Listeners"in his *Collected Poems* (N. Y.: Copyright, 1920 by Henry Holt and Company, Inc. Copyright, 1948 by Walter de la Mare. Used by permission of the publishers.).

阅读参考资料

Auslander, Joseph, and Hill, F. E. The Winged Horse. Doubleday, Doran, 1927.

Child, Francis James. English and Scottish Popular Ballads. Student's Cambridge ed. Houghton, Mifflin, 1904.

Eckenstein, Lina. Comparative Studies in Nursery Rhymes. Duckworth, 1906.

Hartog, Sir Philip Joseph. On the Relation of Poetry to Verse. Oxford Univ. Pr., 1926. (English Association Pamphlet no. 64)

Hazlitt, William. On Poetry in General (in *Lectures on the English Poets*). Oxford Univ. Pr. (World's Classics)

Housman, Alfred Edward. The Name and Nature of Poetry. Cambridge Univ. Pr., 1935.

Opie, Iona, and Opie, Peter, eds. The Oxford Dictionary of Nursery Rhymes. Clarendon Pr., 1951.

Reid, Forrest. Walter de la Mare, a Critical Study. Holt, 1929.

Sackville-West, V. Nursery Rhymes. Michael Joseph, 1950.

Untermeyer, Louis, and Davidson, H. Carter. Poetry, Its Appreciation and Enjoyment. Harcourt, Brace, 1934.

第八章

图画书

图画、歌谣以及故事给人们的那些最初印象，是持久而深刻、微妙而难以捉摸的…… 我认为，人们对一切艺术真正的欣赏、对其他国家的好奇与想象火花的点燃，都是从这里开始的。童年时就通过图画书了解到的国家，我们丝毫不会对它们感到陌生。凯迪克[1]、格林威[2]、莱斯利・布鲁克[3]、布特・德・蒙维尔[4]、沃尔特・克兰[5]这些人的作品，是儿童抵御大量粗劣、物质化且廉价的图画书的最好防御。

优秀的图画书对阅读品位与习惯养成的影响，其重要性是难以估量且不可动摇的。

—— 安妮・卡罗尔・摩尔，《三只猫头鹰》

---

① 伦道夫・凯迪克（Randolph Caldecott，1846 — 1886），英国艺术家、插画家，曾为《鹅妈妈童谣》等书绘制插画，被誉为现代图画书的先驱。1938 年，美国图书馆协会以他的名字设立了“凯迪克大奖”，是极具权威的图画书奖。

② 凯特・格林威（Kate Greenaway，1846 — 1901），英国维多利亚时代最有影响力的童书作家和插画家。1955年，英国图书馆协会以她的名字设立了“凯特・格林威奖”，是极具权威的图画书奖。

③ 伦纳德・莱斯利・布鲁克（L. Leslie Brooke，1862 — 1940），英国儿童作家、插画家，代表作有“乌鸦约翰尼”系列。

④ 布特・德・蒙维尔（Boutet de Monvel，1851 — 1913），法国插画家，其为儿童图书创作的水彩插画广为人知。

⑤ 沃尔特・克兰（Walter Crane，1845 — 1915），英国艺术家、插画家，其作品对图画书的发展产生了重大影响。

儿童住在这个世界最私密的一片天地里。在那里，好奇与意外、喜悦与忧伤填满了他们的思绪与想象。我们无法真正地了解它，因为儿童没有适当的语言能够描述。他们或快或慢地学习着语言，但是想要能够交流他们日益增长的感知与心智，则必须等到拥有相应的理解力之后。

我认为，对儿童心智成长的估测，应该从对他们的记忆力和想象力的观察开始。每一个孩子都是独立的个体，因此，当我们第一次将一本书送到孩子手中的时候，应该选择那些持久且具有普遍性的书籍，这样的书与儿童成长的本能需求是契合的。

一个年幼的孩子听到童谣，会和着节拍和曲调来表达他的快乐。这是他第一次意识到语言的节奏感，如果继续下去的话，或许这也将是他对诗歌和音乐兴趣的起始点。在儿童能将词语的韵律和音乐的曲调联系在一起之前，充满节奏感的《睡吧，胖娃娃》（Bye Baby Bunting）或《嘀嘟嘀嘟》（Hey Diddle Diddle），给予了他们某种纯粹的生理快感。

儿童的这种感觉不仅成为很多童谣的题材，也成了各种图画书的内容和素材。想要引导儿童接触它们，用感觉去感知是最重要的方法。年幼的儿童还无法阅读，因此他们需要通过耳朵去体会语言中的节奏感、声音中的韵律，而非通过含义来获得快感。乌鸦约翰尼的魅力我们自然不会忘记：

Till the Hippopotami

Said: “Ask no further ‘What am I? ’”[①]

即使在散文中，句子的节奏同儿童听故事时所获得的愉悦也密切相关。句子的空间感和造型感越强，大声朗读时给予听众耳朵的愉悦感也就越强烈。

图画书同时也通过视觉召唤着儿童。但这与成年人在审美快感上的召唤——色彩的和谐、组合与风格这些艺术元素上的感知力——是不同的。一个孩子与图画的接触首先是文学层面的。他期待图画讲一个他无法自己阅读的故事给他听。图画是引领他走入书本的首要元素，它捕捉他的注意力。假如故事就在那里，那么他的眼睛会找到它。不久以前，一个男孩和他的弟弟坐在一起，他翻开威廉·尼科尔森[②]的《聪明的比尔》(*Clever Bill*)说道：“你看，蒂姆，你不需要会认字，只要一页页地翻下去，图画就会把故事讲给你听。”

儿童喜欢什么样的图画书？在图画书大批量生产的今天，如何辨识出能给予儿童极大阅读乐趣的优秀作品？图画书不仅唤醒了儿童的感知能力，也召唤着他们的心智和情感。但要让儿童对那些理念与情感感兴趣，图画书就不能仅仅是大人想法和情感的简化版，而应该真正包含童年的元素。图画书是一种拥有双重媒介的书，即文字与图画。文字和图画同等重要，它们是一个

① 大意：一直到河马，它说：“别再问‘我是什么？’”

② 威廉·尼科尔森（William Nicholson，1872—1949），英国画家、儿童文学作家。

整体。两者完美地融合在一起，才能赋予作品整体性和鲜明的性格。

我们常有这样的倾向，即对儿童的喜好和偏好笼统地归纳概括。我们说他们不喜欢黑白图画，说他们喜欢鲜艳的原色，或者说他们排斥造型感太强的图画。可是，如果我们看到儿童在面对书本时那种迫切的样子，就会发现，这样的想法似乎是错误的。事实是，只要图画书能给他们讲个故事，他们都喜欢，无论是婉达·盖格黑白相间的《一百万只猫》，还是玛乔丽·弗拉克①色彩暗淡的《安格斯和鸭子》，或细致的水彩画《比得兔的故事》，以及造型鲜明的沃尔特·克兰的《蓝胡子》。

面对一本图画书，儿童追寻的是一场历险。他们可以跟随图画走进一个故事，分享主人公的命运，无论那是一条狗、一只兔子、一个玩具、一节火车头或者一个像小杰克·霍纳②一样的小男孩。故事所涉及的人生经验简单不复杂，在儿童的理解与想象范围之内。同时我们也要记住，儿童的这些能力处于不断发展中。如果我们想学会评判图画书的图画，那么主要需要学习的是用儿童的眼睛来看图画是怎样讲故事的。同时，我们也需要用大人的目光来领略插画家的艺术作品所带来的审美愉悦。

艺术家的想象力越具有创造性，图画讲述的故事也就越生动。在优秀的图画书里，正是这种用图画描绘故事的能力，为没

---

① 玛乔丽·弗拉克（Marjorie Flack，1897—1958），美国艺术家、图画书作者，代表作有“安格斯”系列。

② 小杰克·霍纳（Little Jack Horner），《鹅妈妈童谣》中的一个人物形象。

有画面的文字赋予了其本不具备的栩栩如生的意境。当儿童的注意力被图画叙述的内容吸引时，他们也会将整个画面存留于心。假如图画本身是优秀的，儿童就会在无意识中获得审美经验。假如这种经验被一再重复，就可能在他们身上发展形成某种品位的标准，这标准会成为将儿童与低质量的图画书、赝品和平庸之作隔绝开的一道防护墙。

同审美一样，图画是优秀还是劣质，取决于看它的人的眼睛。那些经过训练的眼睛在看过无数伟大的艺术作品之后，懂得将图画与其他作品进行比较。这样一来，这些眼睛就能够透过画笔看到插画家的思想，并解读出创作者试图表达什么。风格、性情与理念的个性化表现，是画家的表达方式。对于创作图画书的艺术家来说，其成功主要在于将图画与故事情节融合在一起，从而完成一个生动且值得回味的完整作品。

艺术的呈现绝非一件轻松容易的事情，即使是那些看似朴素简单的图画书，背后或许也隐藏着数年的研究。对作品艺术性的辨识，要求人们懂得如何区分优秀与不佳。他们必须非常熟悉艺术创作的各种形式，从古典作品到实验性质的现代作品。贝梅尔曼斯[①]在《玛德琳》中所画的巴黎看似随意，实际不正是受到了弗拉曼克[②]等画家的影响？

随意翻开如今众多精致图画书中的一本，对大部分成年人

① 路德维格·贝梅尔曼斯（Ludwig Bemelmans，1898 — 1962），美国作家、童书画家，“玛德琳”系列是他的代表作。

② 莫里斯·德·弗拉曼克（Maurice de Vlaminck，1876 — 1958），法国野兽派画家。

来说，就是一种审美的享受。艺术家的技艺激起我们的热情与仰慕，但儿童却拥有与成人不同的标准。每年大量出版的图画书以它们的色彩、设计、造型迷惑着成年人，它们的精彩梦幻让我们感叹、微笑或好奇。然而孩子们看着这些为他们设计的图画书，也许会显得漠不关心、毫无兴趣——哪怕在最开始，那好奇快乐的天性驱使他们至少翻开过那么一次。当发现里面没有他们要找的，他们就会立即把它扔到一边，转身拿起从前最喜欢的书，带着早已熟悉的喜悦和欢笑去重温。也许研究一下所有让儿童百读不厌的图画书，我们会发现一些线索，明白究竟怎样的图画书才能够满足儿童的需求。

我们对今天市场上丰富繁杂、装帧精美的图画书常常粗略地一眼带过，其实它们的历史相对较短。正如我们所知，最早的图画书出现于 19 世纪最后的二十五年。它们与沃尔特·克兰、凯特·格林威、伦道夫·凯迪克这几个名字密不可分。

这三位同时期但风格迥异的作者，为现代儿童创作了最早的图画书。他们创作了有史以来最有魅力的图画书，对某些“愉悦的鉴赏家”来说，至今依然如此。三人中，沃尔特·克兰是对待艺术最严肃的。在《一个艺术家的回忆》(*An Artist's Reminiscences*) 中，他说，虽然图画书并没有为他带来多少金钱，它们常常被以低廉的价格卖给出版商，但是“我在创作它们的时候是快乐的。我喜欢在创作图画书时将各种我感兴趣的细节点缀其中，就像我在设计家具或者进行室内装饰时所做的一样，它们会成为我理念的载体”。

沃尔特·克兰用自己的语言解释了他怎样选择图画书作为他设计兴趣的载体："在那严谨而讲究实际的年代，图画书为现代插画家提供了反抗现实独裁、无拘无束奔向想象的唯一出口。"相比其他作品，他对装饰艺术的注重在图画书里表现得更为清晰。而他最成功的时刻，则是将"无拘无束的想象力"与故事戏剧化的情境融合在一起时。他用图画讲故事的纯熟技巧轻而易举地捕获了儿童的心，创造了一个壮观奇妙又令人感到幸福的乐园，也战胜了儿童本能中对过度形式化的设计的排斥。

沃尔特·克兰的每一幅图画都有无比丰富的细节，对成人来说也是完整且有意义的学习契机。在《蓝胡子》里，我们会看到一个偷偷摸摸、手拿致命的钥匙滑下金色楼梯的妻子的身影，画中她身着前拉斐尔派风格的丝滑睡袍。在欣赏金色箱子、古希腊陶器和精雕细刻的梳妆台的宾客之间，她一闪而过。她身后则是一幅暗喻夏娃的画——一棵造型感极强的树上，有一只手正伸向苹果。敞开的房门背后，视野无限延伸，这是典型的沃尔特·克兰用以唤起想象力的技巧，暗示着图画中那看不见的无穷无尽的财宝。他的图画似乎在对儿童说："从前，在一个遥远的国度……"

沃尔特·克兰的图画书从线条、颜色和设计等元素来看，都具有教育意味。他使用的颜色温暖且如宝石一般，橙色与深蓝色形成鲜明的对比。读者的视线跟着衣服的线条和人物的眼神被带到故事发生的场景中去。他的构图也很有趣，会用柱子或门框锁定故事里重要的人物，让他们从丰富的细节和背景中脱颖而出。

沃尔特·克兰最重要的一些作品收录于他为格林兄弟的《儿童与家庭童话集》创作的黑白插图中。这套书由他的姐姐露西·克兰翻译。姐弟两人的这一合作，在儿童文学史上有着不可取代的地位。这也意味着，假如沃尔特·克兰创作图画的其他童话故事的文字内容也有如此高的质量的话，那么它们一定能成为经典作品流传至今。他的《宝贝剧院》(*Baby's Opera*)和《宝贝花束》(*Baby's Bouquet*)的故事，都是露西·克兰用传统歌曲般浅显的文辞书写的，直到今天，它们依然同刚出版时一样受欢迎。这也证明了，图画书想要令孩子们永远喜欢，文字和图画的双重魅力缺一不可。

凯特·格林威的图画书，正像她的评论者所说的那样，不是用来分析，而是用来欣赏的。约翰·拉斯金在一次演讲中这样说道：

> 让我们观察一下这个感性的人是如何画画的。的确，她图画中的组合、构图并不是日常生活中所看到的那样。比如，在平时你不会看见一个婴儿被放在满是玫瑰花的篮子里；但是，一旦她为你愉快地设定好了场景，那婴儿就是婴儿，玫瑰也就是玫瑰，如她所画的那样。而她的画面之美正在于那自然的感觉，其中透露着愉悦。她为你创造的童话世界不在天空中，也不在大海上，而是离你很近，甚至就在你的门前。她向你展现，应该如何欣赏它，如何珍惜它。

凯特·格林威的《窗户下》(*Under the Window*)、《金盏菊花园》(*Marigold Garden*)、《一个孩子的一天》(*A Child's Day*)和她的其他图画书作品，都充满了自然而欢乐的孩子。这些孩子有的穿着古雅的衣服，有的戴着薄纱帽或宽边的帽子，有的系着小小的围裙，穿着短裤，他们游戏、舞蹈或者行走在梦幻的童年之梦里。在她的图画里，孩子经常出现在春日柔美的风景中，在带花园的古老乡间小屋或山花环绕的农舍里。她图画的魅力，正来自那些看似随意的摆设与造型，以及那欢快雅致的色彩。配图的诗文也是她自己创作的，不过，如果没有图画，单将它们拿给儿童去读就没有什么意义了。要不是因为词序变换了，它们更像散文，即使在诗歌的形式下，也依然缺少优美的韵律。尽管凯特·格林威的图画没有明显的动态感，但敏感的儿童依然会被这些画面吸引，而这正是因为奥斯汀·多布森[①]所说的“害羞的沉默、小孩的简单和庄重”，以及图画中花朵和花园散发出的清新美丽。

读伦道夫·凯迪克的图画书则是为自己找到了一位欢乐活泼的伙伴。他无穷的幽默，他的情感，他对动物的观察兴趣以及对户外生活的兴趣，都在他为儿童创作的十六本图画书中展现了出来。凯特·格林威在欣赏他的一些儿歌作品时惊叹不已。“它们有与众不同的聪明才智，”她写道，“盘子和勺子一起逃跑——你无法想象他是怎么想出来的。”凯迪克有用之不尽的想象力，

---

① 亨利·奥斯汀·多布森（Henry Austin Dobson，1840—1921），英国诗人、散文家。

他以押韵的轻快语句描绘了活跃的盘子和害羞的勺子是如何私奔的。而从盘子溜走的门缝里则可以看见猫咪在拉大提琴，瓷碟在跳舞，连摆在盘架上的几只盘子都随着音乐翩翩起舞。翻到下一页，盘子和勺子看起来十分高兴，即将踏上旅途，它们正坐在靠背椅上休息。而接下来的一页，读者则会看见英俊的盘子摔碎在地板上，惨不忍睹，与此同时，无情的餐刀父亲和傲慢的叉子母亲正架着垂头丧气的勺子女儿往外走。

只需要少量的文字，就能给凯迪克提供很多绘画的灵感。他在图画中表达的不仅仅是文字的内容，想象力让他同时描绘着画中情境发生前后的场面。主角之外，就连那些文字中并未提到的次要角色和各种细枝末节，他都不会错过。他仿佛在对儿童说："看，这就是故事发展的过程。"

凯迪克作品的过人之处，正是沃尔特·克兰和凯特·格林威较薄弱的地方，即他能够将人性赋予角色，同时又令角色具有动物的性格特征。他的钢笔速写，即使不用俗丽的色彩，也显得明亮无比，那是一种试图用最简洁的线条来进行表现的方法。无论是喜悦、沮丧，还是遵从、反对，勇于开拓还是胆小退缩，他的图画都能准确无误地将这些情感表达出来，且造型感十足。他的儿歌图画书充满活力、幽默和想象力，体现了一个故事讲述者应有的优点和高水准。

这三位各有特点的作者，他们不同的艺术风格和创作主题对图画书的发展具有重要意义，直到今天，他们的作品依然是优秀图画书的典范。图画书的主题多种多样，从严肃到欢愉，从写实的到全然虚构的。插画家有各自的风格，彼此之间差异很大。莱斯利·布鲁克的图画书非常值得一提。由伦道夫·凯迪克开创的传统，在《玫瑰指环》（*Ring o'Roses*）、《乌鸦约翰尼的花园》（*Johnny Crow's Garden*）以及《金鹅之书》（*The Golden Goose Book*）里得到了更深远的发展。和凯迪克一样，莱斯利·布鲁克具有用儿童的眼睛观察万物的能力。他同样也拥有无尽的想象力和活泼幽默的天赋。同时，与凯迪克一样，他的图画中充满了戏剧性发展的活力。

还有什么比他的《三只小猪》更具有表现力？故事的第一页，我们看到三只小猪充满自信，对人情世故十分了解似的，准备出门去寻找财富。到了最后一页，我们会发现只有一只幸存，它成长为一只谨慎又有智慧的小猪，愉快而满足地坐在砖头砌成的房子里，墙壁上挂着全家的肖像，炉灶边铺着恶狼的皮做成的毛毯。莱斯利·布鲁克有许多令人印象深刻的图画，让我们看到就想发笑。比如花园里那骄傲地看着小熊翻跟头的熊爸爸和熊妈妈，还有小猪那句出人意料的“小猪有烤牛肉”，或者是《乌鸦约翰尼的花园》里那“被粘在帽子上的老鼠”有点担心却又得意扬扬的模样。

莱斯利·布鲁克画儿童非常熟悉的生命，把这些生命放到令人意想不到的环境中。他的图画有那么多特别的细节，让儿童在阅读中获得了新鲜感和浪漫的氛围。他从未忘记过儿童对动物的喜爱，他对动物们滑稽姿态的描绘也总是温暖友善的。与大部分图画书相比，莱斯利·布鲁克的作品也许不只属于某一代人，而属于所有人的童年。跟他为童谣和童话所画的插画一样，他的图画书也是不朽的、永不过时的。

如果说莱斯利・布鲁克某种程度上是凯迪克的化身，那么比阿特丽克斯・波特[1]细致水彩画里的英国乡村，那些牧场、小径、篱笆、花儿和小鸟，则让我们想起了凯特・格林威。但是她们的相似之处也仅限于此。比阿特丽克斯・波特袖珍开本的图画书里，主角并不是那些穿着老式服装的儿童，而是兔子、鸭子、松鼠、小老鼠，以及其他田野或森林中的动物。她聪明地让他们戴上红色的头巾，穿上蓝色的夹克衫，以图画和率真简洁的文字，清晰而充满活力地讲述他们的故事。她选择那些合适的词语，尽可能以最简洁的方式来表达图画的意味。

故事虽然以一种简单的方式讲述着，但它们本身却绝非单调或缺少微妙之处。它们虽被局限在儿童的世界里，却提供了想象的空间与范畴。尽管比阿特丽克斯・波特的故事根据她的想象而写，却是可信的，因为那些角色性格的构建是以动物的自然性格为基础。比如《杰米玛鸭妈妈的故事》（*Jemima Puddle-duck*），围绕着如何隐藏巢穴这一鸭子的本能行为展开故事。众所周知，狐狸要吃鸭子，而狗则会追猎狐狸——故事的情节有根有据。

故事里安排给动物们的对话并不多，但所有对话都符合不同动物的不同性情。愚笨的鸭子杰米玛讲话时总是结结巴巴，模糊含混的语言显示了她轻佻混乱的内心。另一方面，狐狸先生却总

---

① 比阿特丽克斯・波特（Beatrix Potter，1866—1943），英国儿童文学作家、插画家，代表作是儿童图画书“比得兔”系列。

是满口豪言壮语，他的巧舌如簧与他迂回狡诈的性格是契合的。动物们不但在语言上各有特点，也用行动凸显了它们的个性。

而角色们与众不同的行为，让我们看到了比阿特丽克斯·波特图画书中的幽默色彩。她的幽默从来不会欢快得叫人捧腹大笑，而是安静的、深藏不露的。杰米玛自己毫无幽默感，但是当她盛装飞翔在空中时，看起来是那么滑稽可笑；狐狸先生把他的尾巴藏在口袋下面，好让杰米玛放松警惕；在关上夏日住所的门时，狐狸先生对孩子挤挤眼睛，分享他的秘密。

比阿特丽克斯·波特的图画与她的故事是密不可分的。它们组成了一个完满的整体，给予读者一次难以忘怀的阅读体验。图画并不仅仅由故事的细节组成，同时还有一个大的背景，这给了读者审美的乐趣。当杰米玛“沿着通往山上的乡村车道走”时，比阿特丽克斯·波特将低低的山丘、散乱的石头围墙和远方葱翠茂密的森林展现在我们眼前。整幅画荡漾着朦胧模糊的英国春天的气息。她所有的图画，即使是无意为之，也同样对儿童鉴赏品位的发展有着深远的影响。

比阿特丽克斯·波特的作品以大自然为背景，生活经验有限的孩子也能理解或直观地欣赏。比如青蛙杰里米先生的家庭生活，与任何一个孩子的生活相比，虽然有不同之处，却又是相似的。其不同之处正是吸引儿童的地方，而相似之处又会使他们联系自身的经验。动物们的性格虽然是拟人化的，然而动物之间天然的敌对关系仍然存在。尽管这只是故事中的一小部分，却体现了作者对笔下小动物的了解，以及她对这些常识的全面应用。

比阿特丽克斯·波特在她的袖珍图画书里创造了一个微缩世界。那是一个按照儿童的心智和想象力量身打造的世界，但它仍然拥有真实的基石。那简洁巧妙的句子，在大声朗读时显得愉快悦人。那呈现了各种小动物生动个性的图画，以拥有动人细节的英国湖区作为背景，完美地诠释了故事。比阿特丽克斯·波特的这些小动物的故事与图画，虽然被无数作者模仿过，却从未有人能超越。

回顾19世纪末20世纪初的插画家作品，当我们认真研究这一时期英国、欧洲其他国家以及美国插画家的创作，我们会深切地感受到，相比那个年代，今天的图画书发生了巨大变化。在两次世界大战中，这些变化更加明显。西欧的许多艺术家为了逃避自己祖国政治和经济上的冲突而来到美国。移民潮让美国本地的图画书融入了其他文化特质，变得更加丰富，许多出生在美国的第二代艺术家，将他们故土的传统文化融入了美国本土。这种文化的融合，加之后来大量外国图画书的引进，使图画书的数量史无前例地增长，在类型上也前所未有地多样化起来。

现代图画书的多样性不仅体现在主题上，还体现在它的表现手法中。图画书一定程度上反映了所处时期艺术家的理念与风格。在现代图画书中发现艺术家的自我表现倾向，这是再自然不过的事情。当画面降临到头脑中时，每个插画家都有自己的一套方法将它描绘出来。插画家越能以新鲜的视角观察事物，则越具有想象力，他的创造力也就越强。

现代图画书常常具有欧式的精致技艺，而其设计感则给了作品风格与原创性。虽然图画书的种类和风格多得令人兴奋，但它们打动儿童读者却大多因为某些共同的优点。儿童虽然不知道欧洲大陆的传统艺术和美国多元的文化同时影响着图画书的发展，可这并不妨碍他们愉快地阅读图画书。插画家的创作能够带给儿童审美的愉悦，这是不可否认的事情。但是我认为，只有当儿童全面彻底地理解图画时，他们才有可能获得这样的愉悦。因为故事和图画浑然一体，会使他们更容易走进作品的世界。

如果我们读一读、看一看 20 世纪那些令儿童爱不释手的图画书 —— 那些他们读了（或由父母读给他们听了）一遍又一遍的书，那些令他们从中得到无限快乐与满足的书，我们就会明白，为什么有些图画书对儿童来说是永恒的。我们将会更确切地了解，这些陪伴儿童度过童年岁月的图画书是符合他们天性的，并且在他们长大成人后，仍能清晰而充满情感地留在记忆中。

我们的观察力越敏锐，离儿童看待图画和故事的视角也就越近 —— 孩子在面对图画或故事时是带着善良的牵挂、欢乐、好奇和笑声的。我们也会看到，艺术家自身的表达是如何向儿童阐释关于美、真理与想象的概念的。

从欧洲大陆引进的图画书中，有一本始终保持着经典的地位，一代又一代的儿童喜欢它。它就是让·德·布吕诺夫[①]的《大象巴巴的故事》（*The Story of Babar*）。来听听巴巴的故事里简单如歌的韵律：

① 让·德·布吕诺夫（Jean de Brunhoff，1899 — 1937），法国插画家、儿童文学作家，“大象巴巴”系列是他的代表作。

> In the Great Forest a little elephant was born. His name was Babar. His mother loved him dearly and used to rock him to sleep with her trunk, singing to him softly the while.①[1]

故事以法国式的秩序和逻辑向前推进，作者用诙谐、机智又精简的语言叙述着它。

让·德·布吕诺夫新鲜的理念唤起了儿童的兴趣。友善可亲的性格令巴巴成了孩子们的朋友。他用令人难以置信的、奇特的方式适应了城市生活，孩子们竟然信服了。孩子们在想象中陪伴巴巴过着舒适的城市生活，然后又跟着他一起回到了森林中。作者不仅赋予了巴巴人的性格，还让他跟人一样穿上了衣服。然而巴巴本质上依然是一头大象，在人类社会短暂历险之后，他本能地返回属于自己的族群中，这是不可避免的。

让·德·布吕诺夫图画中明亮的原色，与灰色的大象巴巴和朋友们形成了鲜明的对比。平涂的画法让人想起招贴画，但画中的形象又都呈现了立体的效果，令我们看到巴巴是如何自然地走进城市生活。翻动书页时我们会发现，插画家是怎样对画面精雕细琢的，他如何令画面流畅地连接，如何在图画和文字之间进行调和，试图找到互补的平衡。这种平衡凸显了布吕诺夫对设计整体性的把握——对图画书来说，这是至关重要的品质。《大象巴

① 大意：宽广的森林里一只小象出生了。他的名字叫巴巴。他的妈妈非常爱他，妈妈一边温柔地唱着歌，一边用鼻子摇着它，让它睡去。

巴的故事》里，现实世界与幻想国度很好地融合在一起，让人想起一些法式儿童喜剧。

图画书插画家和其他所有艺术家一样，热切地关注着当今艺术的动向。他们的创作往往受到潮流的影响。如今这个时代，设计很受重视，但我们也记得，在沃尔特·克兰和霍华德·派尔的作品中，也能看到设计感的影迹。另一方面，路德维格·贝梅尔曼斯的图画书《玛德琳》则没有明显的设计之感。也许他的意图正在于用轻松愉快的图画和儿童一起分享快乐，好像孩子自己也能画出那些画来一样。也许这就是这本书受儿童欢迎的原因。无论是用炭笔描绘的黄色大地，还是阳光下色彩艳丽的瓦砾花园，贝梅尔曼斯都在严谨的图画中注入了繁茂的想象力、幽默感和微妙的细节。

《玛德琳》描绘的是一个从来都没能摆脱法国社会严谨传统的小女孩，而这个小孩同时又具有世界普遍性。不止一处画面暗示了孩子们无论在室内还是室外都得整齐地排成两行；另一些画中，则以非传统的透视法来表现柯拉薇小姐是如何“越跑越快”的。图画中纯粹的活力让儿童兴趣盎然，尽管他们也许并不能完全意识到那种微妙的幽默和讽刺。吸引他们的是图画细节中令人兴奋的动态，以及用韵律优美的语言讲述的故事内容。他们的想象力和感知力都不由自主地进入了巴黎的氛围中。

将《玛德琳》与玛乔丽·弗拉克撰文、库尔特·维泽[①]绘画的

---

① 库尔特·维泽（Kurt Wiese，1887 — 1974），德裔美国插画家，曾在中国生活六年，熟悉中国文化。

《平的故事》(*The Story about Ping*)相比，两者之间的区别很大。《平的故事》中，无论故事还是绘画，都呈现出简单天真的讽刺和难以捉摸的微妙。

玛乔丽·弗拉克同库尔特·维泽的合作非常愉快。但我们还是忍不住自问：若是由玛乔丽·弗拉克自己来画这个故事，她在图画的表现上会不会比别的艺术家做得更好？玛乔丽·弗拉克也许并不是现代插画家中最杰出的，但她的图画中那些人们熟悉的动物——狗、猫、农场里的鸭子和鹅等，它们那亲切的真实感和简单的活动，让儿童从中获得了很多即时满足的欢乐。儿童对她笔下那只名叫安格斯的苏格兰小猎犬喜爱不已，特别是它那生动的模样。这只快乐而莽撞的小狗，对斥责总是那么敏感，虽然常常遇到倒霉的事，却仍蹦蹦跳跳的。这些故事本身并没有什么连贯的情节。图画的色彩鲜明大胆，而那些富有装饰性的、并不醒目的背景，则突出了故事中动物的个性。

《平的故事》讲述了一只扬子江上的中国鸭子的故事，玛乔丽·弗拉克在这里体现出的幽默感和对情节的把握都优于她的“安格斯”系列。她深情地描绘了平无法回到船上的家而只能流落在外的历险，这质朴的故事唤起了每个孩子的同情心。库尔特·维泽的图画触及了故事本质的真实感，且相当直白，图与文配合得很紧密。他在背景中重现了扬子江上船只往来的商业繁荣情景，有画着智慧之眼的屋形船、令人好奇的手编篮子和面带凶相的鱼鹰。很难想象，还有哪位插画家——包括玛乔丽·弗拉克本人——能更忠实地诠释并更准确地表现出故事的画面和情节。

图画书的一体性显然体现在故事和图画上。这双重元素同时引领我们达到戏剧性的高潮，随后进入尾声。爱德华·阿迪宗[①]的图画书《提姆和勇敢的船长》(*Little Tim and the Brave Sea Captain*)，无论从儿童的角度还是评论者的角度来看，都达到了一体性这一标准。对于有经验的读者来说，阅读这些图画是愉快的。这些画中充满了迷人的写生式的松散线条，并以丰富细腻的色彩表现了大海的瞬息万变。无论是快速变化的行动，还是提姆和他的水手朋友们强健的体魄，或是风暴中颠簸起伏的船只，都详尽地呈现在读者面前，儿童为此孜孜不倦地探索着，不愿错过每一个情节。

这个故事讲述了大海中的一场历险，其主要情节与大部分海难故事相似，但阿迪宗用了一种儿童能读懂的简单语言。对儿童来说，这是一个紧张得叫人喘不过气来的故事，他们自己也成了小提姆，分享着他的奇遇。提姆是个偷渡者，作为水手，他历尽艰辛。海难发生时，他被救生网救起，最终得以回到家园，与家人朋友团聚。简单而富有韵律的连续讲述带来的紧张感，充满速度感的生动线条，和谐又令人振奋的色彩 —— 这一切使得图与文谐和地融合在了一起。

《提姆和勇敢的船长》富有戏剧张力的图画风格，到了H. A.

① 爱德华·阿迪宗(Edward Ardizzone，1900 — 1979)，英国艺术家、图画书作者，于1956年获得凯特·格林威大奖。

雷[1]的图画书《好奇的乔治》那里，就以充满活力的元素来体现了。通过强烈的色彩、动态的行动和不规则的渐晕——在白色纸张上大胆地运用深色，获得了极佳的戏剧效果。特别是那些深色块的组合，使图画立即产生了视觉上的冲击力。无论儿童还是大人，都会被这只名叫乔治的机灵小猴吸引，因为他的故事与我们熟悉的城市生活截然不同。雷善于在图画中塑造活泼的形象，这一点在他描绘小猴子因好奇心而引发一系列窘境时表现得最为明显。比如，为了找到好奇的乔治，一群警察手忙脚乱、翻箱倒柜找个不停，没有人会忘记那场面有多么生动。

故事的节奏常常紧张得让人喘不过气。简洁的讲述富有韵律和戏剧性，而句子是井然有序的。当乔治因为调皮被关进了监狱，对他逃跑那一幕的叙述，在语言的速度、氛围和节奏上都精心推敲过：

> The bed tipped up, the gaoler fell over. And, quick as lightning, George ran out through the open door. He hurried through the building and out on to the roof. How lucky he was a monkey! Out he walked along the telephone wires. Quickly and quietly over the guard's head, George walked away. He

---

① H. A. 雷（Hans Augusto Rey，1898 — 1977），德裔美国图画书作者，《好奇的乔治》（*Curious George*）是他的代表作。

was free! ①[2]

充满节奏与戏剧性的故事和图画形成了一个整体，向前推进着。孩子们会一遍又一遍地读《好奇的乔治》，这没什么好奇怪的，因为这正是他们想要的图画书。

以上提到的五本图画书可以作为儿童期待的图画书的范本。我们也发现，它们有一些共通之处。它们中的每一本，构思都富含想象力，不仅新颖，更是首创的。它们都有真正的主题，这些主题在动态中展开，尽管形式简单，却具备一个好故事应有的条件，即拥有生动的情节，包含开头、发展和尾声。每个故事都有一个主角，儿童能在这个主角身上看见自己的影子，不管这主角是一头大象、一只中国鸭子、一只猴子，还是一个小男孩或小女孩。尽管主题往往建立在想象的基础上，有时甚至纯粹虚构，但它仍应该和现实有所关联，也正是这种关联让儿童为之着迷。虽然有相似的部分，但对于看或听故事的儿童来说，他们和主角之间各不相同的经历，会给他们带来一种超越日常生活环境的体验，并开阔他们的视野。

优秀的图画让儿童在阅读时体验到了更强有力的视觉效果，图画本身的艺术性极具意义，但这并不是说儿童能够辨认出图画本身的艺术性。儿童喜欢的那些图画书之所以能打动他们，在于

---

① 大意：床被警卫掀翻了。乔治趁着这空档，闪电一般从门里跑了出来。他从监狱跑到了屋顶上，真幸运他是一只猴子！来到外面后，他绕过电话线，再轻快灵巧地从警卫头上越过，乔治成功地出逃了。

其图画的生动，这是那些书具有永恒魅力的秘密源头。这些图画不仅是插画家技艺的体现，更是他们心灵的表达——他们永远记得一个孩子观察、感受和欣赏这个世界的方式，对孩子来说，这个世界新鲜、美妙、充满未知。

引用文献

[1] Jean de Brunhoff, *The Story of Babar* (N. Y.: Random, 1933), p.1.

[2] H. A. Rey, *Curious George* (Boston: Houghton, 1921), p. 37-39.

阅读参考资料

Crane, Walter. An Artist's Reminiscences. Methuen, 1907.

Lane, Margaret. The Tale of Beatrix Potter. Warne, 1946.

Mahony, Bertha E.; Latimer, Louise P., and Folmsbee, Beulah, comps. Illustrators of Children's Books, 1744-1945. Horn Book, 1947.

Pitz, Henry C. A Treasury of American Book Illustration, American Studio Books, 1947.

Spielmann, M. H., and Layard, G. S. Kate Greenaway. A. & C. Black, 1905.

第九章

小　说

相比成人小说，儿童书籍的创作无论是为了艺术而写，还是为了生计而作，都更像是一场赌博。一方面，作家将永远面对与前人作品的激烈竞争，这是成人小说领域所没有的；另一方面，如果他们能在竞争中达到与前人作品同样的高度，那么……他们的作品将拥有比成人小说更持久的生命力。

—— A. A. 米尔恩，《写给儿童的书》（*Books for Children*）

“我无聊得很。”罗伯特说。

“不如我们来讲‘沙精’的故事吧。”安西娅说，她总是试图让对话显得更愉快。

“这故事有什么好讲的，”西里尔说，“我希望的是有什么事情即将发生……”

珍妮完成了最后一课，合上了书本……

“我们有快乐的回忆。”她说道。

“我才不要去想什么快乐的回忆，”西里尔说，“我要的是有事情发生。”

“我们比很多人都要幸运，”珍妮说，“为什么从来没有其他人发现过‘沙精’呢。我们应该充满感激。”

“我为什么要觉得幸运？”西里尔说，“幸运，为什么就这么暂停了呢？”

“也许会有什么事情即将发生，”安西娅说，“你知道，有时候我觉得，我们就是那种会遇到有意思的事情降临在自己身上的人。”

“和历史上的很多事件一样，”珍妮说，“有的国王一生充满了有意思的事情，有的则什么都没有，除了生老病死。有时候他们连这些都没有。”

“我觉得潘瑟是对的，”西里尔说，“我们就是那种会遇到有意思的事情降临在自己身上的人。我甚至有一种预感，假如我们助它一臂之力，事情会发展得很不错。只是它需要有个开始而已，就是这样。”[1]

这些直白的叙述，正是伊迪丝·内斯比特的《凤凰与魔毯》的开头部分。写给儿童读的小说，作家必须先给予故事一个必要条件——营造一种“即将有什么事情要发生”的氛围。若非如此，所谓的故事也就不存在了。这些“事情”也许设定在过去发生，也许是现在或将来；也许发生在日常世界里，也许是想象的世界。但无论如何，如果作者想要抓住好动又没什么耐心的读者的注意力，小说的主角就必须是那些“会遇到有意思的事情降临在他们身上的人”。

换句话说，小说能够瞬间吸引儿童的原因正是那些发生的事件。它们在哪里发生？发生在谁身上？这些是儿童关心的，毕竟事件总有发生地和主人公。时间、地点以及人物性格对故事来说十分重要，它们给了故事真实感，增强了阅读的乐趣。事情是如何发生的？为什么会发生？儿童很少研究这两个问题，但他们对“接下来会发生什么”却充满了兴趣。怎样创造意外和悬念吸引读者读下去，则是作家的技巧。如果儿童对即将发生的事情不感兴趣，那么故事也就不存在了，儿童唯一的反应将只有失望。

为了快乐而阅读，在这一点上，儿童是纯粹的、毫无愧意的。如果他们在阅读中没有获得快乐，也绝不会假装。但快乐是一个相对的概念，对它的理解可以多种多样。儿童对每一个故事的喜欢程度和喜欢的原因都不一样。衡量儿童对一本书的喜欢，也不能只参照那些激动人心的情节在当下某一刻对他们的吸引力。这一点体现在儿童对某些故事的反复阅读中，在那些早已非常熟悉的故事里，他们找到了超越事件本身的、绵延不绝的阅读乐趣。如果悬念和意外是故事唯一可以给予读者的，如果“接下来会发生什么”是唯一吸引人之处，那么第二次阅读这本书时，那种刺激感一定早已荡然无存了。现在，让我们研究一下，究竟是哪些要素汇聚在一起，能够让作品经过反复重读而阅读乐趣仍不减退。

无论是给儿童还是给成人的小说，评判其品质的关键，在于我们从阅读过程中获得了哪些经验。小说的品质取决于作者对作品主题的构想，他如何处理它，用什么样的语言表述它。也许一本书的主题本身微不足道，但作者可以将它处理得愉悦而迷人。另一本书的主题也许很有意义，但因为表述不恰当，因而变得无趣。从另一方面看，当作家的理念、处理技巧和表述以完整合理的方式呈现在读者面前时，对于读者来说，它不仅有意义，也是真实的。如果我们可以假设一个作家总是尽其所能书写优秀的作品，那么他在书中能够给予读者的阅读经验的品质，将是衡量其作品的重要标尺之一。文字是作者将经验传递给读者的唯一途径，至于这种经验所能引起的共鸣的深浅，则取决于读者的情感、判断力、鉴赏能力和理解力。

同成人一样，儿童对小说的反应非常个人化。没有什么“所有儿童都喜欢的书籍”，就像没有一本能让所有成人都热爱的小说一样。但的确有那么一些小说，是应当让所有儿童都尝试着去阅读和喜欢的——如果他们不想错过从阅读中汲取快乐这种特殊的体验。那会是儿童读了一遍还想再读一遍的阅读经历，如同不断涌出的清澈泉水。

童年是一段充满好奇、疑问与猜测的时光。尽管童年时光的环境总是充满限制、平淡无奇，但儿童活跃的、想要探索的心却总能在书中，特别是那些优秀的书籍中，找到可以让经验变得丰富的原料。儿童阅读的内容，其质量尤其重要。虽然儿童与成人一样，有强烈的个人喜好，但由于年龄和经验的限制，他们并不具备较强的鉴别与批评能力，也不具备理性分析的能力。不幸的是，即便在读那些质量不高的故事时，儿童倾注的注意力和用于故事的想象力仍如此之多，这使得平庸的作品也因孩子阅读时自发的想象力而被美化提升了。

很多成年人都有过类似的童年经验。其危险在于，成年人相对而言并没有意识到自己已在文学评价鉴赏上有不小的进步，因此，他们并未将那些在童年时代给过他们愉快经验的书从记忆中抹去。如果让那些不成熟的童年印象取代了后来的转变和判断，那么人们也许会继续阅读情感泛滥、哗众取宠的平庸书籍。

针对这一现象，有一种唱反调的观点认为：读一点平庸的书不会对儿童有大的害处，因为成人也会阅读那些并非最一流的作品，并从中获得某种快乐和满足，甚至很多所谓的“高水平”的读者也会读它们。我认为这样的分析是不对的。无论如何，人作为成年人的时间要比作为儿童的时间长得多，这漫长的岁月允许他们拿一点时间来浪费。而对儿童来说，那些年幼的、用来长大成人的岁月如此短暂，可以浪费的时间少之又少。童年时代，无论好影响还是坏影响，儿童对它们的灵敏度、接受的容易程度都超过人生其他任何阶段。尽管儿童先天的智力各不相同，但都有着无限的潜力。在这种情况下，为什么我们不将那些公认有价值的、令他们愉快并能帮助成长的书交到他们手中呢？

与成人小说一样，有些儿童小说需要我们认真研究，有些则不需要。有的小说只要读那么几页，就能立即发现其理念的陈腐、情节的无新意、语言的老套及叙述的无趣。辨识一本没有任何优点、不值得我们注意的书，这没什么难的。真正考验评论者的，是评估那些多少有点价值，值得严肃评论、认真对待的书籍。对那些还未经时间考验的童书来说，公平合理的评估尤为困难。我们所做的一切关于它们是否具有永恒价值的评论，只有在未来才能被证实，而非现在。对当今作品的评估最困难，同时，对当今小说创作基本准则的理解也最重要。

创作的基本准则，并不是一些可以死记硬背的、评估时拿来生搬硬套的法则。文学的评定也从来不是机械的。通过研究给一代代儿童带来阅读乐趣的作品，通过研究文学中公认优秀的、为儿童书籍开创了崭新道路的作品，我们可以获得辨识能力。对新作品的评判，必须参考那些长久以来备受儿童喜爱的书籍，那些能让儿童一次次重读仍有新鲜快乐感受的书籍，我们要以它们所具备的品质作为评判基准。

比如《鲁滨孙漂流记》《爱丽丝漫游仙境》《金银岛》《奈杰尔爵士》《丛林故事》《汤姆·索亚历险记》《哈克贝利·芬历险记》等，这些小说以各自的方式拓展和丰富了儿童小说写作的领域。它们开启了儿童小说的三种类型，粗略地说，即幻想小说、历史小说和现实题材小说。这样的分类当然具有很大的灵活性。它们可以都是冒险小说，不同类型也可以相互交叉融合。幻想小说和历史小说除了需要优秀的故事，还要满足某些特殊的要求，在接下来的章节里我们会进一步讨论。现在我们要关注的是现实题材小说。这类小说的内容，有的与儿童的经历完全契合，有的则超出了他们有限的生活环境。透过后者，儿童便可拥有通过探索和历险才能获得的快乐。

“现实题材小说”，这个叫法其实并不符合儿童的阅读期待，儿童追求的是浪漫、刺激的冒险——那些有可能在现实中发生的冒险。在英国皇家文学学会的一场演讲中，吉卜林说：“虚构是真实的姐妹。当然是这样！在有人讲出一个故事之前，这个世界上没人知道什么叫作真相。”那些看似真的会发生的故事，即使事件本身完全虚构，但看上去仍合情合理，那么从某种意义上说，这样的故事就是真实的。这种历险故事让儿童觉得感同身受，扩展了兴趣，开阔了视野，满足了他们对想象的需求。

各种现实题材的小说中，最能引起儿童兴趣的——至少表面上引起兴趣的——是那些冒险小说。此类小说通常简单而直接，比较容易分析。它们常常是作者活跃心智的产物。在创作此类小说时，作者的目的往往只是编织一张严密的网。换句话说，就是将那些滋味十足的关于海岛、寻宝的情节编织成一个探险故事。大海的气息常常弥漫在那些最优秀的冒险故事中。

大海，象征着未知与尚未开垦的世界，充满了尚未讲述的奥秘，对儿童来说尤为如此。因为大海并非人类原本的生活环境，所以大海故事也常涉及轮船、交火、叛变或海难之类的元素。漂浮在大海上的一艘轮船，就如同荒无人烟的孤岛一般，具有难以言说的吸引力。在这种非常环境下，人们常常会表现出鲁滨孙般的品质，充满勇气和智慧，有无限的精力与进取精神。而坏人则可以把大海当作隐藏罪恶的绝佳地点。轮船上的有限空间以及与此相关的各种制约，会变成某些不稳定的敌对情绪的诱因。所有这一切，使故事自然而然地朝着精彩的方向发展。

这些被称作“海上奇遇”的小说，虽然并非全部以大海为主题，但大部分围绕着它展开。回想那些以大海为背景的受人喜爱的故事时，我们会发现:《金银岛》是一个关于海盗的故事,《海底两万里》则是关于科学探索的,《怒海余生》(*Captains Courageous*) 讲的是大浅滩地区捕鱼的故事,《吉姆·戴维斯》以走私为主要内容,《黑暗护卫舰》(*The Dark Frigate*) 则讲述了奴隶交易。无论这些故事侧重于哪一方面，其中都充满了咸腥的海水气味。

当罗伯特·路易斯·史蒂文森以小说《金银岛》开辟出一条新的道路时，他不仅写出了一个精彩的海盗故事，同时还影响了众多为儿童写作的作家。他拓展了冒险小说的领域，使其成为某种潮流。然而，许多在这一领域耕耘的后继者却忽视了很重要的一点，那就是:《金银岛》之所以受到儿童喜爱，并不单单因为它是一个冒险故事。其内在的特质，即作者创造性的想象力和精巧的文学形式，与冒险相结合，才让这本书有了持久的力量。

让我们分析看看《金银岛》有怎样的价值。这个故事以第一人称的方式，通过吉姆·霍金斯——这个有幸卷入了一场奇妙历险的男孩的口吻来讲述。史蒂文森用第一人称的叙述技巧，让故事有了一种真实可信的感觉，这种感觉是所有冒险故事都不应缺少的部分。同时，也正是因为吉姆，小说有了连贯的一致性的视角，能让事件本身显得更清晰。由吉姆本人来讲述自己的历险，这些记忆充满了生动强烈的画面感与色彩。谁能抵挡得了故事开始时他描绘的那个人的魅力呢？

> 我对他的印象是如此深刻，仿佛一切就发生在昨天。他拖着沉重缓慢的脚步向旅馆大门走去，身后的手推车上拖着他的水手箱子。这是一个高大强壮、长着栗色头发的壮硕男人，沾着油污的发辫垂在肩膀上，蓝色外套脏兮兮的。他的双手粗糙又伤痕累累，开裂的指甲黑黑的，脸颊上闪亮着一道肮脏的苍白疤痕。我记得他环视着港口，吹起了口哨，然后唱起了一首后来他经常吟唱的水手的歌谣：
>
> “十五个汉子，锁在聚魂棺，
>
> 哟嗬哟嗬，再来一瓶朗姆酒！”
>
> 那高昂、苍老又颤动的嗓音，好像汇入了绞盘机拉锚时众人大合唱的破碎的调子。接着，他敲起了门……

吉姆本身并不是一个令人印象深刻的角色，尽管这个角色看上去真实可信。这就已经足够了，他的存在就是为了讲述故事。因为吉姆是以一个男孩的眼光来观察一切的，儿童阅读时就可以将吉姆当成自己，通过他描绘的各种惊人场景，逐渐认识“伊斯帕尼奥拉号”船上的各种奇怪人物。故事本身并非一连串惊心动魄的事件，但史蒂文森是一个设计情节的高手，《金银岛》又是他最出色的作品。因此，在故事中，我们不但了解发生了什么，还会理解它们是怎样发生的。事件顺着滴水不漏的逻辑线索发展，直至抵达高潮。虽然儿童阅读《金银岛》时主要的兴趣在于其紧张流畅的叙事，但最让他们难以忘怀的，还是那些具有传奇色彩的人物。与成年人一样，儿童也喜欢强大而生动鲜明的人物形象。巧舌如簧、身材高大的海盗约翰·西尔弗，是一个让他们觉得既害怕又喜欢的海盗形象。他逐渐在儿童心中浮现出清晰的个性，甚至几乎成了真实存在的人物。与他相比，其他一些小说中的海盗仿佛只是几件道具。很多海盗故事里的角色让人觉得不可信，是因为读者无法得知究竟何种原因促使他们做出了某些举动。这些故事中的事件虽然具有戏剧性，也很精彩，但它们的发展推进似乎与人物本身毫无关系。读者无法进入人物的内心世界，无法像了解独脚大盗约翰·西尔弗那样了解他们，因为作者创作时只注重对角色所处的外部世界进行勾勒，而把人物本身当成用来推进故事发展的舞台道具。

史蒂文森没有这么做。读者不仅可以通过对话，还可以通过各种直接、间接的线索与暗示来了解人物性格。这些人物对读者来说十分生动，因为读者知道他们是如何思考的，也知道他们的内心想法对事件发展的影响。与人物个性无关的事件，不会在故事中发生。

《金银岛》运用了一种简洁、有力而又文采荡漾的方式讲述故事。它使用的是贴切而不俗的词语、画面感极强的句子和可供想象的鲜明比喻。这个用鲜活笔触勾勒出的令人浮想联翩的故事，以一种难以磨灭的方式永远印刻在了读者心上。毫无争议，它早已成为儿童文学中永恒的经典。

我曾说过，《金银岛》开辟了冒险题材儿童小说的崭新道路。在儿童文学的历史上，只有极少数作品产生了重大影响，改变并拓宽了为儿童写作的领域。它们是公认的重要作品，而且是首创的；它们开启了新的潮流，拥有众多模仿者。冒险小说领域当然不只有模仿者，更有不少作家为冒险故事指明了新的发展方向。

亚瑟·兰塞姆[1]写下《燕子号与亚马逊号》时，便创造了一种新类型的冒险小说。和《金银岛》一样，作者明显想将孩子从他们有限的日常生活甚至假日生活中带出来。《燕子号与亚马逊号》的冒险情节被编织成一出充满想象力的戏剧，并且进入了儿童的精神世界。故事不再是遥不可及的景象，它就等在每个孩子的想象大门之外。亚瑟·兰塞姆所有的文字似乎都在告诉读者：想要充满活力，让生命精彩纷呈，那就打开想象力之门吧。

亚瑟·兰塞姆的小说，不管是虚构的还是有现实依据的，那些航船和航道上的故事其实都是他坐在家中写成的。他写作的严肃意图不仅体现在扎实的内容中，也体现在书的主题上。比如《保卫白嘴潜鸟》（*Great Northern?*）的主题，就是以一种巧妙的

---

① 亚瑟·兰塞姆（Arthur Ransome，1884—1967），英国作家、记者，代表作为儿童冒险小说“燕子号与亚马逊号”系列。

技巧展开的，值得我们深入研究与分析。

亚瑟·兰塞姆对那些栖息在河边或大海近旁寂静湖岸的野鸟很感兴趣。他在不止一本小说里表达了这样的兴趣，还让笔下的角色牵挂着野鸟。儿童又很容易将自己当作故事里的主人公，于是，对野生生命的关注，变成了角色和读者共同的行动。书中的一个角色如此感叹道："这是我经历过的最棒的事！博物学万岁！多么棒的海雀和海鸠！我从未想过原来鸟儿也可以那么有趣。"

《保卫白嘴潜鸟》一书中隐藏的主题是对野生动物的保护。但这主题如此抽象，对还只会运用具象思维的儿童来说，过于模糊且难以捕捉。于是，亚瑟·兰塞姆找到了另一种方法来呈现他的理念——将重心放在"船上的博物学家"迪克如何在赫布里底群岛发现一种潜鸟，而那究竟是不是白嘴潜鸟？

迪克的重大发现证明了所有现存的关于鸟的书籍都是不准确的，故事接下来的行动就围绕这一点展开。书中的角色们意识到，应当以大局为重，将个人愿望先放到一旁——他们必须对真正的科学探索尽职尽责。迪克得拍下鸟儿的照片，因为按书中坏蛋所说的"胜者为王，败者为寇"，他必须有足够的证据。

这就是故事背后隐藏的主题，它对儿童的意义自然不言而喻。不过它能否吸引儿童的注意，还取决于故事的结构和讲述的方法。那么，让我们先来看看小说的结构。

亚瑟·兰塞姆不是一个会遗漏读者认为的重要情节的作家。他懂得如何让事件自然地发生在角色身上，也懂得如何有技巧地推动情节发展。鸟类有它们的敌人，有时这些敌人恰好是人类，如何“挫败那些人龌龊的勾当”就为小说的发展提供了冲突与动力。这样一来，构建情节就成了一件非常有意思的事情。故事中，有的孩子将船停在岸边，开始了一场徒步行走，有的孩子则向着藤蔓缠绕的山冈探险去了。与此同时，迪克满怀着对鸟类的热情沿海湾前行，想在他的“旅途中见到的鸟”的列表上增添新品种。在一个小岛上，迪克发现了一种正在筑巢孵卵的鸟，他迅速画下了它们的速写，但无法确定它们究竟属于哪一类鸟。其他孩子则发现，他们被当地的土著人很不友善地监视着——事实上，他们已经被跟踪了。

回到船上，迪克疑惑地发现他的速写与鸟类指南上白嘴潜鸟的图画一样。书上清楚地写着，这些鸟是“在国外孵化的”，可他刚才明明看见它们就在那里孵化。轮船回到港口后，大家以为这段旅行也就结束了。此时迪克遇上了一个“鸟人”，他的船就停在港口，于是迪克向他询问关于白嘴潜鸟的问题。让迪克大吃一惊并感到恐惧的是，这个“鸟人”是鸟类的敌人，为了丰富自己的收藏，他捕杀鸟，还收集鸟蛋。当“鸟人”对迪克的发现表现出极大的兴趣时，孩子们也意识到了科学探索的紧迫性与重要性。

迪克发现的鸟已处于濒临灭绝的危险中，他们必须粉碎“鸟人”残忍的计划，并想办法用照片将他们的发现记录下来——这些对故事的主人公们来说至关重要。他们开船返回了迪克发现鸟的地方。此时故事由三条线索组成：迪克去找寻鸟的踪迹，当地土著人追赶其他孩子，而那个恶人则追赶着迪克。三条线索各自发展，后来又在迪克最初发现鸟的地方交汇了。故事的高潮富有戏剧性，在急转直下之后，戛然而止。

到目前为止，我们看到了故事丰富的内涵和结构严谨的情节，悬念在发展中逐渐达到了戏剧化的高潮。但如果就此推断亚瑟·兰塞姆的小说是因为囊括了上述技巧才给了儿童持久的阅读乐趣，那么我们显然忽略了其作品能够成为儿童文学不朽经典的其他原因。讲故事的天分和写作的艺术相结合，使他成为一个富有创造力的作者。在《保卫白嘴潜鸟》中，面对不同的部分，他分别运用了三种合适的写作手法，现在就让我们来认真看一看。

亚瑟·兰塞姆清楚地知道，大部分孩子心中都有一个鲁滨孙之梦。他们建造木筏，制造种种隐蔽藏身之所，地上地下探索个不停。当兰塞姆用详尽的细节描述如何为船底加上“脚”，如何搭建皮克特族的房子，或制造一个观察鸟类的隐藏点时，他所写的内容，正是儿童最基本、最广泛的兴趣所在。同笛福描写鲁滨孙的那些独特发明一样，描绘这些场景时，兰塞姆也采用了细致的描写和实用的语言。

至于对话，则主要用于推进故事发展，表现人物性格。兰塞姆采用了一种自然、活泼、不做作的写作手法。比如，当船回到港口后，孩子们在船舱里开了一场作战准备会议，这时，南茜概括了目前的处境：

“情况是这样的，”她说，“有两批敌人，而不是一批。

迪克必须在不被老达克泰发现的情况下拍下照片，并且还不能被当地土著人看见。他们一看见他，就会像看见我和约翰时那样大喊大叫起来。这样会惊吓到鸟儿，迪克自然也就不可能拍到照片。”

“情况可能更糟糕，”迪克说，“如果土著人看见我，他们会大喊大叫，这也会马上引起那个鸟蛋收集者的注意。”他顿了一下，新的念头出现在了脑海里。“对了，”他说，“还有别的办法。试想一下，如果土著人发现了我的行踪，只要等我们一离开，鸟蛋收集者就会去问土著人。土著人拿了他的钱，自然会告诉他鸟巢在哪里。这样一来，我们就束手无策了。”

“有好办法了！”南茜喊起来，“教授，我们可以利用一方敌人来对付另一方敌人，简单得很。我们要想办法引那些土著人在别的地方大叫。”

“可是如果他们发现我了呢？”

“不能让他们发现，”南茜说，“他们也不会发现。对了，蒂蒂，把那天跟踪的事情说给我们听听，究竟是怎么回事？”

听完全部过程，南茜做出了决定。

“我们需要做的，”南茜说，“是想办法让他们再次跟踪我们。”

“我可不想惹土著人，”弗林特船长说，“他们究竟是些什么人？”

“他们有一个年轻的酋长。”多罗西娅说。

> “还有一个个子很高、年纪很大、长着花白胡须的老人。”蒂蒂说。
>
> “你见过他，”罗杰说，“他是个怪人，我们出航的时候向他挥手，他看都不看一眼。”
>
> “还有其他人，”多罗西娅说，“他们常常站在自己的山丘上，用他们的土话发出奇怪的叫喊。”[2]

对话虽然简单直白，却揭示了每个人物的性格特征。我们不但了解了他们此刻在做些什么，同时也明白了在特定情境中他们会采取怎样的行动。他们被塑造得如此形象，仿佛真实地出现在我们眼前一般。对亚瑟·兰塞姆的读者来说，他笔下的人物有时比现实生活中的人还要真实可信。

除了实用的描写和对话这两种写作手法，在《保卫白嘴潜鸟》中，亚瑟·兰塞姆还用了一种写作方式，即把对赫布里底群岛的描写微妙细致地融入故事中，从而不知不觉创造出美丽又寓意深刻的画面。遍布岩石的海滩上盘旋鸣叫的海鸥，狭窄幽深的海港，长满杜鹃花的山丘，鹿儿在云雾缭绕的山谷里嚼着草，迪克头一回听见的那“狂笑般的声音”——白嘴潜鸟的叫声。

我们知道，好的冒险小说必须有出色的结构，让读者始终被兴奋、危险、悬念牢牢抓住。但要想给读者带来持久的乐趣，或经受住重读的考验，它还必须具备其他的元素。除了一时的刺激以外，人物性格、故事氛围、思想内涵以及叙述技巧也是一本小说成为经典的必要元素。这些元素带给读者某种与阅读现实题材小说不同的乐趣，而后者对情节的要求并不如冒险小说那么高。

与儿童的日常生活紧密相关的小说，那些能够反映儿童自身世界的小说，若是由有才华的作家创作出来，就有可能成为有意义的杰出作品。可是另一方面，儿童有限的生活环境也可能使这类小说显得类型化或枯燥无趣，夸大其词而且缺乏诚意。想写这类故事，作家便面临着一个问题：如何尽可能地通过看似日常的情节写出具有戏剧性的、趣味无穷的故事。毕竟，儿童喜欢的是像《鲁滨孙漂流记》那样的，看似是普通的日常细节，实际上却描述了精彩纷呈的历险的故事。

一般来说，取材于日常生活的小说，对我们所处时代的孩子的吸引力，要比对未来孩子的吸引力更大。它们中很少有作品会成为永恒的经典，因为它们势必受到特定时代的社会生活、风俗习惯与价值取向的限制。随着时代的发展，对后来的读者来说，小说中的儿童在当时背景下的生活状态以及故事本身，都会渐渐失去意义。

那些流传下来的作品，一定具备了某些特殊的品质，才能从当时众多受欢迎的小说里脱颖而出。回想一下《从六岁到十六岁》(*Six to Sixteen*)、《寻宝少年》(*The Treasure Seekers*)、《小妇人》、《汤姆·索亚历险记》和《哈克贝利·芬历险记》，虽然它们都反映了它们所处时代的生活，但这些作品也有一些共同点，使它们在与同时代众多作品的竞争中脱颖而出。我们意识到，写这些书的作家非常清晰地记得自己的童年岁月。他们用后来得到的属于成人的经验，照亮了童年经历的方方面面。

以日常生活为主题的小说，无论是成人小说还是儿童小说，读者的主要兴趣都在人物的性格上。如果读着读着，人物有了色彩，生动起来，产生了他们自己的情感和观点，那么读者就会说，这样的人物是“活生生”的。如果阅读儿童小说时，孩子能在人物身上找到这种真实感，那么哪怕这部作品的时代背景、发生地点与孩子的生活完全不同，他们也会印象深刻。当我们想到乔·马奇、汤姆·索亚、哈克贝利·芬，我们会立即意识到，现代小说中的人物很难达到如此生动、鲜活又真实的高度。如果现代小说中的人物也能同他们一样精彩，那么就有可能在其同代作品的主人公中立足，并长久地流传下去。儿童之所以会“忠心耿耿”地铭记那些人物形象，是因为那些小主人公的生活经验对他们来说是真实且有意义的。

作家遵照他所处时代的风俗写就的小说，能够真实地反映那个时代的方方面面。随着时间的推移，这些作品将会拥有社会史价值。比如，除了具有文学艺术价值，简·奥斯汀的小说还为读者诠释和重构了她那个时代的社会价值观。简·奥斯汀为成年人做了关于 19 世纪客厅与舞蹈室的说明，尤因夫人则为儿童做了关于那个时代的教室、游戏室、操场和花园的说明。

与简·奥斯汀一样，尤因夫人笔下人物的生活并非精彩纷呈、跌宕起伏。她的故事没有严格意义上的情节，没有深刻的人物性格描写，也没有惊心动魄的事件。它们只是悠闲日常的记录，是对那个时代儿童生活的画像。不过，就像简·奥斯汀拒绝挖掘她笔下主人公语言或行动更深层次的含义一样，尤因夫人也不会跑进角色的内心去制造更多问题。但是也没有人像尤因夫人一样，能用儿童的眼光真实犀利地看到琐碎细微的小事。

她能够看到儿童身上所谓的“世俗的虚荣”，他们小小的尴尬和窘迫，以及他们的喜悦和成功。她讲述故事的方法如此巧妙，能够以最小的活动达到最佳的效果。因为受所处时代的限制，尤因夫人与简·奥斯汀一样，会用古怪又有点缺陷的人物取悦读者，也会时不时在书中讨论起严肃的话题。不过，为了让道德训诫看上去不那么乏味，她常常会以幽默的口吻来讲述，比如《玛丽的草地》(*Mary's Meadow*)中的这个段落：

> 我记得妈妈曾经让我们试着互相原谅，原谅人家欺负过自己。亚瑟说，对欺负自己的人怀有好感是绝对不可能的事情。于是妈妈说，如果你下定决心做正确的事情，那么到了最后你一定会自然而然地去做正确的事情。结果没多久，亨利和克里斯托弗就吵了起来，无论我怎么想办法让他们和好，他们都不肯原谅对方。
>
> 克里斯托弗气鼓鼓地走掉了。过了好一会儿，我在玩具柜那里看见了他。只见他的脸色越发苍白，好像还在生气。他卷着那新的美国陀螺的绳子，一个人自言自语着。
>
> 他的声音那么小，我只能勉强听到一些。只听他不停地在说：
>
> “下定决心，以后就会自然而然地去做正确的事情了。”
>
> “你在干什么，克里斯托弗？”

“我准备把我的新陀螺送给亨利。下定决心，以后就会自然而然地去做正确的事情了。”

“好的，”我说道，“克里斯托弗，你是个好孩子。”

“我其实想在那个家伙的头上狠狠打一拳，”说完，克里斯托弗又哼起了刚才那唱歌般的腔调，“可我还是准备了陀螺。下定决心，以后就会自然而然地去做正确的事情了。”

接着他继续一个人喃喃自语。

尤因夫人的小说并不是那种能引起所有读者共鸣的大众作品。它们似乎是给那些能够欣赏以含蓄的笔触描写人物和氛围的孩子读的，或者说，是给那些在未来岁月中会喜欢简·奥斯汀及其他此类风格的作家的孩子读的。

这些平凡简单的日常故事，因为文字中蕴含的品质而成了经典。尽管小说人物的生活经验和现在孩子的并不相同，但这些人物脱胎于永恒的童年经验，那种自然和真实在岁月中永恒不变。

伊迪丝·内斯比特的儿童小说同尤因夫人的作品一样，带有浓厚的时代印记，随着岁月的变迁而显得有些遥远。不过，阅读时读者并不需要重回往昔，因为内斯比特写的并不是微型社会小说。特定社会习俗和文化的那一部分只偶尔才出现。实际上，抛开时代背景，其小说中的人物和任何家庭的孩子都非常相似，因此极易让儿童在阅读时产生认同感，从而参与到人物的故事中去。伊迪丝·内斯比特的优点是用浪漫的情节为儿童的日常生活增添一些特别的可能性。同样，她也很擅长将读者带入角色的想象世界中，这样孩子们就能够迅速自然而然地对故事中的人物产生认同。

在小说《寻宝少年》中，内斯比特设置的主题并不罕见。有六个孩子，他们不仅没有母亲，父亲的事业也失败了，于是他们决定重振家业。他们的计划包括找寻被埋葬的珍宝、做小侦探和编辑一本杂志。每一个计划都吸引着读者去关注他们在特定情境下要如何解决问题，还让读者不停地问："接下来会发生什么呢？"伊迪丝·内斯比特很会设置悬念。一个个未能成功的计划都被孩子们放弃了，读者仍衷心期盼这些足智多谋的孩子最终能被幸运之神眷顾。但直到故事的高潮来临之前，读者都无法确定这期盼能否实现——毕竟，之前那么多看似会成功的办法都以失败告终了。

小说的情节不仅充满了跌宕起伏的悬念和引人入胜的兴味，也是作者用来刻画那些仿佛真实存在的人物的性格的方法。伊迪丝·内斯比特用愉快的对话将主人公们展现在读者面前。他们是如此真实、自然又充满行动力，好似并未经过作者雕琢，天生就是这个样子。《寻宝少年》是"巴斯塔布尔家的孩子"系列中的第一本，书中的人物都通过男孩奥斯瓦德·巴斯塔布尔的视角来呈现。奥斯瓦德因为读了很多书，而有着和汤姆·索亚一样多姿多彩的进取心和冒险精神。小说中，奥斯瓦德诚挚地讲述着他和兄弟姐妹们是怎样投身于这些计划的。这些充满热情的孩子并没有预料到，他们满怀期待的计划最终会如何结尾。

幽默是伊迪丝·内斯比特的小说中经常出现的元素，常常用来表现儿童宏大的想法与最终的可笑结果之间的反差。幽默也同样表现在她的写作方式上。比如奥斯瓦德的话语，有时朴实又直率，有时则是将他读过的句子东拼西凑，风格十分夸张，这种对照便产生了幽默的效果。这些小说的写作从儿童内心的想法出发，充满行动力和幽默感，塑造了性格丰富的人物形象。每一个角色都充满童真并如此可信，从被创作出来的那天起，他们就活在故事中并一路向前，直到今天。他们也是具有世界影响的儿童形象，并将永远不朽。

《小妇人》这本家庭纪事小说自 1868 年出版以来，其读者群体之广泛，也许是其他任何一部家庭题材的儿童小说都无法比拟的。乔・马奇获得了一代又一代读者的喜爱，这证明路易莎・梅・奥尔科特塑造了一个具有世界普遍性的女孩形象，就像马克・吐温笔下的汤姆・索亚是一个具有世界普遍性的男孩形象一样。不过很明显，读者读《小妇人》时，仿佛能体会到在任何家庭中都会有的感觉，这给人留下小说逼真且充满现实感的印象。

和尤因夫人的小说一样，《小妇人》没有严格意义上的情节。事件的设置没什么悬念，也没有惊心动魄的高潮。让读者对书中人物充满牵挂是它吸引人的地方。日常而普通的故事清晰地展现了人物的性格，于是，那看上去真切实在的家庭生活便呈现在读者眼前。与真实生活一样，故事里的幽默和悲伤也总是交替上演。

在 19 世纪新英格兰这一背景下，《小妇人》逐渐拥有了某种社会史意义。与尤因夫人的小说一样，故事真实地反映了童年时代和少女时代的回忆，对一般读者来说，主角们所处时代的社会习俗已经越来越遥远了。不过对儿童读者来说，他们从人物身上获得的情感认同令这本小说充满光辉，在此后一代代人的阅读中,《小妇人》被证实始终具有新鲜感，充满了活力。

提到那些带有作者所处的特定时代与环境的社会风俗，但仍能留驻此后一代代儿童心灵中的故事，首先浮现在我们脑海中的作品极有可能是《汤姆 · 索亚历险记》和《哈克贝利 · 芬历险记》。要检验这一假设的真实性，只需要在脑海中想想汤姆与哈克的模样，再拿他们跟其他小说的主人公做个比较 —— 还有谁比这两个人物更鲜明、更活灵活现呢?

尽管汤姆 · 索亚和哈克贝利 · 芬过着马克 · 吐温童年时代那种半流浪的生活，加上密西西比河的特殊背景，让这本书拥有了某种社会史的价值，但他们的故事能持续地吸引孩子却并非因其历史性。孩子们一次又一次地读着《汤姆 · 索亚历险记》和《哈克贝利 · 芬历险记》时，吸引他们的是与汤姆、哈克和吉姆一同经历的欢乐与冒险的时光。对读者来说，这些角色是永恒而真实的。在读完这些故事以后，他们仍会继续活在读者的记忆中。

阅读《汤姆 · 索亚历险记》最大的收获也许就是认识了哈克，而他将在《哈克贝利 · 芬历险记》一书中继续他的冒险。《哈克贝利 · 芬历险记》里并没有特别起伏的情节，却并不缺乏悬念。哈克独自乘着小船沿密西西比河顺流而下，后来因为与逃亡的黑奴吉姆同行，所以旅途充满了危险。每一次与人接触，都可能导致吉姆被人发现并捉走。

这本书由许多对比的线条编织而成：船上的孤寂生活与哈克在河岸上的探险形成了对比；“国王”和“公爵”夸张古怪的言行与哈克自然质朴的天性形成了对比；吉姆单纯的头脑与哈克对所谓忠诚的复杂感受形成了对比。马克·吐温赋予了哈克两种意识。第一种是来自当时社会和时代的意识，它要求哈克将逃跑的奴隶看作一种私人财产，并将奴隶归还给他的主人；另一种是哈克自己的意识，那是他忠诚、充满人性且富于同情心的心灵发出的呼声，要求他不能背叛一个信任自己的朋友。

哈克以观察者的角度，用流利、直白的语言讲述着自己的故事。他没有受过正规的教育，但是他的心灵与那充满韵律的水流是如此和谐一致。他回味着守夜时的感受与想法，言语中回荡着河水的美丽、孤独与佳音：

> 什么声音也没有，一切都是静谧的，好像整个世界都睡着了，也许只有几只牛蛙在叫。一眼望去，首先映入眼帘的是水上模糊的线条——那是对岸的树林。除此以外，就什么都看不见了。然后，天空中出现了一抹苍白，渐渐地，更多的苍白扩散开来。接着，河的远方也露出些许颜色，它不再是漆黑的，显出了灰灰的色调。在很远的地方就可以看见水面上零星的黑影——那是商贩们的船只，还有狭长的木筏。有时也会听到木筏的橹发出的声音，还有人们的说话声，可

世界依然是静谧的，也正因为静谧，声音才会传得如此之远。不久，水面上出现了线条状的痕迹，那是树枝正划动着水波。接着，水面上的雾气渐渐散开，东方渐渐变红，然后是河面……清凉的微风吹拂着，吹得人荡漾起来，如此凉爽、新鲜而甜美，闻起来仿佛还带着森林与鲜花的气味。可也并非总是如此，因为会有人把死鱼扔在那里，雀鳝之类的，它们会腐烂变臭。接下来，就能看见整个白日，一切都在阳光下微笑，鸟儿也愉快地歌唱着。

小说丰富的表达方式，既富于变化，又有生动的色彩，深深地吸引着读者的注意力，甚至让他们忘记了故事本身情节的薄弱。因为小说从开头到高潮至结尾并不存在逻辑的发展，所以作者必须尽他最大的努力来结尾。马克·吐温在此设置了一个令人难以置信的巧合——他让哈克经过漫无目的的流浪后，很偶然地走到了汤姆·索亚姑妈家门前。虽然出人意料，但这一设置却并没有削弱《哈克贝利·芬历险记》的真实感。

有一些起先为成人而写的小说最后被儿童拿在了手里，比如《鲁滨孙漂流记》，它已成为儿童文学中的经典。这样的作品总是极具创造性的。这个例子也许是在告诉我们，审视儿童文学作品时，首先应该关注的，是作者是否拥有非凡的创造力。熟悉和了解那些公认的具有创造性的作品——不是随随便便了解一下，而是以感知和评论的眼光去了解——这对任何从事儿童书籍评论以及阅读指导工作的人来说都至关重要。熟读这些作品会让我们拥有敏锐的洞察力和分寸感，确保我们掌握评估的指导价值。正是这些价值，让我们能够从为儿童而写的小说中辨识出那些真正具有创造性的作品。

引用文献

[1] E. Nesbit, "The Phoenix and the Carpet" from *The Five Children,* reprinted by permission of Coward-McCann, Inc.

[2] Arthur Ransome, *Great Northern?* (N. Y.: Macmillan, 1947), p.212-213.

阅读参考资料

Bentley, Phyllis Eleanor. Some Observations on the Art of Narrative. Macmillan, 1947. Home & Van Thal, 1946.

Cather, Willa. On Writing; Critical Studies on Writing As an Art. Knopf, 1949.

Forster, E. M. Aspects of the Novel. Harcourt, Brace, 1927. Edward Arnold, 1927.

Montague, C. E. A Writer's Notes on His Trade, with an introductory essay by H. M. Tomlinson. Doubleday, Doran, 1930. Chatto & Windus, 1930.

Trease, Geoffrey. Tales Out of School. Heinemann, 1948.

Wharton, Edith N. The Writing of Fiction. Scribner, 1925.

Woolf, Virginia. Mr. Brown and Mrs. Bennett (in *The Captain's Death Bed and Other Essays*). Harcourt, Brace, 1950. Hogarth Pr., 1950.

第十章

幻想文学

您的夫人……作为一位女性，她应该不会讨厌《跺脚的蝴蝶》这样的故事。但这只是可能。另一方面，也许她会把这部作品视为一桩琐事、一场闹剧，伴随着无谓的幻想、明显的意图、可笑的语言和毫无价值的关注，因而觉得乏味吧。这只能说明您夫人的学识早已超越了它所涉及的知识，这类作品已经不适合她阅读了，换句话说，她已经老了。

——布赖恩·胡克[①]，《童话故事的类型》(Types of Fairy Tales)

摘自《论坛》(*The Forum*)

① 威廉·布赖恩·胡克(William Brian Hooker，1880—1946)，美国诗人、戏剧家。

同诗歌一样，幻想文学以隐喻的方式表达关于宇宙的真理。“幻想”（fantasy）这个词来自古希腊语，字面解释是“使之像看得见一样”。《牛津大词典》将幻想定义为“心智对知觉对象的理解”，以及“一种想象力；一种呈现现实中并不存在的事物的能力与过程”。也就是说，幻想文学来自创造性的想象力，是一种心智所拥有的、超越感官的，从外部世界捕捉事物面貌而形成概念的能力。

除了想象力，还有其他各种因素决定了一部幻想文学作品能否在文学史上拥有不朽地位，比如作家的人生经验和语言掌控力等。但是，既然一个作者选择幻想文学，那么其作品是否具有创造性的想象力将是我们首要关注的问题。创造性的想象力不是一种简单的发明创造，而是在抽象中创造生命的能力。它必须深入眼睛无法看见的心灵世界，将常见事物中秘密地隐藏起来的部分清晰地呈现，置于人们能理解的，至少能部分理解的范围中。从某种程度上说，作家之中，除了诗人，也只有幻想文学作家需要同无以言表的事物搏斗。每个作家根据自身能力的不同，会以象征、比喻、梦境等方式来表达自己的理念。

作家的能力各有差异，既有像刘易斯·卡罗尔那样独特新颖的表达，或像乔治·麦克唐纳那样拥有“另一个世界”的视角，也有勉强编造出来的、作者却自以为才华横溢的平庸故事。有些冗长的幻想文学系列作品，故事之间并没有关联（除了其中某些角色不断重复出现），也没有逻辑严密的发展过程，故事写到哪里算哪里，读起来实在非常乏味。当我们读到一部所谓的幻想文学作品，其中充满了平庸的句子与造作的情感，情节与其说是具有想象力，不如说是生编硬造，词句也生硬不自然，这样的书不是充满想象力的作品，反而只显得愚蠢又拙劣。由此我们可以得出结论：经验不丰富或丝毫没意识到创作幻想文学必须具备某类特殊才能的作者，最好还是不要进行此类作品的创作。

并不是所有的幻想文学都能成为《爱丽丝漫游仙境》这样的作品。但是，如果一部幻想文学作品希望在文学上有所成就，它就必须具备《爱丽丝漫游仙境》的一些特质。优秀的幻想文学作品，充满欢乐和生动的幽默，给予了我们简单纯粹的喜悦。在A. A. 米尔恩想象中玩具动物们的世界里，在总是出人意料又有着正直的道德观念的玛丽·波平斯①那里，在喜欢与动物为伴的心地善良的杜立德医生②那里，在多尔一家③因海难而被困浮岛时，在波普先生④和他的企鹅的冒险故事中，的的确确有一种谁都无法否认的快乐。这些作品自成一体且具有价值，尽管用“价值”这样的词来形容它们给我们带来的欢乐，或许给它们的简单和魅力增加了一点负担。

也有另外一些幻想文学作品，它们的内容与作者的意图都要复杂一些。如同绘画作品一般，它们也有光影与透视，并以深

---

① 英国作家帕·林·特拉芙斯（P. L. Travers，1899 — 1996）最著名的儿童幻想文学作品“随风而来的玛丽阿姨”系列的主人公。

② 英裔美国作家休·洛夫廷（Hugh Lofting，1886 — 1947）的儿童小说“杜立德医生”系列的主人公。

③ 美国作家安妮·帕里希（Anne Parrish）的儿童小说《玩偶一家的海岛奇遇》（*Floating Island*）中的人物。

④ 美国作家阿特沃特夫妇（Richard and Florence Atwater）的儿童小说《波普先生的企鹅》（*Mr. Popper's Penguins*）的主人公。

厚而丰富的内容引领着我们越来越深入地走入其中。凝视的时间越长，就越能显示出它们深邃的内涵。比如茹玛·高登[①]的《娃娃屋》(*The Dolls'House*)，我们最初看到它基本的内容时，就已经感到愉快了：家庭生活的缩影，完美的细节处理，戏剧性的故事。但我们也可以更进一步，像观察一幅画作那样来审视它。这时我们会发现，在它维多利亚的年代背景与伦敦场景之下那独特的时代魅力。但如果仅限于此，我们仍会错过《娃娃屋》不同于其他玩具题材的幻想文学作品的优点。

这部作品通过玩具的性格触及了人类生活的本质问题：好和坏、正确和错误，以及对稍纵即逝的价值观和与之对立的真理的辨识。这些问题具有普遍的重要性，在一切杰出的文学作品中都能找到这样的主题。这种将它们放在显微镜下观察的方式，丝毫不会削减它们的重要性。相反，这种方式说不定能使人看得更清晰、更透彻。也许会有人说，儿童无法理解这些主题的内涵，他们喜欢的只是故事的内容。但是，洞察力强的孩子总能听出其中隐藏的言外之意，从而对周遭世界表现出更敏锐的关注。

要解释真正有价值的幻想作品和缺乏价值的幻想作品之间的差异，是比较困难的。不过，假如作品中包含某种深刻的价值，那就很容易辨识；假如没有，也同样容易辨识。这种辨识能力的养成，主要来自对杰出幻想作品的熟悉，以及对优秀幻想作品与

---

① 茹玛·高登(Rumer Godden，1907—1998)，英国作家。

其他小说之间区别的理解。同时，评判幻想作品也应当遵循我们评判其他所有小说的准则。

幻想文学和其他小说一样，首先，它应该讲述一个故事。在小说中，作者创造的那些想象中的角色，无论是人还是超自然的存在，是动物还是玩具，都应该能够引起我们的兴趣与关注。角色彼此的关联以及发生在他们身上的事件，都应该能激发我们的好奇心。循序上扬的悬念应该逐渐抵达高潮，故事则应以一种令读者能够接受的方式来收尾。幻想文学也应该符合我们对所有文学提出的关于优秀作品的标准。不过，幻想文学同时也处于与其他文学作品不同的氛围中——一种不真实中的真实、不可信中的可信。

幻想作品的特质与现实题材作品截然不同。尽管有属于自己的规律和准则，但如果我们以理论评判的基准来审视它，也是能够理解的。儿童对幻想文学的接受建立在想象力与好奇心的基础上。让一个早已远离了儿童世界的成年人来评判离他的现实生活十分遥远的、纯粹建立在想象之上的作品，这工作自然会给他造成困惑。成年人要想轻松自如地感受如此不同的幻想世界，必须找到某种方法与渠道。在E. M. 福斯特的《小说面面观》中有一段非常有趣的讨论，作者写道："给小说的任一方面下一个定义，最简单的方法就是思考一下，故事对读者的要求究竟是什么？……幻想文学对我们的要求是什么？它要求我们比一般情况下再多一点付出。"[1]

也就是说，相比阅读其他作品，人们面对幻想文学时，要带着平时没有的心理状态——也许是第六感——来阅读它。儿童都拥有这种感觉，而大部分成年人早已将它与童年一起抛在身后了。在吉卜林的《普克山的帕克》(*Puck of Pook's Hill*)里，有一个故事叫《迪姆丘奇的逃亡》。故事里讲到，第六感是仙女送给她们的人类朋友的一样礼物。故事中，整个英国因为亨利八世的宗教改革而陷入混乱。精灵们边大喊着“不管怎样，我们必须赶紧逃命，英格兰就要完蛋了，我们已经可以想象那幅画面”，边往罗姆尼的沼泽地去寻找藏身之处。

精灵们来到了沼泽，四周弥漫着他们的哭喊和哀叹。某天晚上，惠特吉夫特婆婆被这声音吸引，站在门口倾听。一开始，她以为是水里青蛙的叫声。后来她又以为是芦苇沙沙的声响。最后，她终于听出是精灵们在哭泣，请求她让她的儿子划船载着他们逃往法国。当船离开英格兰时，只有小精灵帕克一人留了下来。和帕克一起留下的，还有精灵们承诺送给惠特吉夫特婆婆的礼物：婆婆家未来的每一代，都会有一人能拥有极不寻常的、可以透过石壁看到遥远地方的能力。

实际上，这种“多一点付出”(something extra)，这种能够透过石壁看到远方的能力，正是大部分人所不愿意付出的努力。它要求读者像柯勒律治所说的那样，“舍弃不肯相信的意愿”。对很多人来说，故事里的幻想成分就是一种障碍。他们自认为没有能力去接受脱离现实的内容。然而，恰恰是这些幻想的内容，让我们找到儿童文学作品中一些最精妙、最深刻的理念。我们需要做的仅仅是愉快且积极地倾听作者究竟在说些什么。与所有的阅读过程一样，如果一个人一开始就没有任何倾听的愿望，那么无论作者具有怎样出色的创作能力，或者书本身拥有多少智慧的内容，他的阅读都不会有任何愉悦感。

现在，让我们以《爱丽丝漫游仙境》为例。这世界上可能没有一本幻想文学像这本书一样，给予懂得“多一点付出”的人们那么多类似“分红的快乐”——快乐将会持续，从他们的童年开始，一直到成年后的岁月。但对很多人来说，提到《爱丽丝漫游仙境》时，他们脑海中只有一些模糊的记忆：一个小女孩和一只兔子，或者那个疯帽子和柴郡猫。如同珀西·卢伯克[①]在谈及小说阅读时所说：“因为我们总是匆忙地一瞥而过，于是只在记忆中留下了一些外在形态。”漫不经心或草率、随便地阅读《爱丽丝漫游仙境》，也许只能得到一些模糊的印象，而那些带有幻想色彩的情节，便如毫无关联的、被人遗忘了大半的梦境一般。只有当我们全身心地投入书中，任由刘易斯·卡罗尔引领着，我们才能像其他热爱“爱丽丝”的人们一样，充分领略它带给我们的长久的乐趣，也不会因为《爱丽丝漫游仙境》中的句子在生活与文学中被如此频繁地引用而感到吃惊了。

爱丽丝这个小女孩，在面对自己原本符合常规的逻辑与全然不同的、充满幻想的逻辑的交锋时，常常表现得十分困惑。但这种交锋并没有哪一方能够占上风。当白皇后说“这规矩就是——明天有果酱，昨天也有果酱，但是今天绝对没有果酱”时，爱丽

---

① 珀西·卢伯克（Percy Lubbock，1879—1965），英国散文家、文学评论家。

丝反驳道：

“那总有‘今天有果酱’的时候吧。”

“没有，”白皇后说，“每个‘另外一天’有果酱，但是‘今天’不是‘另外一天’，明白吗？”

“我不明白，”爱丽丝说，“这实在是太令人困惑了！”

但读者并不会对此感到困惑。他们既能欣赏白皇后充满想象力的逻辑，也能理解爱丽丝符合现实的观点。如果人们在童年时就熟悉了《爱丽丝漫游仙境》这样的故事，那么这种阅读经验很有可能让他们成为不那么固执己见而愿意倾听他人意见的人，哪怕那些意见听起来多么不切实际。即使初次阅读时会有些困惑，但这本书本身的魅力——刘易斯·卡罗尔的才思与想象力，也一定会让再次捧起它的人有所收获。

分析《爱丽丝漫游仙境》时我们会发现，它并不像《天路历程》或《格列佛游记》那样，仅仅是一个现实的寓言或讽刺故事，它的整体性取决于其他优点。刘易斯·卡罗尔构建了一种令人惊奇的语言和理念的形式，每一部分与其他部分之间都有着微妙的关联。这本书的整体性不仅在于结构的设计，也在于其观点之间的一致性。故事的内容是爱丽丝做梦梦到的一切，而视角则在一个理性的孩子和一个非理性的梦境之间来回变化。对话看起来是在胡言乱语，但同时我们又能觉察到蕴藏其中的真实的本质。比如“偷馅饼”事件中的那场对话：

“对于这个案子您都知道些什么？”国王对爱丽丝说。

“我什么都不知道。”爱丽丝说。

“一点点都不知道？”国王坚持道。

“一点点都不知道。”

“这一点很重要。”国王对陪审团说。所有的陪审员一齐将这句话写在木板上。就在这时，白兔打断了大家：

“陛下，您想说的是一点都不重要吧，当然，一点都不重要。”他的语气恭敬万分，可他的眉头却紧皱着，表情怪异。

“一点都不重要，我想说的是，当然，”国王紧接着小声说，“很重要——一点都不重要——一点都不重要——很重要……”他好像在试验哪句话听上去更顺耳似的。

几个陪审员写下了“很重要”，其他的则写下了“一点都不重要”。

关于这一幕，保罗·阿扎尔如是说：“虽然这只是个滑稽的玩笑，但绝非凭空编造，有不少审判就是如此进行的。我们是为这些更深层的内容笑起来的，甚至我们都没有意识到它的存在，它却在思想中闪耀着。这种想法具有讽刺意味，但并不是完全虚假的，相反，它以自身包含的真实令我们动容。”[2]

在两部“爱丽丝”的故事中，都有大量德·拉·梅尔所说的“真实且发自内心深处的声音”。也许刘易斯·卡罗尔对日常生活中人们习以为常的逻辑事件感到有点烦闷，所以才不时地拿它们开玩笑。但正如红皇后对爱丽丝说的：“即使是一个玩笑也应该拥有它的内涵。”比如，爱丽丝向前跑着去见红皇后，等她跑过去时，却发现红皇后不见了。“我应该事先提醒你朝另一个方向走。”玫瑰说。尽管这句话让爱丽丝觉得摸不着头脑，但她照做了之后，发现红皇后就在自己面前。此处是否暗示着，那些听起来无意义的话语，也许蕴含着某些通过常规逻辑无法领悟的、更重要的真理的本质呢？

有些成年人说《爱丽丝漫游仙境》并不是一本童书。它的每一页几乎都隐藏着深意，那并不是为读故事的儿童而写的。成年人欣赏的充满讽刺意味的闪亮智慧，儿童是无法察觉的。也有人说，刘易斯·卡罗尔第一次在河上把《爱丽丝漫游仙境》讲给三个小女孩听时，船上还有一个听众。那是个成年人，是卡罗尔的一位经验丰富、观察力敏锐、满腹学问的同事。他立即看到了这个故事新颖独特的一面，迫切地希望它能够被写下来。

也许这本书诞生的背景环境能提供一些线索，让我们可以正确地欣赏它，理解它所拥有的两个不同层面的经验——这部作品基于这两个经验写成，我们也由此来进行探讨和评判。在此重复一下刘易斯·芒福德[1]的话：“语言是给儿童的，而含义是给成人的。”但是我们也不要忘记，刘易斯·卡罗尔是为了逗一个七岁小女孩开心，才将“爱丽丝”的故事讲给她听。也正是因为这个女孩的请求，他才将它写了下来，好让女孩能够一遍又一遍地读这个故事。我们也记得，把“爱丽丝”的故事读给乔治·麦克

① 刘易斯·芒福德（Lewis Mumford，1895—1990），美国历史学家、社会学家和文学评论家。

唐纳的儿子，六岁的格里维尔听时，他大喊的那句“这故事要是能长一点该有多好”。可见《爱丽丝漫游仙境》既是一本属于儿童的书，也是一本适合所有人阅读的书。

对儿童来说，走进“爱丽丝”的世界简单又轻松。在那个颠过来倒过去的世界里，一切都有可能发生。鹰头狮和素甲鱼在学校里学习欢笑（Laughing）和悲伤（Grief）（由一只老螃蟹来授课），同时也学习各种算术的分支：雄心（Ambition）、分心（Distraction）、丑化（Uglification）和嘲笑（Derision）。对儿童来说，故事充满了有趣的笑话和类似的喜剧效果突出的文字游戏。这样的故事对他们来说是一种愉悦的经验，他们会将自己当作爱丽丝，一个懂礼貌、值得信任同时也充满好奇心的孩子，跟着白兔从兔子洞掉下来，然后发现自己来到了一条长长的、挂满吊灯的走廊。她找到的那把很小很小的金钥匙可以打开一扇小门，透过那扇门，她看到了“你见过的最美丽的花园”。可那门那么小，她连头都伸不进去。

《爱丽丝漫游仙境》的故事围绕着爱丽丝决定进入那个迷人的花园展开，她不断地努力，却总有各种奇怪的事情发生。“真是越来越奇怪了”，这是爱丽丝的原话。她对自己不时变大变小感到十分迷惑，这种迷惑一直持续到她最终通过小门，进入长满玫瑰的花园才结束。然后她发现，除了玫瑰，花园里还有其他居民，不过他们可没有玫瑰那么平易近人。原来，这里是纸牌王国。爱丽丝在纸牌王国历险的步伐越来越快，直到她发现自己正和鹰头狮手拉手飞奔着，终于来到了最后一幕——所有纸牌从空中掉落，爱丽丝也醒了过来。

两部“爱丽丝”都是幻想文学，一部发生在纸牌王国，一部发生在象棋盘上。刘易斯·卡罗尔将幻想营造得如此完美，让我们完全忘记了那复杂精巧的外部结构。毫无疑问，这两部作品都是从两个不同层面来书写的——属于儿童的层面和属于成人的层面。或者这样的说法更为贴切：对于故事的语言，儿童拥有一把开启它的小小的金钥匙，就藏在他们心中；至于故事中蕴含的理念和深意，则需要日益积累的生活经验来开启。越是深入研读，我们就越能发现《爱丽丝漫游仙境》清新爽快的幽默中那无尽的欢乐，那丰富微妙的象征，以及它引发的无穷无尽的思考。

当我们评价刘易斯·卡罗尔时，我们不能不提及其他充满想象力的作者，比如班扬、斯威夫特、查尔斯·金斯莱、乔治·麦克唐纳、W. H. 赫德森、肯尼斯·格雷厄姆等。他们的才华和技巧虽然各不相同，但某种共同特质使他们的作品令人难以忘怀且具有世界普遍性。他们对生活的深刻理解与体验，使作品显示出了富有创造力的内涵。尽管使用的方法与技巧各不相同，但他们都能用幻想的形式表达出各自的哲学理念、人生态度。于是，他们的作品拥有了超越故事本身的更高价值。另一方面，他们的作品也常常是富有诗意的。

上述这些作者并不都是专为儿童写作的。一本为成人而写、想向成人传达某些信息的书，被儿童拿到手中并成为经典，这是曾发生过的事。比如约翰·班扬的《天路历程》，本是一部谆谆教诲成年人“人生来带有原罪，一生都必须背负原罪的包袱开启天路历程”的作品。然而班扬选择了用丰富的比喻来传达教义，他以一种简单有力的语言，将这一切作为冒险故事来叙述。孩子们将这样的书收入囊中，真的奇怪吗？孩子们带着好感与同情，一路与“年轻的孩子们”同行。和童话故事里的英雄一样，他们也要经受勇气与耐力的考验，或许，这些基督徒还显得更神秘一些。他们一路历尽艰难，最终抵达“光明之城”。这样的故事令儿童喜欢，有什么可奇怪的吗？

班扬写《天路历程》时虽然以道义为目的，但他是将一切作为人生的戏剧来看待和体会的——这一点恰恰是这本书得以不朽的秘诀。故事的讲述形式给予儿童一种冒险故事的感觉，他们喜欢的是其带来的纯粹而愉悦的阅读体验，甚至更多。文字中潜藏的语调指引着儿童的直觉，让他们隐隐约约感觉到了一个精神世界。如果是一个爱思考的孩子，他将尝试着去思索，企图理解自己所处的这个宇宙的奥秘。

“儿童为什么会把斯威夫特紧紧地抓在手中？”保罗·阿扎尔问道。同《天路历程》与《堂吉诃德》一样，《格列佛游记》之所以成为儿童文学中不朽的经典，是因为在那个年代专为儿童创作的文学作品中，能够满足他们对想象力的热切渴望的作品如此之少。与那些成年人推给儿童的、沉闷而说教的故事相比，《格列佛游记》好似一帖解毒良药。

儿童总是拒绝一切他们不感兴趣的、枯燥乏味的东西。他们是“跳读”这门艺术的高手。《格列佛游记》中让他们喜欢的是微小的小人国世界和与之对应的大人国世界。如同阿扎尔所说：

“他们喜欢这样任性而毫无逻辑的创造，那不仅是好玩的，还是十分具体的。”书中其他的部分则被他们遗忘了。

儿童的想象世界有时候正是他们的真实世界。对儿童来说，真实与虚幻之间并不一定存在着清晰的界线。他们可以从这个世界跳到那个世界，好像从一扇窗前跑到另一扇窗前一样。同刘易斯·卡罗尔一样，查尔斯·金斯莱、乔治·麦克唐纳在为儿童写作时也运用了梦境的手法。但与《爱丽丝漫游仙境》的作者不同，这些作者关注的是心灵世界的神秘。他们创造了一个美好而充满想象力的世界，在那里，儿童可以自由地思索与解释他正经历着的人生。

乔治·麦克唐纳能够洞察一个孩子的内心。他懂得儿童渴望探索的那个世界；他也懂得如何用艺术的方法对这个想象中的世界进行描绘，使它比我们的日常生活更真实生动。在《北风的背后》中，“北风”正是儿童所困惑的“事物终将消亡还是永存”这一问题的拟人化。读者被一种神奇的力量吸引着，不由自主地身陷其中。故事回答了一些他们无法回答的问题，并让某种神秘的、不可解释的事物呈现在他们面前。

这本书讲述了男孩小钻石与他的朋友“北风”、他的家人，以及他遇见的各种人物之间的故事。故事里隐含的深意随着情节发展慢慢铺展开来。通过小钻石从床上开始他的旅行，故事流畅自如地从现实生活转换到梦境世界中。乔治·麦克唐纳将小钻石的床安排在马厩的第二层，仅靠一层薄薄的木板阻隔风雨和寒冷的入侵。这样一来，就算把一切归结为是小钻石在梦游或做梦，仍会显得不那么确定。

借助梦境旅行中小钻石与北风的对话，乔治・麦克唐纳表达了小钻石那些无法说出口的愿望。这些对话充满儿童的天真，文辞优美。孩子们读着小钻石的故事，也会被引领着去思考小钻石头脑中的各种问题 —— 尽管这些问题是无形的，连小钻石自己都无法将它们清晰地表述出来。

乔治・麦克唐纳创造的幻想世界是一个奇异的、充满魔力的、神秘的世界，但又是一个真实的世界。那是一个令人信服的世界，因为作者自己对它的真实存在毫不怀疑。读这本书的孩子深深地相信着，住在伦敦街道上的小钻石，能在一瞬间就被带到北风居住的寒冷宫殿。

故事将最平凡不过的马厩作为背景，以一个普通的小男孩为主角，让他通过想象的力量，脱离了所属的日常环境，而在北风的世界里找到了生命的真谛。这本书开始于一个马厩中，小钻石与北风缔结了一段奇特的友谊，他跟着北风出去的经历，让故事的发展达到了高潮。在心灵与智慧都得到启迪后，小钻石又回到了现实的生活中。

故事虽然带有几分道德教育色彩，但总体来说，它对人与人之间的忠诚进行了真切描写，此外也有谐趣。故事的基本结构是用儿童式的理解来表现生活的基本价值准则，即圣洁的爱与信赖总会被真心接受的。同所有优秀的作品一样，它所具有的内在精神，使它在面对每一代人、每一个拥有好奇心的孩子时，都有内容可供分享。

《北风的背后》有着过去只能在童话中找到的优点，即纯粹的想象力；也许与童年时代阅读它的记忆相比，这本书的教育色彩实际更重一些。具有这双重特点的原因是作者既是神学博士，又是想象力丰富的苏格兰诗人。

幻想文学，无论在题材还是技巧上都多种多样。然而，跟随那些杰出的先驱所开创的某种具体模式来写作，依然是一种趋势。这并不意味着模仿某种形式的作品就一定会变成糟糕的复制品。优秀幻想文学的想象力，体现了作者的创作能力。任何一位作家，即使他也用了刘易斯·卡罗尔和乔治·麦克唐纳曾使用过的梦的形式，但由于他们对此有不同的思索与想象，表现出来的梦境也就不一样。

除了梦境以外，幻想文学还存在着其他的形式。其中最重要的也许就是探索，以及对自然世界的象征性表达。有的时候，会有两到三种形式互相混合渗透，我们追随着双重甚至三重不同的线索，形式由此变得越来越复杂。

让我们以 W. H. 赫德森的故事《迷路的男孩》（*A Little Boy Lost*）为例来看一看。作者运用的主要形式是探索，除此以外，是否也巧妙地加入了其他的线索？故事讲述了一个名叫马丁的小男孩在追寻海市蜃楼的过程中迷路了。我们跟着他一起，探索了神秘的平原、森林、山川，直至来到大海边，流浪结束了。马丁一路上的经历，混合着梦境的模糊朦胧与成长的现实真切。正如赫德森所说，这个故事以寓言的形式讲述了人们对不可得的事物的永恒追寻，对那近在眼前却永远无法触及的美好的探索。

也许，赫德森作品里隐藏着的生活哲学，读马丁故事的孩子们暂时无法理解。对他们来说，像马丁一样孤身一人处在这个世界，也许是一件十分悲伤的事情，就算马丁的历险充满惊险和刺激。然而，马丁对守护自然这一使命的接受，除了会获得儿童读者对所有野性生命的好感之外，是否也会唤醒他们对生命本身的信赖感？

自然会保护所有信赖它的生命，这是贯穿赫德森作品的一个主题。他以苍翠繁茂、清新动人的绿色来装点它，以自然强烈的光线照亮它，让它显得明亮，仿佛正静静地守候着。他无限广阔的想象给予了我们冥想宇宙真理的空间。W. H. 赫德森在故事中加入了当地的传说与神话，这对他的表达有间接的帮助作用，并加强了故事背后隐藏着的象征形式。如果说马丁是在追逐海市蜃楼，难道我们就不是吗？马丁的故事实际上也象征着某种世人共同的经历，一股普遍的奔向奇异与美好的冲动。

现在让我们来看看第三种形式。肯尼斯·格雷厄姆对“自然界的象征”的解释，适用于任何一个时代。在一封写给西奥多·罗斯福[①]的信中，肯尼斯·格雷厄姆称《柳林风声》是“每一个最单纯的生命体验过的，生活中最单纯的快乐的表达”。他接着说道，那是“一本关于……生命、阳光、流水、森林、尘土之路和冬夜炉火的书”。当我们想起这本书，首先浮现在脑海中的也许是蟾蜍坐在尘土飞扬的路上，发出“噗！噗！”的声音。一

① 西奥多·罗斯福（Theodore Roosevelt，1858—1919），美国第 26 任总统。

幅能唤起全新的愉悦感的画面，以一种异常丰富、明亮、有趣却不低俗的幽默的方式被讲述着。或是田鼠们在鼹鼠“甜蜜的家”门前高歌的画面，或是那“被暖阳和温热包围”的獾之家的画面，让人想起友谊的责任以及好客的真实含义。不过，最重要的一幕，应该是鼹鼠和河鼠伴随着黎明的曙光和芦苇的低语，划着船沿溪水而上，追寻遥远笛声的呼唤的画面吧。它最能展现肯尼斯·格雷厄姆透过自然世界看到的宇宙万物的景象。

我们当中很少有人意识到周围自然世界的美丽与奇妙。而肯尼斯·格雷厄姆用他带着翅膀的文字让我们飞舞起来，跟随他敏锐的感知力，我们看到了肉眼无法看见的、隐藏在事物背后的意义。鼹鼠、河鼠、蟾蜍和獾，还有其他动物，它们不仅是具有人性特征的动物，更唤醒了普遍而基本的更深层的人性，并揭示了人与自然的亲缘关系。

阅读《柳林风声》时，我们跟随肯尼斯·格雷厄姆的激情去感受自然的简单与美好，情绪会变得更高扬，目光也会变得更敏锐。作者创造的这个世界由本能的情感主导。他将动物的心灵与记忆看作一种族群的记忆，比如，描写燕子南飞和航海鼠长途跋涉的这一章被他命名为“旅行者”（Wayfarers All）。故事虽然由类似的日常琐事组成，但这所有与现实有关联的情节，其实都是通往想象世界的通道。

《柳林风声》是一部丰富的作品，它出自一颗饱满丰盛的心灵。它由一种杰出的清晰而充满华彩的文笔书写而成，它的语言则饱含诗歌的色彩。它富有节奏感的散文形式，以及被阿诺德·贝内特[①]称作“林地和莎草的传说”的句子，让大声朗读它成了充满乐趣的事情。

幻想文学的主题，和它的形式一样，常常会在其他作品中重复出现，但幻想文学既不是由主题也不是由形式来决定其品质高下的。幻想文学作品是否优秀，取决于作者创作时的想象力和他表达想象的语言能力；取决于他是否有始终如一的统领能力，能通过戏剧性的事件来表达最初的创作理念；取决于他是否有能力给予这个梦幻的虚构世界一种真实可信之感。

总会有人不喜欢读幻想文学。这并不意味着这些人的文学品位有问题，就像这世界上总有人不喜欢吃橄榄一样。但这的确限制了他们欣赏一种极为丰富且优秀的文学形式——一种比起别的文体，欣赏时更依赖于个人口味的文学形式。

幻想文学不受时代和环境的限制，它存在于永恒的幻想王国，不会随着时代和社会风俗的变迁而落伍。在《我喜爱的书》的导言中，克利夫顿·费迪曼这样总结道：

> 就算再过二十个世纪……我依然想不出人们读《爱丽丝漫游仙境》的时候，会有什么理由不继续大笑或者感叹。这个世界上很少有能够抵御时间齿轮的东西，伟大的幻想文学则是其中之一。伟大的幻想文学将永远是属于儿童的特殊财富。[3]

---

① 阿诺德·贝内特（Arnold Bennett，1867—1931），英国作家。

引用文献

[1] E. M. Forster, *Aspects of the Novel* (N. Y.: Harcourt, 1949), p.101.

[2] Paul Hazard, *Books, Children and Men* (Boston: Horn Book, 1944), p.140.

[3] Clifton Fadiman, Introduction to *Reading I've Liked* (N. Y.: Simon & Schuster, 1941), p.xxii.

阅读参考资料

Chalmers, Patrick R. Kenneth Grahame. Dodd, 1935. Methuen, 1933.

De la Mare, Walter. Hans Christian Andersen (in *Pleasures and Speculations*). Faber & Faber, 1940.

——. Lewis Carroll (in *The Eighteen-Eighties*, ed. by Walter de la Mare). Cambridge Univ. Pr., 1930.

Moore, Doris Langly. E. Nesbit. Ernest Benn, 1933.

第十一章

历史小说

以过去为题材的历史小说，之所以有存在的价值，是因为它将读者带回了往日的世界，讲述了关于那个世界的种种故事。在那个记录着鲜活的生活场面的世界里，男人与女人都充满了生气，他们拥有着和我们一样的悲伤、希望与冒险，他们生活中的点点滴滴也同我们的一样珍贵。历史小说的力量在于它给予人们历史感，让人们意识到世界的沧桑与古老。它讲述那些已逝岁月的故事，而今天正是昨日那一个又一个世界的延续。历史小说让历史变成了某种个人经历的延续与扩展，而并非简单的知识增加与积累。

—— H. 巴特菲尔德[1]，《历史小说》（*The Historical Novel*）

① 赫伯特·巴特菲尔德（Herbert Butterfield，1900—1979），英国历史学家。

对所有男孩和女孩来说，一本小说首先应该是一个有关奇遇的故事。“这是一个故事吗？快说给我听吧”，这样的回答几乎具有世界普遍性。如果说，奇遇故事生动的场景给予了儿童愉悦的阅读体验，那么儿童尚未出生时世界上发生过的那些不常见的、活泼的、精彩且惊人的事件，当然也可以用来拓宽和加深儿童的阅读体验。那是一个孩子可以通过故事书进入的世界。

历史小说首先包含着一个作者想要讲述的故事。如果把历史看作一件织物，故事应该像纱线一样织入其中。故事的原始材料有的精致，有的粗糙，有的只是拼拼凑凑，一切都取决于作者将两者 —— 故事与历史 —— 编织在一起的能力。而历史小说是想象力、历史以及写作技巧相融合的产物。历史小说以最精巧的形式和充满想象力的回答，将儿童带入属于过去的生活体验中。它用一种超越历史的方式将关于往昔的深刻内涵与色彩呈现给读者。也就是说，历史事实总是纵横交错，难以看清，它受到人的情感与思考的影响，也受时代洪流中未被史书记载的无名氏的影响。

与所有其他类型的小说应该达到的标准一样，历史小说作家首先应该有一个故事可讲。既然是一部特意为之的“历史”小说，它就必须能够重构过去的生活，并且捕捉到属于往日时光的氛围与气味。如果我们想要考量一个历史小说作家是否成功，那么我们首先应该思考，历史小说形式上的独特之处究竟在哪里，以及我们应该用哪些特殊的标准来衡量它。

历史小说绝对不是写得轻松好读就可以了，作者应当能超越原始的历史资料，为读者提供一种审视过去的方式。当然，故事越贴近历史的原本面貌，作者通过个人理解与情感创造出的与今日完全不同的那个世界也就越可信。通过阅读历史小说，我们会发现，尽管人的本质没有改变，但人的经历在每个时代都是不同的，也是不可复制的。只有全身心地沉浸于过去，才有可能写出让读者通过角色捕捉到往昔岁月的本质，品尝到过去时代的特殊意义与感受的小说。只有当作者非常了解他书写的那个时代的环境和内在问题，能够带着清晰的意识自由出入其中，怀着同情与理解之心，将他的主人公看作时代的儿女，才有可能写出优秀的历史小说。

罗伯特·路易斯·史蒂文森创作的《诱拐》(*Kidnapped*)是文学史上公认优秀的冒险小说。作家为戴维·鲍尔弗设定的活动背景是过去的时代，因此它也是一部历史小说。所以，详细分析《诱拐》这部作品，尤其是它打动人心的叙述方式，会给我们提供一些线索，让我们明白一部优秀的历史小说究竟由哪些因素构成。同时，我们也会掌握一些评判同类历史小说的基本考量方法。

《诱拐》这部小说的主题正是苏格兰，它的荒野与峡谷，它的雾气和那遍布着岩石的海岸线，以及所有其他特点和塑造苏格兰民族性格的生活方式。史蒂文森看待苏格兰的方式，是作为一个作家完全沉浸在自己编织的故事里，所以他的故事非常自然地将我们带回另一个时代，即詹姆斯党战败后的那个年代。

故事讲述了一个著名的詹姆斯党流亡者，艾伦·布雷克·斯图尔特，他秘密地周旋于无法调和的本国苏格兰高地人与外国移民之间，在“运动”失败后被迫流亡异乡的故事。故事的主要情节以著名的阿平谋杀案（Appin murder）为基础，主要人物艾伦·布雷克·斯图尔特和戴维·鲍尔弗被发现在谋杀案现场，接着被英格兰军人从马尔岛一路追捕到爱丁堡。

史蒂文森巧妙地把苏格兰高地受到英格兰压迫的贫穷凄惨的状况编织进故事中。与此同时，他又非常清楚地指出，击垮苏格兰的并不是贫困与压迫，而是不同氏族与党派之间长期的斗争，以及对国土的瓜分。

在艾伦·布雷克·斯图尔特这个人物身上，史蒂文森注入了典型的詹姆斯党人的性格特点。他虚张声势，有着尖锐刺人的骄傲、狂热的忠诚，他因为个人信仰而表现出超强的忍耐力，并且具有一切苏格兰高地人的特点。然而他又绝非类型化的人物，他是他自己，一个清晰的个体，一个我们可以了解的人。

另一方面，戴维·鲍尔弗则有着苏格兰低地人的特点。他可靠又随性，虽然顽固，本质上却忠诚而真实。“就像我说的，我是个既不会吹嘘又不会自夸的人”，这是不善言辞的他遇上擅长雄辩的艾伦·布雷克·斯图尔特时所说的话。高地人与低地人之间的性格差异，也在次要角色如氏族成员、乞丐、牧师等，以及一切与艾伦和戴维有过交集的人身上得以体现。

如果说有那么一部历史小说捕捉到了时代气息的话，那非《诱拐》莫属。不只故事本身，那对海上生活的一瞥，贩卖奴隶的冷酷场景，以及苏格兰昏暗的峡谷中危险遍布的生活，都充满了时代气息。但时代的气息首先还是在写作本身中被捕捉到了。

考虑到小说的写作目的，作者在叙述时简练且克制。没有多余的词句拖延故事的发展或减弱其戏剧效果。写作的力量在精心架构的事件与细节中得以加强；对话具有画面感，作者使用那个时代苏格兰的语句，以独特的叙述效果将故事嵌入了它的时代中。史蒂文森的耳朵对音调的变化极为敏感，他塑造的人物是真正有苏格兰式的语言节奏与调子的。那是这个民族独有的一种说话方式，仿佛说着说着就会放声歌唱，或者像艾伦那样，绝不放过任何一个吹响“风笛”的机会。

史蒂文森对历史事件的运用十分自由。但提到自己对历史事件的重新组合，他辩解道，“这并非为了构建学者的图书馆”，而是为了讲述发生在过去的冒险故事。与此同时，他又把自己深深地浸入他所讲述的那个时代的记载中，“如果你们问我，艾伦究竟有没有犯罪，那么我可以按照历史的记载来进行辩护”。他对时代背景如此熟悉，使他能够（也许是近乎本能地）意识到哪些地理元素可以互换，哪些时间表可以压缩。这便令他描绘的时代在读者看来如此可信。

《诱拐》折射出一种成熟的心智，一种简化和明了化的可能，一种将复杂的政治背景和人物关系用易懂且易读的方式呈现出来的能力。这是一个鲜活清晰、氛围明朗的故事，作者的写作意图和它外在的呈现方式完美地结合起来，成为一个整体。

如果说，相比其他作家，史蒂文森在《诱拐》中更为成功地重构了生活，捕捉了过去时代的氛围，那么研究他看待过去的方式，将会给我们提供一些分析此类作品的指南。换句话说，它会告诉我们究竟是哪些因素构成了一部优秀的历史小说。

另一位历史小说作家，沃尔特·司各特爵士也对尝试写历史小说的作者们提出了一些有用的建议。简单说来，他认为作品应该保留严肃性而避免夸张；时代的氛围需要刻画，但过多古体词的使用则非必要；作品应该是有力的，但无用的残忍需要避免；戏剧性是首要的，但如闹剧一般的情节则不可取。他又进一步阐明，情节的安排应该均衡，但不能牺牲细节；环境背景应该精确，但不能把人性情感放到次要的位置。这显得尤为重要。当代很多为儿童而写的历史小说正因为忽略了这一点，才显得单薄琐碎，缺乏生命力。

司各特提出的这些准则，对现今历史小说的创作依然是有意义的。尽管现代观念在某些表象上有了一点改变，但是读一读《艾凡赫》（*Ivanhoe*）或《惊婚记》（*Quentin Durward*）我们就会明白，司各特的观点是有依据的。正如森茨伯里[①]所说："英国历史小说优秀的形式和清晰的文风这一传统，源于司各特的贡献。"

写给儿童读的历史小说，其"冒险性"无疑最重要。故事必须在行动中得以推进，行动之间的联系越密切，故事就越吸引人。如果行动只是围绕着历史事件的边缘打转，那么儿童一定无法得到完全的满足。故事和历史必须紧密地结合、交融，才能形成一种完整而统一的叙述。

---

① 乔治·森茨伯里（George Saintbury，1845—1933），英国文史学家、评论家。

故事是作者心中那幅过去时代的图画的前景。正如我们说过的，作者遵照着通常小说的一般规律使情节与人物得以发展。既然选择了将故事背景设定在过去，那么作者也就必须接受特定时代背景所带来的限制。这些限制在海伦·海恩斯的《小说要旨》中有清楚的阐述：

> 从性质上来说，历史小说首先是小说，而并非历史，这一点是肯定的：它是想象的成果，不是真实事件的记载。其目的在于重新创造，而并非将历史记录下来。小说家可以自由地选择任何他感兴趣的题材，以任何他希望切入的视角来写作。与此同时，既然作者旨在将历史背景放入小说中，那么他必然会受到历史事实的牵制。他可以……对时间或者次要事件进行调整转换，以满足情节的需要；但他不能篡改基本的史实。[1]

正是充满想象力的书写，加上作者给自己划定的必须遵守的界线，令史蒂文森和司各特成为历史小说的大师。

优秀的历史小说与平庸作品之间的区别，除了写作品质上的差异，更在于优秀作品的创作者是将自己浸润在某一时代背景中，从而找到了可以讲述的故事；而平庸作品的创作者则是先构思一个故事，然后试图为故事找到合适的历史画面。换句话说，两者之间的差距是，虽然都在创作小说，但前者是着意要写一个历史的故事，后者则只是将冒险小说的故事放到过去的背景中。

前者要求忠实地表现过去的生活，后者或许是部出色的冒险小说，但并不会因为其中的人物穿着盔甲或丝织品，就成了一部历史小说。历史小说必须将故事与时代背景紧密融合，才能扩展和延伸属于过去的那幅图景，从而使它成为我们经验的一部分。

历史小说有各种不同的类型。比如，作者可以新创作情节、人物以及事件，也可以将真实的历史事件或真实存在过的人物作为他故事的内容。作者们经常将这两种方法结合使用，即让故事中同时出现虚构人物和历史人物，并从不同的角度表现一个历史上真实发生过的情节。虽然作者经常以真实的历史事件作为故事的源泉，但这些事件往往并非完整的故事。他需要从中筛选、整合，再通过想象的加工，将其转变为生动的画面。

霍华德·派尔在《铁人》的引言中提到，是亨利四世遇刺启发他写出了这部作品。他并没有照搬历史情节，而是撰写了一个不同的版本，为这个他深感兴趣的特殊历史时期勾勒了一幅生动的画面。另一方面，约翰·梅斯菲尔德的《马丁·海德：公爵的信史》（*Martin Hyde, the Duke's Messenger*）的故事主线则直接取自历史事件。蒙茅斯公爵企图取代詹姆斯二世登上英格兰王位的疯狂冒险，给了梅斯菲尔德创作这个故事的灵感。作者创造了一个十二岁的男孩马丁·海德，并让他卷入蒙茅斯公爵的事件中。通过这个男孩的眼睛，我们看到残暴的灵魂是如何侵占了追逐权力的人们的心。我们看到了战争激荡中普通人民的泪水，也看到了他们因为对家园的情感与责任而紧密相连。梅斯菲尔德用生动有力的语言一路描绘着那些反叛者，直到他们在塞奇莫尔战败，经历最后的“血腥审判”（Bloody Assizes）。这场叛乱成了所有战争的象征：它的荒芜、恐怖、腐败以及悲叹，如一幅图画般长久地烙印在读者的记忆中。它同样让我们体会到，重要的是不带怨恨地坦然接受失败，以善良的心灵和随人生经验积累而逐渐平和的能量与雄心来面对生活。

作家们不仅将历史事件直接作为故事情节，也常常把它们间接地嵌入故事背景环境中，让虚构的人物形象融入其中。比如柯南·道尔的《奈杰尔爵士》，作者巧妙地借用了傅华萨[1]作品里记载的事件：两个骑士——一个是法兰西人，一个是英格兰人，穿着同样的盔甲出现在普瓦捷。他借用傅华萨的记录来详细地描写对话，同时也尽可能地使它更具戏剧性。此外，他用同样的方式刻画了国王约翰被俘虏后的场景。在丝毫没有伤害傅华萨记载的简洁精练的同时，他以极为巧妙的手法将奈杰尔摆到了这幅图景的中央，让他自己讲述时代背景下的故事。这是一个成功使用原始材料的案例。

历史小说作家常常面临着这样的选择：一方面，他们想用文学的面目来表现历史事件，尽管这样有可能让故事失去原本的时代氛围；另一方面，他们想通过对原始材料的筛选和重新编排使故事更加吸引人。有的时候，是可以在不失其时代整体平衡感的情况下，对历史事件进行压缩和整合的。但如若为了小说的结尾而歪曲历史，则完全是另一回事。比如众所周知的某位国王之

①　让·傅华萨（Jean Froissart，约1337—约1405），法国编年史作家。

死，有的作者会编造出一个面目全非的版本，全然不顾已经违背了历史真相。这只能说明作者想象力贫乏，对过去的认识又如此肤浅和草率。这种对事实的篡改不仅表明作者缺乏历史视角，同时也超出了真实的界限，歪曲了历史。

我们阅读司各特或大仲马的小说时，会意识到他们是如何在讲述故事的过程中通过时代的记录去接近历史的。通过对原始资料的吸收运用，他们成功再现了想象中那逝去时光的色彩与气味。

让我们来看看柯南·道尔在《奈杰尔爵士》中怎样展现了他的历史观和创造性的想象力。他选择了英法百年战争，尤其是克雷西会战和普瓦捷会战之间的这段时期。以该时期为背景，他选择了爱德华三世[1]、黑太子[2]、钱多斯[3]以及英格兰王国和法兰西王国最受瞩目的骑士作为历史人物形象。同时，他又创造了其他的虚构人物形象，特别是主人公奈杰尔，作者在奈杰尔身上注入了骑士时代的理念。奈杰尔是一个完美的骑士，他“从不害怕也无懈可击”。作者赐予了他一个任务，一个亚瑟王的任意一位圆桌骑士都会欣然接受的任务。奈杰尔依照骑士制度的最高传统，英勇地完成了三项任务，捍卫了他所保护的贵妇人的荣誉。在战场上，他获得了那个时代的英雄十分珍视的嘉奖。“请站起来，”太子微笑着说，用剑拍了一下他的肩膀，“英格兰少了一个

---

① 爱德华三世（Edward III，1312 — 1377），英格兰国王。

② 黑太子爱德华（Edward the Black Prince，1330 — 1376），爱德华三世的长子爱德华的别称。

③ 约翰·钱多斯（John Chandos，1320 — 1369），中世纪骑士，与黑太子是密友。

乡绅，却赢得了一位英勇的骑士。请不要迟疑，站起来，奈杰尔爵士。”

通过主人公的行为，我们在柯南·道尔的小说里找到了优秀历史小说必须具备的品质。柯南·道尔讲了一个精彩的故事，创造了生动的人物性格，但他从未忘记自己正在写一部历史小说。于是，他小心翼翼又看似轻松地将主人公的生活与冒险融入了历史背景中。

他描写的时代预示着封建制度的崩溃。骑士传统虽依旧盛行，但新事物已经开始萌芽。英格兰王国和法兰西王国作为两个西欧强国，深陷百年战争之中。骑士制度正在消亡，民族主义就要出世——这正是柯南·道尔希望通过奈杰尔爵士的故事传达的。

我们可以在黑太子爱德华这个人物身上看到新生的民族主义观念：“这个高大庄严的男人，气质尊贵，有着高高的额头、长而英俊的脸庞、漆黑深邃的眼睛。”他是一个斗士，一个塑造了全新的、更加自由的英格兰的立法者，一个正在诞生的新世界的化身。在国王的权力之下，贵族正失去他们的力量。奈杰尔代表了旧传统中最好的部分，而黑太子则代表着新思潮中最好的部分。

柯南·道尔讲述的故事背后的冲突是一个有力的主题。以小说的形式来呈现，加入历史背景，从而使故事显得越发丰富有力，清晰地展现了那个时代最重要的社会问题。其实，所有历史小说都需要这样的主题来赋予故事意义与内涵。如果作者无法唤起那些时代历史事件背后的力量，那么虚构的情节和历史背景之间便不存在真正的关联。而缺少了这样的关联，一部作品也就无法被称为历史小说了。

几乎所有历史时期都可以被历史小说浓墨重彩地书写。杰弗里·特雷斯在《课外读物》中写道："没有乏味的历史时期，只有乏味的作家。"不过，与其他时期相比，有一些历史时期，或因历史事件本身的性质，或因存在过形象鲜明的人物，而更容易成为历史小说的题材。

中世纪正是一段充满色彩的历史时期。人的自由这样重大的问题开始受到关注，各种新生的理念也带来了一系列重要的事件：封建制度的兴衰、十字军东征、百年战争等。对作家来说十分幸运的是，与这个时代有关的大量资料都在当时以文字的形式记录下来。比如关于傅华萨和马洛礼的研究，都为当代作家的创作提供了详尽的细节，帮助他们写出真实确切的故事。再加上大量为儿童创作的这一历史时期相关的作品，令中世纪成为非常值得研究的领域。

在众多中世纪题材的小说中，《护身符》（*The Talisman*）和《奈杰尔爵士》是少有的能令最苛刻的文学评论也感到满意的作品。另外，虽然霍华德·派尔和夏洛特·M. 扬格的作品相对较为简单，但放宽些来说，它们也拥有同样的品质。这些作品经历了时间的考验，研究他们如何选择原始材料并达到最佳的文学效果，是一件非常有价值的事情。

夏洛特·M. 扬格的《林伍德的长枪》在构思上简单些，但其基本主题和《奈杰尔爵士》一样：封建制度即将面临的衰亡以及新生国家的崛起。骑士制度依然是外在的社会准则，但在这种表象之下，隐藏着另一股正在兴起的政治力量。同《奈杰尔爵士》一样，故事开始于英格兰，随后穿越了英吉利海峡来到黑太子爱德华的领土阿奎丹，黑太子正在此地的波尔多执掌着他的中世纪王朝。但是他的政权并非高枕无忧，随着布列塔尼契约的撕毁，黑太子不仅遭到了包围，还陷入了缺少供给的困境。但最终他经过顽强的战斗，取得了普瓦捷会战的胜利——《奈杰尔爵士》正以此作为小说的结尾。

但是黑太子仍继续在波尔多执政。他的部下偶尔陷入各种小冲突，而他最终则卷入了与西班牙的冲突中。就是在这里，扬格小姐塑造的英雄尤斯塔斯介入了黑太子的命运，随他一同前往西班牙。太子的朋友与智囊团都反对这场没有意义的征战。《林伍德的长枪》里提到的钱多斯和黑太子的疏远，正源于此。接下来，故事简洁地叙述了征战，以及在纳瓦雷特大获全胜后，黑太子返回波尔多的路途。作者同时也描写了黑太子的健康每况愈下，权力日益衰退，最终几乎丧失了所有赢来的土地。故事以黑太子回到英国后与世长辞作为结尾。

对阅读《林伍德的长枪》的儿童来说，黑太子、约翰·钱多斯，还有贝特朗·杜·盖克兰，可能都没有虚构的角色尤斯塔斯显得重要。然而，尤斯塔斯的历险与奇遇是和这些重要人物紧紧联系在一起的，于是这幅生动形象的画面让儿童感到——这些历史人物都鲜活地生活在他们的世界里。他们在故事里的出现虽然短暂，但那栩栩如生的感觉使每个人物形象都很难忘。这一点清楚地体现在扬格小姐安排尤斯塔斯把杜·盖克兰抓起来，又让尤斯塔斯在战场上成为骑士的情节中：

> “如果我没记错的话，你是林伍德兄弟里年纪小些的那个。你的哥哥在哪里？”
>
> “真不幸！我的殿下，他受了伤，正躺在这里。”尤斯塔斯边说边焦急地想摆脱众人和太子，回到雷金纳德身边。此时，雷金纳德在加斯顿的照顾下已经恢复了意识。
>
> “真的？很抱歉听到这样的消息！”爱德华脸色凝重地说。他走到受伤的骑士身边，弯下腰拉起他的手：“你觉得如何，我勇敢的雷金纳德？”
>
> “我想我是过不了这一关了，殿下，”骑士气息微弱地说，“我原本可以拿下亨利国王的。”
>
> “不要为此难过，”太子说，“但请接受我的感谢，也许比起我欠你的，它算不了什么。”
>
> “请不要这么说，殿下。不过杜·盖克兰就不同了，我负伤正是因为遭受了他致命的一击。”
>
> “这是怎么一回事？”爱德华说，“我是从你弟弟手里把他接回来的。”
>
> “你来说，尤斯塔斯！”雷金纳德焦急地支起身体，“你俘虏了贝特朗爵士？通过公平而有尊严的战斗？这是真的吗？”
>
> “公平而有尊严的战斗，我可以作证，”杜·盖克兰说，

> “他守护着你，长久地守护着你的旗帜，我从没想过以他的年纪能抵挡我的长剑如此之久。当那群乌合之众向我们冲过来时，当他收起即将落在我头上的兵器让我投降时，我心甘情愿让这样的勇士俘虏我，让他获得属于他的荣耀。”
>
> “他会得到的，高贵的贝特朗。”爱德华转向尤斯塔斯，“请跪下，年轻的乡绅。你的名字叫尤斯塔斯？以神的名义，圣米歇尔和圣乔治，我封你为骑士。像今天一样，忠诚、勇敢、幸福地活着。请起身，尤斯塔斯·林伍德爵士。”

作者以巧妙的手法和富有画面感的讲述，将故事放在了那个发生了许多重大事件的年代。

霍华德·派尔在他的《铁人》中运用了不同的方法。通过阅读和研究，他充分地掌握了关于中世纪的记录，在头脑中构建起一个中世纪的世界，而他身处其中游刃有余。他最感兴趣的并不是这一时期的重大事件与人物，而是那些日常生活经验。这也正是《铁人》折射出的主题：这部作品几乎不包含历史事件与人物，而是通过虚构人物的经历和冒险刻画了一个时代。霍华德·派尔通过一系列有力的、充满冒险色彩的故事，描绘了一幅中世纪男孩生活的图景。这些故事并非刻意设计，而是那个时代自然而然的产物。我们能够从中清楚地看到并理解那推动着中世纪乡绅与骑士英勇作战的本能。

霍华德·派尔的故事的背景总是无懈可击，他那具有现实主义色彩的大框架和故事总能与被讲述的时代的精神一致。他并没有夏洛特·M. 扬格那么脚踏实地。与《林伍德的长枪》相比，《铁人》是一个更具浪漫主义色彩的故事。哪种方法更有效果，这是一个个人选择的问题。

这两位作者在“看待过去的方法”上的差异，可以通过比较他们更早期的作品，即霍华德·派尔的《银手奥托》和夏洛特·M. 扬格的《小公爵》来发现。《银手奥托》涉及的历史事件非常少，故事里几乎不存在重要的历史人物。试图控制强盗男爵的哈布斯堡王朝“皇帝”只是一个模糊的形象。霍华德·派尔将故事背景设定在欧洲大陆一个黑暗的时代，在这里，第一缕“新知”的曙光刚刚升起，未来的新生力量即将取代昔日的残暴与毁灭。这正是《银手奥托》的主题。派尔非常忠实地将故事融入了大时代的背景中。他刻画了王公贵族间的明争暗斗，以及哈布斯堡王朝的建立。他同时展示了教会如何珍惜、保护那些朴素的美德和对学习的热爱，这些品德在其他地方很难找到。作者就这样借着奥托的故事，将这些主题简单（有时候也许过于简单）地一一展现出来。奥托与《铁人》的主角迈尔斯·法尔沃思不同，法尔沃思是通过自身的搏斗将封建宗主权从其父亲敌人的手中夺了过来，而奥托的奇遇并不是他自己主动寻找的，是受生活中残酷的外部环境所迫。这部作品以简单、富有画面感同时又十分诗意的风格来叙述，既通俗易懂，又给儿童留下了深刻的印象。

另一方面，夏洛特·M. 扬格的《小公爵》则直接取材于历史，历史事件和人物成了故事的发生背景。故事开始时，北欧人在诺曼底公国建立了强大的统治，同时也将后来统一法兰西民族的其他力量暂时挡在了门外。当诺曼底公爵遭到暗杀，如何保护年幼的公爵继承人理查德的权力，就成了极为困难的事情。历史上的理查德童年时也的确被当作人质留在了法国王宫里。在用历史事件当故事梗概的同时，夏洛特·M. 扬格还为自己的作品注入了各种人性化的细节和属于那个时代的色彩，将整个历史事件变成了一幅画和一个故事。

在衡量为儿童而写的历史故事时，无论它是关于中世纪的还是其他时期，我们都必须谨记这样一个准则——历史小说可以或者应该是什么样子。这样我们才能看清故事是怎样发展的，它们与最优秀的历史小说相比，又是怎样因达不到应有的水准而失败。一部成功的好作品，只要不背离它的时代，那么背景上的误差也能弥补。儿童历史小说中经常出现的一个失误是，为了时代背景的真实，作者牺牲了故事，令情节显得陈旧无趣。而其中最常见的是：作者对仅有的场景描绘感到满足；以“求求你”“我相信”等来表达想法；以为只要人物穿上了锁子甲和马裤，再加上几个历史事件，故事就可以变成历史小说。这类作品的问题在于，其中并没有所谓的历史可言。作者东拼西凑地搭出了时代背景，将一个与此毫无关联的故事放置其中，以为只要时代够久远，故事就会精彩而充满魅力。

人们只需要将这样的作品同司各特、柯南·道尔、史蒂文森和其他优秀历史小说作家的作品比一比，立即就能发现问题所在。上述作家的作品在历史与小说之间有着优美的平衡，并对时代特有的问题有自己的看法，具有极突出的时代特征。而另一些平庸的作品，则是由根本不理解那个时代真正内涵的作者，将中规中矩的故事摆在虚假的时代背景下，机械地描述着而没能使其变得鲜活。这类书籍以晦暗不明的历史作为装饰，并把它们放到了故事前面，以所谓的浪漫和“很久很久以前”的情调来遮掩作品本身的空洞感。

对历史小说价值的终极评判，也可以通过它引发的儿童对历史人物和事件的兴趣，以及它能够给予一个时代的特殊情感来衡量。当我们阅读北欧人的征战或吉卜林的《普克山的帕克》时，那些年代久远的事件如此色彩斑斓又真切生动，好像吉卜林是根据个人的经验创作出来的一样。这种因为对原始材料了然于心而诞生的扎根于现实的想象力，让历史小说有了杰出的价值，“因为它扎根于现实，所以让我们侧耳倾听”。

引用文献

[1] Helen E. Haines, *What's in a Novel* (N.Y.: Columbia Univ. Pr., 1942), p.114-115.

阅读参考资料

Butterfield, Herbert. The Historical Novel; an Essay. Cambridge Univ. Pr., 1924.

Repplier, Agnes. Old Wine and New (in *Varia*). Houghton, Mifflin, 1897.

Sheppard, Alfred Tresidder. The Art and Practice of Historical Fiction. H. Toulmin, 1930.

第十二章

知识类书籍

我欣赏知识丰富的书籍，但绝非那些企图占用课间休息和娱乐时间，以所谓的毫不费力就能学到知识为谎言和借口的书籍。要知道，那并不是事实，很多东西必须付出极大的努力才能学到。我欣赏不将语法或几何知识拙劣地装扮起来的博学的书籍；那些真正蕴含教学技巧的、深浅适当的书籍；那些从不对年轻的灵魂强行灌输，懂得在他们心中播下种子，让它慢慢生长的书籍。我欣赏那些对知识有清晰敏锐的了解的书籍，它们不会认为学识真的能解决世上一切问题。我尤其欣赏向儿童讲述所有知识中最困难也最重要的那一种，即关于人类心灵的书籍。

—— 保罗·阿扎尔，《书、儿童和成人》

儿童是充满好奇心的。当他们成长到能够观察周围世界的年龄时，便开始提出这样那样的问题了。他们对周围世界的一切都感到好奇，无论是白天与夜晚的轮回，夏季与冬季的交替，还是花儿的盛开与树叶的凋落。好奇的天赋是十分珍贵的，培养这天赋的过程中，有对儿童探索发现的兴趣永不凋谢的希望。这是一种对外部世界的兴趣，不仅能训练他们的观察力，同时也会鼓励他们去探索和发现，身为这个世界一部分的自己，究竟能做到些什么。

儿童不断增强的好奇心不仅包括对自然世界的倾听、触摸、品尝以及闻嗅，他们还将意识到这个世界也是人的世界。他们观察着周围人群的生活方式，从最普遍的对食物、住所、衣服的基本需求，以及保护自我免受外界侵害、彼此的交流、水陆交通运输等人类生活开始。

现代人的生活方式日益复杂，如果不借助历史的视角，对儿童来说会非常难理解。从内心来看，儿童都是鲁滨孙。即使在城市的庭院里，他们依然拥有建造原始小屋、挖掘洞穴这样的本能。他们无视现代文明，幻想自己是刚刚诞生的原始人，通过自身的能力就能满足所需要的一切。在这种对人类原始生活与经验的兴趣中，儿童找到了一种思考方法。随着知识的积累，他们开始逐渐看到今天的世界如何从昔日演变而来。

儿童学习的本能来自好奇心。心灵越开放，他们对日常生活所带来的满足和愉悦也就越敏感。如果一个孩子在成长过程中对这一切都毫无感觉，那是因为他天然的好奇心没有得到培养，最终他只会变得无聊乏味。那是一种因心灵的枯竭而导致的无聊，从此他都不会对宇宙万物产生任何好奇心。

儿童一旦有了阅读的能力，就会立即被书吸引，因为书籍为他们想象中模糊的世界赋予了清晰的形象。从最初的好奇渐渐转变为追求知识和真理的这一过程，可以促进儿童的学习。儿童心智中可塑的部分皆来自这些与生俱来的力量的建构——想象力、热切的好奇与渴望，等等。从阅读中获得的清晰的知识，结合从日常生活中获得的经验，将会形成儿童生命最初的隐秘潜流，流向对自然世界与人类生命的共情之河。

儿童阅读的书都是他们感兴趣的。他们阅读的范围既广泛又不加挑选，对所有涌来的作品，他们并不具备鉴别能力。儿童的阅读兴趣之广在之前的章节中已经指出过。与成年人一样，儿童喜欢读那些充满想象力的、能给他们带来欢乐的作品。但他们也会为了要了解、懂得这个神秘又令人兴奋的世界而阅读。对儿童来说，可以学习的东西有那么多，他们充满渴望，带着好奇心走到知识类书籍面前——这些书能向他们解释，帮助他们理解数不清的神奇事物。

儿童愿意从书籍中接受、吸取知识的程度，主要取决于书籍作者的权威性，以及作者对该书主题的了解程度。若是权威作者对自己充分了解的内容进行写作，书中那些肯定的表达就能解答困惑，传授知识给读者；反之，无论儿童本身的接纳力有多强，缺乏权威的著作只会使他们感到迷惘，不知所措。

创作知识类书籍的目的，是向读者传递作者所掌握的一些知识信息。作者的技巧可以在他选择、整合信息的方式中看出来，因为信息的选编方式直接决定了他是否能将知识信息最清晰明了地传达出来。透过这一基本目的，我们可以清楚地看到知识类书籍和小说的本质区别 —— 比如说，作者的意图不同。前者的写作目的在于传授某些信息，后者则在于讲述一个故事。讲述故事时，作者自然是全身心地投入其中，他首要关注的是讲故事的艺术。而这一点对知识类书籍的作者来说，只能排在第二位，他首要关注的是所介绍领域的知识内容。如果这本书是写给儿童看的，那么他还要考虑儿童性格中不成熟的地方，以及那尚未成形的心智。他需要考虑在面对一个预设的特定年龄的阅读群体时，如何简化主题并清晰表达。

正因为如此，知识类书籍很少被划入文学的范畴，它们也通常只能立足于将它们创作出来的那个年代。对下一代人来说，会有新的向儿童讲述知识的方式。知识本身也会随着探索和发现而产生变化。因此，对某一代人来说有用且能满足需求的知识类书籍，随着时间的推移也许会变得不合时宜。许多知识类书籍或者正在消失，或者被那些更符合现代思维的作品取代了。

知识类书籍的这些特性，让想要建立一个详细的评判标准体系变得有些困难。因此，除了一些少有的、达到了极高文学造诣的作品，本书不会围绕具体作品进行探讨。我们不能以衡量创造性写作的标准来衡量它们，毕竟知识类书籍的写作意图有别于其他作品。那么，我们应该用什么样的标准来考量一本知识类书籍是否达到了它的写作意图？

儿童阅读知识类书籍时所获得的满足感，并不仅仅是那种在好奇心的驱使下获得新知后的即时满足。比如说，一个孩子想搭建一个兔子窝，并在一本书里找到了相关的具体图解和操作方法。然而，他对兔子窝的兴趣很可能非常短暂。搭建兔子窝的知识，虽然在某段时期内对他有用，但并不会成为一种持续的阅读兴趣。

如果想通过知识类书籍培养儿童的求知欲，那么书中的知识必须能伴随儿童成长。即使是一个非常简单而基本的主题，也完全可以激发儿童的好奇心，并由此使他们对更宽广的知识领域产生兴趣。儿童所关注的这一主题，也许会变成他们从童年到成人阶段都一直感兴趣的阅读内容。这种持续从知识类书籍中获得的满足，对儿童来说是长久且有益的。阅读此类书籍和阅读文学作品可以互为补充，它们对儿童想象力与思维的发展都很重要。

儿童想知道些什么？答案很简单，而且容易理解：对自然世界的好奇，对人类从过去到现在的生活的好奇，对那些生活在地球某个遥远角落的人以及隔壁邻居的好奇。只要看看那些用来回答儿童提问的百科全书的知识覆盖面有多广泛，我们就会知道儿童的好奇心有多宽广。如同吉卜林笔下的象宝宝一样，几乎所有的孩子都会提出“一个全新的问题”，一个从来没有人问过的问题。

一般而言，有三种为儿童写作知识类书籍的方法。第一种，作者的唯一目的就是将知识传递给儿童；第二种，在传递知识的同时，作者也对该书的主题进行诠释；还有一种（非常少见的）

情况是，作者不仅传递了知识，对主题进行了诠释，还将书当成文学作品来创作。

所有的知识类书籍，如果作者希望达到他们的写作意图，就必须遵守某些准则。信息准确、解释清晰、语言能够被读者接受并理解，这是所有知识类书籍都应该遵守的基本不变的准则。除了这些基本准则，我们还应该注意，作者传递的知识有没有立即抓住读者的兴趣？他有没有让主题变得更具吸引力？在需要图示的时候，图表与插图有没有将信息解释清楚？这些品质是所有知识类书籍都必须拥有的，只不过依据书籍不同的知识内容，侧重点也有所不同。

儿童感兴趣的知识，大致上可以分成自然常识与人文常识两种。首先让我们来看看自然常识。在这一类知识中，我们可以找到那些“纯”科学：天文学、数学、古生物学、地质学、生物学、动物学等。面对各种门类的纯科学书籍，我们要提一点额外的要求。纯科学建立在高于事实的理论和科学原则上。这些原则不仅早已被定下，还应该加以讨论、解释和说明。比如一本写给儿童读的天文学或进化论的书籍，复杂抽象的理论需要被简化，但绝不能扭曲。所有的简化必须依然包含理论中最重要的真理。如果知识本身超越了儿童的理解范围，比如一些数学内容，那么就需要重新考虑该主题是否能作为儿童读物的内容了。

任何纯科学都不是绝对静止的，因此，如果想给出精准的信息，作者就必须对当今科学的最新探索非常熟悉，并以当代公认的科学权威的作品作为依据。在为儿童写科学书籍的时候，作者应该格外小心，避免给儿童一种在该领域一切都已经探索到了尽头的印象。也就是说，这类作品应该清楚地让儿童了解，所有科学探索都是一个过程，即便在某个特定领域，也不可能到达尽头。例如下面这段引自某本儿童天文学书的话：

> 最令人惊讶的超巨星中，有一颗叫作参宿四的。从前它的直径只有一亿八千万英里，这对超巨星来说是非常小的。然后，参宿四开始膨胀，膨胀到直径为二亿六千万英里的时候，又开始慢慢萎缩。没有人知道它为什么会发生这样的变化，也没有人知道这种变化什么时候会停止。[1]

对科学充满好奇心的儿童面对这样的内容，会感到充满挑战。这实际上是在告诉他们，从童年时期到长成大人，始终会有未知的世界等待着他们去探索。很多前沿科学艰深难懂，往往超出了一般人的理解范围，这样的知识当然也超出了儿童的理解能力。给儿童读的科学书籍不能含有虚假的定论，而应当在任何情况下都给出确定的部分，将儿童引入正确的方向。当一本科学书避免了过于简单化，并尝试向儿童展示科学调查的复杂性和真实本质时，我们便可以说这是一本好书；当它尝试着真正地引导儿童，想将他们带到书本以外的更宽广的知识领域时，它是一本好书；当它以清晰活泼的方式表述知识内容，让儿童易于理解并享受这样的阅读过程时，它是一本好书。

动物学，这门听上去不怎么吸引人的自然科学，恰恰是儿童最感兴趣的主题之一。儿童对动物与生俱来的亲切感，从他们对此类书籍的兴趣即可看出。动物主题的知识类童书的出版也比其他科学领域要多得多。鉴于这一学科题材的多样性，在处理相关主题时可以采用各种不同的方式方法。

很多为儿童而写的自然科学读物，作者虽然考虑到读者群体是儿童，避免使用了某些科学术语，但写作的视角依然是纯科学的。这类书必须遵循为儿童创作知识性书籍的基本准则。还有不少书，尤其是那些关于动物生活与习性的书，作者会通过故事来传递知识。在使用这样的方式时，为了能让儿童在阅读中得到满足，作者还必须是一个出色的故事讲述者。这一类书除了具备知识性以外，也许还包含了一些文学性。

对动物生活的敏锐观察，加上对相关知识的熟悉了解，再配合精确、生动的语言，无论作者选择的是何种题材，都能够向读者展示一幅灵活逼真的画面。如果一个动物故事想要传递知识，并为儿童读者解释说明令他们感到好奇的自然世界，那么它不仅要激起他们的兴趣与好奇心，同时也得满足他们想了解动物的生活与真实生存状态的科学之心。

当我们将目光从那关于自然世界的书籍转向关于人类生存以及历史发展的书籍时，我们会发现，历史与科学常常是连在一起的。早期人类的历史跟考古学和人类学的发展密不可分。早期航海者和冒险家的故事则与天文学和地理学关系密切。科学的发展影响了历史的进程。现代历史学家还会在调查中采用科学的方法与手段，尽管他们记录的结果可能是关于考古学的研究与发现。

G. M. 特里维廉[1]告诉我们，历史试图回答两个大问题：从前的男人与女人是怎样生活的？事物是如何从过去演变成现在的样子的？对一个涉及了广泛的时间与空间的概念，这是我能找到的最令人满意的定义——所谓历史，即勾勒出人类昔日生活的背景。

历史知识涉及的范围是如此之广，在短暂的童年中，儿童能够获得的只是一些细枝末节。然而重要的是，无论儿童在阅读历史知识类书籍时获得的知识多么微不足道，它们都应该能激发儿童进一步了解相关知识的愿望。为了让读者从童年到成年都能带着愉悦与满足来阅读历史，我们必须知道儿童究竟想从历史中了解到什么。我们首先要考虑的应该是儿童的兴趣。

我们已经看到了儿童对人类初期历史的关注，特别是对早期原始社会生活的关注。心理学家告诉我们，儿童的成长与人类早期的发展是对应的。这也许就解释了为什么儿童会对原始社会充满兴趣，对住在土堆与洞穴的那些没有留下任何文字记载，但用工具和武器在洞穴墙壁上留下了痕迹的原始人充满兴趣。

儿童还对被 A. J. 汤因比[2]称作“那些被阻止的文明……没有历史的社会”有着天然的兴趣。在那些社会中，因为严酷艰难的自然环境，人们将生存的需求降低至最简单的对食物、衣物及庇身之所的需求。生活在北极冰层上的因纽特人和拉普人，生活在美洲原始森林里的印第安人，驾着简陋独木舟的波利尼西亚人，

---

① G. M. 特里维廉（George Macaulay Trevelyan，1876—1962），英国历史学家。
② A. J. 汤因比（Arnold Joseph Toynbee，1889—1975），英国历史学家。

阿拉伯沙漠里的游牧阿拉伯人，非洲热带雨林中的土著人……这些都是儿童自然而然会感兴趣的内容。

儿童对讲述穴居人、北美印第安人、因纽特人的书籍的兴趣，源自他们对想象力的需求。读这些书的时候，他们的头脑中会出现一系列关于原始部族的生存画面，接着，他们会跟随想象，参与到人物的历险中去，共同体验这种不稳定的生存状态。儿童由此进入了一个想象的游戏，这个游戏以现实为基础，因为儿童用来做游戏的材料正是他们手中的书。儿童的想象力能够将一块空地变成北极冰层，变成西部高原或非洲热带丛林。他们将书中的插图或图示中的原始住宅，变成自己冬天的因纽特冰屋、夏天的印第安帐篷。插图中的工具和武器一般可以在美术馆看到复制品，而儿童会用一切他们能找到的材料来模仿制作这些复制品。

如果一本关于原始社会的书想在儿童脑海中营造出一幅远离当今生活的生动画面，那么作者必须在创作时运用精确、清晰的文字语言。作者重塑原始社会日常生活氛围的能力，取决于他是否能将想象力融入作品的主题与知识中。一部作品想要取得成功，作者必须真正地投入主题之中，而不是给那些没有生命的历史资料打上“枯燥乏味”的印记。

在许多现代历史学家看来，历史变成了一种对有争议的事实进行的科学调查，一种寻找逝去真相的繁重工作。另一方面，儿童对历史的兴趣，首先来自历史中的那些故事。对儿童来说，历史就是各色人物以及他们的行为。在阅读关于过去的书籍时，儿童会找到一些比童话和英雄故事更为广阔的东西。列奥尼达一世、圣女贞德、狮心王理查[1]、黑太子、马可·波罗以及哥伦布，当这些历史形象在书中出现时，对儿童来说，他们和辛巴达、亚瑟王、罗宾汉一样是真的。当儿童发现他们在历史读物中读到的故事是真实的，这些男人和女人在过去的岁月中曾活生生地存在过，儿童便会为生命的延续和那超越现世的存在而惊奇、感动。他们对过去的岁月那模糊的好奇有了现实的根基，而他们的想象力则会被过去那些英雄形象的色彩与激情点燃。

为儿童写作历史书籍的作家会发现，儿童对历史的兴趣在于人物与事件，它们对儿童的吸引力远远超过政治、社会形态及思想的演变发展，这些人物与事件又常常以传记的形式呈现。儿童对读过的历史人物有自己的视角，还会根据人物在特定环境中的行事方法总结出自己的观点。透过具体的性格或逸闻趣事这类客观内容来讲述历史人物，对儿童来说更有意义。与历史人物相关的某些抽象的真理，只有以讲故事的形式出现，才能引起儿童的注意。孩子都是把历史当作故事来记忆的，读故事的过程中，他们也会用自己的观点去理解人物性格。

早期的历史学家喜欢讲故事，这一点与儿童的兴趣十分投契。无论是年代久远的故事，还是其所处时代的故事，都被历史学家加入了各种人物逸事，描绘得生动鲜活。希罗多德[2]、傅华

---

① 即英格兰国王理查一世（Richard I of England，1157—1199），因骁勇善战而被称为“狮心王”（Lionheart）。

② 希罗多德（Herodotus，约公元前484年—公元前425年），古希腊历史学家，著有《历史》一书。

萨以及哈克卢特[1]等人留下的记录和编年史，成了那些为儿童写历史读物的作者最有意思的素材。这些素材能够激起儿童的好奇心——对过去的人们，对他们的行为、思想以及他们如何生活等一系列问题。通过对昔日的想象，儿童可以描绘并理解生活在过去的人们的经验。这也正是历史对儿童的价值与意义所在，因为它向他们展示了过去的真实是如何“被理解、被记住并令人感到愉悦的”。

传记和历史常常融合性地一同出现在儿童书籍中，在儿童心里，它们是差不多的。儿童喜欢把自己想象成书里的角色，无论这个角色是虚构的还是真实存在的。一旦儿童知道自己读到的这个人物真实存在过，他们会立即兴奋激动起来，对人物产生共鸣，就像他们读圣女贞德、瓦斯科·达·伽马[2]、哥伦布和进行南极探险的斯科特[3]的故事时那样。这些故事和其他相似的故事都披着幻想的外衣：监狱的墙壁、国王和宫廷、未知的海洋还有冰山……它们讲述了饥饿与盛宴、胜利与失败、生存与死亡。儿童阅读这些历史上真实存在的人物的故事时，会觉得比起被关在塔中的长发公主这类童话，真实人物的困境与盛衰变迁更加刺激。儿童会意识到，长发公主仅仅是个想象中的童话人物，而那些是发生在真实人物身上的真实故事。

传记，是令儿童感兴趣的真实人物的故事。想要吸引儿童，

---

① 理查德·哈克卢特（Richard Hakluyt，约 1552 — 1616），英国地理学家、作家。

② 瓦斯科·达·伽马（Vasco da Gama，约 1469 — 1524），葡萄牙航海家、探险家。

③ 罗伯特·福尔肯·斯科特（Robert Falcon Scott，1868 — 1912），英国海军军官和极地探险家，1912 年 3 月 29 日逝于南极洲罗斯冰架。

那么故事必须非常精彩，让人有听下去的意愿。历史上所有著名的男人和女人，他们的生活对儿童来说不一定都有意义。儿童看待传记的眼光是客观的，他们希望知道书中的主人公做了些什么、怎么做的。正是主人公人生中的“历险”令他们着迷——成人眼中的很多“伟大”，对儿童来说既没有历险色彩也很无趣。

这也正是很多为儿童撰写的传记失败的原因。这些传记作者笔下的人物，其成人生活的意义超出了儿童的理解能力，而他们的早年生活又显得有些乏味。那些成年后十分著名的人物当中，很少有人在童年时就显出前途大好的征兆，关于他们童年的真实记载又十分稀少。正因如此，童年时的莫扎特——一个天才儿童，对儿童读者来说，比勃拉姆斯或雪莱要有意思得多。在文学、艺术或音乐领域里，那些天才人物富于思辨性的睿智的心灵与生活，给成年人带来的愉悦往往多于儿童，因为儿童的快乐藏在行动与冒险中。儿童还没有足够的生活经验，他们无法欣赏和理解伟大的天才们是如何用艺术的方式来表达抽象的思想与理论的。试图让儿童了解伟大的人物，却又解释得过于简单，反而导致了伟大不被理解——因为对儿童来说，这种伟大本就无法解释。

不管童年时代还是成人以后，或者二者皆是，对读者来说，最有价值的主人公是那些有故事的人物，那些生命中交织着华丽历险与浪漫色彩的人物。专为儿童写作人物传记的作家可以运用书信、日记、个人档案之类的材料，拉近人物与读者间的距离，增强体验感并打动人心。读着雅克·卡蒂埃[①]在三次美洲之旅中写下的日记，他发现的新世界中的一切——甚至是那些小花和小鸟——都给人一种历险的真切感，让儿童迫不及待地陷入其中。哥伦布第一次旅行时写下的日记虽然简短，但那短短几页文字却引人入胜，讲述了他发现新大陆的勇气和信仰。还有库克船长[②]的日记（虽然它戛然而止），以及斯科特的南极探险，都深深地吸引着儿童。

缺少能诠释人物性格的真实原始资料，会给作者的写作增加难度。很少有人能在描述人物故事时做到既简洁又有说服力。比如，若没有对人物性格和心理的描写，解释其动机和行为就成了一件非常困难的事情，因为那超出了儿童的理解范围。为了克服这种困难，传记作者往往会加入一些人物逸事和编造的对话，但它们大多会让阅读变得琐碎沉闷，而且对儿童理解书中的人物没有任何帮助。

另一方面，的确存在一些与人物的生活和志向有直接关联的、能反映人物性格的逸事。如若作者好好加以选择并讲述，这类逸事可以帮助儿童走进书中人物的内心。作者必须对书的主题有详细而丰富的了解，并运用想象力，才能赋予笔下的人物生动的面貌。儿童对传记故事最本质的兴趣在于它的真实性。对他们来说，这是一个故事，但更是一个真实的故事。这个故事必须用

① 雅克·卡蒂埃（Jacques Cartier，1491—1557），法国探险家。
② 库克船长（Captain Cook，1728—1779），英国皇家海军军官、航海家、探险家。

“活生生”的真实来使他们信服。

阅读历史和传记，会改变人们生活中只看眼前的短视目光，让他们对一切都有新认识。当儿童发现自己的生活只是人类历史长河中渺小的一点，而未来的一切都是未知的，他们将对其他时间与空间中的生命感到好奇。他们会获得一种均衡的思辨能力，既能辨认出只有短暂价值的事物，又拥有自省的视角。

儿童喜欢将自己代入历史，想象自己是传记中的人物。书中的人物似乎都在做那些儿童希望自己也能做的事情 —— 住在山洞里，英勇地战斗，即使未能取得胜利也会像英雄一样悲壮地倒下。那些人物住在奇异而美妙的宫殿里，吃着罕见的食物，穿的衣服、住的地方让人想起童话世界里的场景。这样的生活激起了儿童的想象，让他们雄心勃勃、满心憧憬。这样的阅读拓宽了儿童的生活经验，让他们对人类生存的这个世界有了更多的好感与理解。

引用文献

[1] C. L. and M. A. Fenton, *Worlds in the Sky* (N. Y.: John Day, 1950), p.78-79.

阅读参考资料

Rowse, A. L. The Use of History. Hodder & Stoughton, 1946.

Stephens, H. Morse. History (in *Counsel upon the Reading of Books*).

Houghton, Mifflin, 1900.
Trevelyan, George Macaulay. History and the Reader. Macmillan, 1946.
National Book League, 1945.

结　语

虽然儿童文学可以像本书这样，通过主题不同的若干章节加以讨论，但是我们也不要忘记，每本书都有其自身的意义，有自身的价值及与文学的关联。一本书离文学越近，我们越能看清这一点。当一个孩子问我们要另一本像《爱丽丝漫游仙境》或《金银岛》《哈克贝利·芬历险记》一样的书时，我们会发现每本书都有与众不同的特点，尽管有时它们的主题是相似的。

这种独特的品质并不容易分析，因为它的影响往往不那么明显，而是潜移默化的。当文学精神存在于某本书中时，它会表现在读者的头脑与内心对作品的感知上。尽管通过分析能够证实我们对一本书的感觉合理准确，但与其说这种感觉可以被清晰定义，还不如说它“只可意会”。一本书品质的高下与其中是否存在文学精神当然密不可分。不过，想通过阅读辨别一本书是否为文学作品，这并不是一个轻易就能自然发生的过程。它没有那么简单。

学习辨别劣质作品和优秀作品之间的差别并不是一件难事。但在眼下这个大部分作品都写得不算太差的年代，一切都复杂多了。现在有那么多用简洁易懂的语言恰当地为儿童写作的作品，以及用有技巧的结构彰显出作者写作能力的作品；当然还有很多迎合潮流但总避免谈及真正问题，一旦深入分析就会发现它们无法直面正确价值观的作品。毕竟已经有了那么多装帧精美但内容不真诚的书，以及只能单纯拿来消磨时间的书。

面对这个新颖而令人兴奋的世界，儿童总能找到他们感兴趣的事物，而且不会感到厌倦。他们并不是幻想已破灭的“逃避者”，也不是那种“集体思维者”。他们以独立个体的身份来到书本面前，最能够打动他们的，某种程度上依然是那些最简单的道理。无论对成人还是儿童来说，都是这样。一个孩子读模式化的书时，和他读《哈克贝利·芬历险记》时那感动流泪又开怀大笑的样子相比，是有巨大差别的。这种差别更让我们确信，儿童的头脑和心灵对真实而美好的东西总会有所回应。

因为缺乏经验，儿童会不加选择地阅读所有送到他们面前的书。在这个儿童书籍已经大批量生产的时代，一个孩子很有可能从童年到成年都没有读过一本能满足他曾寻找的经验和愉悦的书，没有读过一本在真实被遮蔽时给予他真实的书。

只要把优秀的书籍摆到儿童触手可及的地方，儿童就会自觉地抵御平庸的作品。儿童图书馆的奇妙之处正在于那“有魔力的窗口”，那“芝麻开门”和“镜中国”。通过它们，儿童可以进入任何一方天地，找到那片宽广无边的，充满了想象力、美与幸福的国土。

如果一个儿童图书馆能对每一本书提出这样的问题：“它已

经足够优秀到可以拿给儿童阅读了吗？”在选择和使用图书的背后，对儿童文学有着深入的、哲学的思考，能不断总结和积累自身的标准以及知识、经验与价值观，这样的儿童图书馆才是真正拥有并培养着文学精神的图书馆。

每一次，当儿童读着贝奥武夫的英雄事迹，或和莫格利一起在夜晚的丛林里漫步，或与哥伦布、莱夫·埃里克松一起出海；每一次，当儿童跟着哈克的木筏沿密西西比河顺流而下，或和伊阿宋一起追寻金羊毛，此时的儿童图书馆，正是联结儿童与儿童文学以及所有文学的纽带。

一个孩子也许不会知道，他对一本书爱不释手的时候，令他感动的正是其中的文学精神。尽管他的鉴赏能力还不错，但他的批判性思维还没能充分发展。然而，这个孩子读到书的末尾就会知道，自己像《比利·贝格和他的公牛》（*Billy Beg and His Bull*）中的主角一样，经历了一场“何等宏大精彩的旅行”。

/附录/

李利安 · H. 史密斯的《欢欣岁月》

李利安 · H. 史密斯(Lillian H. Smith)，是著名的加拿大儿童文学女学者。她从多伦多大学毕业后，去到美国匹兹堡市的卡内基图书馆学校，接受儿童图书馆员的专门训练。结训后她在纽约工作了一段时间，于1912 年受聘为多伦多公立图书馆儿童部主任。这份工作成为史密斯女士发挥才能，为儿童文学做出重要贡献的起点。

多伦多公立图书馆建立于 1884 年，虽然重视儿童部，购入许多儿童读物，但由于图书馆空间较小，未有专属儿童部的场所，所以当时的儿童部并没有显现出活跃的特点。直到 1909 年，多伦多公立图书馆迁移，改制为“中央图书馆”时，才设立了儿童部的藏书室和阅览室。从此，儿童部呈现出一派活泼的景象。随着儿童部的逐渐扩展，市政当局将儿童部独立出来，精心挑选出色的人才来管理。史密斯女士就是在这样的背景下开始与儿童文学结下终身的缘分。自从李利安 · H. 史密斯担任主任以后，儿童部的发展水平有了明显提高，获得社会各界的肯定和赞扬。日本作家石井桃子在访问该馆时曾问过史密斯女士接手儿童部后最先做的事是什么，史密斯女士说：“那就是先向洛克馆长提出一项要求，请他答应让我依照自己的想法，放手经营儿童部。然后把书架里我认为不适合儿童看的书全部抛弃，当书架空出来时，我就一一慎重选择好书，逐渐地填满它。在这中间我又利用时间，巡回市内每一所小学，以说故事的方式介绍馆里的一些好书。”史密斯女士终身投入发展儿童文学的事业中，不仅使儿童部欣欣向荣，还积极培养后劲，扩大儿童文学的影响力。她还在多伦多大学教育学院开设儿童文学讲座，推展儿童阅读指导工作，深受人们的敬爱。在她坚持不懈的努力下，加拿大的儿童图书馆事业和儿童文学推广事业取得了飞速的发展。1952 年，史密斯女士从儿童图书馆退休，1962 年获得美国图书馆协会颁发的最高荣誉奖。1963 年，多伦多儿童图书馆新馆落成，收藏了李利安・H. 史密斯丛书，以赞扬她的功绩。如今，这所图书馆已成为闻名遐迩的，儿童文学研究者所向往的圣地。

1953 年，美国图书馆协会出版了李利安・H. 史密斯的《欢欣岁月》，这本著作直到现在依然是英语系图书馆的从业人员必读的经典之作。《欢欣岁月》和保罗・阿扎尔的《书、儿童和成人》，“在国际上被誉为儿童文学理论著作的双璧，世界各国的儿童文学思想都脉脉地流淌着他俩阐扬的观念，以及叙说的文学技巧”。两部著作各具特色，《书、儿童和成人》呈现的是轻松美妙的随笔式风格，语言幽默、诙谐、犀利。相比之下，《欢欣岁月》则偏重深厚、系统的理性风格，线索明确，指导性强，但与一般的理论书籍还是有很大的差异。

李利安・H. 史密斯在序言里述及她写这本书的用意，“是将儿童书籍当作文学来对待，并探讨一些能评判它们的标准和参照”。她要告诉儿童文学批评者与儿童阅读的指导者，如何从众多纷繁复杂的儿童读物中选择适合儿童阅读的书籍，该用什么基准来衡量。这个基本旨趣一直贯穿于全书十二章中，分别是:儿童文学的课题、儿童文学的起源与发展、儿童文学评论的态度、童话的艺术、神与人、英雄叙事诗与萨迦、诗歌、图画书、小说、幻想文学、历史小说、知识类书籍。从这些标题我们可以看出,《欢欣岁月》并不是如一般理论书籍那样在专业的学术领域做研究阐述，而是集中于论述用什么标准来判定和选择优秀的儿童读物。在论述风格上，作者并没有选择高深的学术词语与抽象的理论阐释，而是凭借其自身对欧美儿童文学历史的了解，以及对儿童、儿童文学的深刻思考，向读者娓娓叙述自己对儿童文学的理解和特殊体会。在这一点上，李利安・H. 史密斯和保罗・阿扎尔颇似。

史密斯女士十分推崇经典著作，认为评价儿童书品质的方法就在于如何认识和把握“恒星”般的经典儿童文学作品，并要以它们为参照，因为“只有与经典站在同样高度的作品，才能成为永恒的杰作”。她指出:“《鲁滨孙漂流记》《汤姆・索亚历险记》等小说以各自的方式拓展和丰富了儿童小说写作的领域”。这些作品恰恰就属于所说过的孩子们从大人手里夺来的“战利品”，是被时间证明了的具有永恒价值的经典著作。即使成人强迫儿童去阅读他们不喜欢的书籍，他们还是会“用高超的技巧和不懈的坚持，维护着选择的自由”，因为孩子是只为了乐趣而阅读的读者。

与保罗・阿扎尔主张为孩子提供忠于艺术的书籍一样，史密斯女士也坚信为儿童写作是一件艺术的事，所以人们应该以艺术的眼光来考察评价儿童文学作品。她强调儿童文学与一般文学在某些纯文学品质和原则上具有共通性，在文学评论上应该采取同样的基准。儿童文学作品具备了艺术性和文学性，也就具有了诗意，意蕴深远，耐人寻味。挪威艺术哲学家让-罗尔・布约克沃尔德认为，每个孩子都是本能的缪斯，天生具有艺术创造的能量。一本好的儿童文学读物应该保护儿童的艺术天赋，发挥他们无限的艺术潜能。

图画书这类新颖的儿童文学读物出现后，越来越受到儿童的热烈欢迎和喜爱。李利安 · H. 史密斯从图画书和儿童的关系出发，对这一现象做了分析，她认为“图画书通过视觉召唤着儿童。但这与成年人在审美快感上的召唤——色彩的和谐、组合与风格这些艺术元素上的感知力——是不同的。一个孩子与图画的接触首先是文学层面的。他期待图画讲一个他无法自己阅读的故事给他听。图画是引领他走入书本的首要元素，它捕捉他的注意力。”瓦 · 阿 · 苏霍姆林斯基(B. A. Cyxomjnhcknn，1918 — 1970)说过，“儿童是用色彩、形象、声音来思维的”，谁也否认不了，每一个孩子都是“读”图画的天才。与文字符号意义不同的是，图画的符号意义具有开放性，十分多元化。图画的色彩、线条、构图、空间处理等以一种无声的语言自然地表达出来，留给孩子们更广阔的观察、理解和想象的空间。

李利安 · H. 史密斯还特别指出了幻想的重要性。儿童文学应该最不受时代和环境影响，能够永恒地存在于幻想之国。就算“再过二十个世纪……我依然想不出人们读《爱丽丝漫游仙境》的时候，会有什么理由不继续大笑或者感叹。这个世界上很少有能够抵御时间齿轮的东西，伟大的幻想文学则是其中之一。伟大的幻想文学将永远是属于儿童的特殊财富。”高尔基和保罗 · 阿扎尔也都在自己的儿童文学观中强调过幻想是儿童文学读物必不可少的特性，失去了它，作品也就失去了生命力。幻想是孩子们的天性，满足了想要了解没有体验过的生活的欲望。但来自现实环境的压力和成人不当的教育，使儿童的想象力受到了极大的压抑。所以，优秀的儿童文学读物必须还给孩子一双幻想的翅膀。

李利安 · H. 史密斯对作品的要求十分严格，她会毫不吝啬地赞扬优秀的作品，对于拙劣的作品则一概不予评论介绍。因此，她为图书馆选书时非常认真谨慎，这样一种态度让她接触到世界上许多杰出的儿童文学经典作品。在她的介绍下，儿童、儿童文学批评者可以站在更高点阅读优秀的儿童书籍。另外，史密斯女士在这部理论著作中也选择分析了一些具有代表性的典型作品，范围广泛，贯通古今，为世界儿童文学的发展指明了方向，打下了坚实的理论基础。

《欢欣岁月》问世至今已有半个多世纪，虽然时代不同，但其所阐述的儿童文学观依然在世界范围内具有普遍性和永恒性。李利安·H. 史密斯在书中论及的关于经典著作的观念，选择优秀儿童书籍的标准，以及儿童文学应具有文学性的主张等，促使儿童文学理论进一步走向成熟，影响了不同国家和民族的儿童文学爱好者及研究者。

蒋风（儿童文学学者）

图书在版编目（CIP）数据

欢欣岁月 /（加）李利安 · H. 史密斯著 ; 梅思繁译
. -- 北京 : 北京联合出版公司, 2022.7（2023.4 重印）
ISBN 978-7-5596-6016-9

Ⅰ. ①欢… Ⅱ. ①李… ②梅… Ⅲ. ①儿童文学理论
—研究 Ⅳ. ① I058

中国版本图书馆 CIP 数据核字（2022）第 038220 号

欢欣岁月

作　　者：［加拿大］李利安 · H. 史密斯
译　　者：梅思繁
出 品 人：赵红仕
策　　划：乐府文化
责任编辑：徐　樟
责任印制：耿云龙
特约编辑：许东尧　王慧敏
营销编辑：屈　聪
封面设计：张慧兰

北京联合出版公司出版
（北京市西城区德外大街 83 号楼 9 层　100088）
北京联合天畅文化传播公司发行
北京美图印务有限公司印刷　新华书店经销
180 千字　880 毫米 ×1230 毫米　1/32　8.75 印张
2022 年 7 月第 1 版　　2023 年 4 月第 2 次印刷
ISBN 978-7-5596-6016-9
定价：68.00 元